Silke van Ryck

Das Schlüsselloch

Roman

www.tredition.de

© 2016 Silke van Ryck

Verlag: tredition GmbH, Hamburg

ISBN
978-3-7345-1021-2 (Paperback)
978-3-7345-1022-9 (Hardcover)
978-3-7345-1023-6 (e-Book)

Printed in Germany

Das Glück hatte schon immer einen großen Bogen um ihn gemacht. Aber nun war es auf Nimmerwiedersehen verschwunden. Er war nur noch ein Schatten seiner selbst. Seit vier Wochen war er fahrig und unkonzentriert. Ohne Grund bekam er Schweißausbrüche. Er konnte kaum noch schlafen, hatte keinen Appetit mehr und war stark abgemagert.

Bis zu jenem unglückseligen Tag im September, an dem sein Leben aus dem Ruder geraten war, hatte er sich sein Glück wenigstens erträumen können. Es kam zu ihm, wenn er schlief, in Gestalt einer zierlichen Frau mit schulterlangen blonden Haaren. Im Traum saß er mit ihr beim Abendessen an einem gemütlich gedeckten Küchentisch. Es gab Brot, aufgeschnittene Wurst und Käse, dekoriert mit Tomaten, Gurken und Petersilie. Morgens verabschiedete sie ihn mit einem Kuss auf die Wange zur Arbeit.

Bis vor vier Wochen war sie ihm fast jede Nacht erschienen. Sie hatte kein Gesicht. Er bildete es sich ein, regelrecht zu spüren, wie sie sich an ihn schmiegte, wie sie aneinander gekuschelt auf dem Sofa saßen und einen Film anschauten, wie er ihre Hand hielt. Weiter ging er in seinen Vorstellungen nie. Es gab darin keine leidenschaftlichen Umarmungen und Küsse, kein Stöhnen, Schwitzen, keine ineinander verknoteten Körper.

Solche Bilder verbannte er auch aus seinen Tagträumen, wenn Kundinnen in die Werkstatt kamen, und er sich fragte, ob sie wohl im wirklichen Leben den Platz seiner nächtlichen Liebe einnehmen könnten. Doch welche Frau würde sich schon auf ein Zusammenleben ohne Sex einlassen?

Wie sollte er es einem Mädchen erklären, dass er sich davor ekelte? Würden sie nicht alle auf der Stelle weglaufen, wenn er zugeben würde, dass er außer seiner Mutter nie ein weibliches Wesen berührt hatte? Aber vielleicht gab es irgendwo eine Frau, der er vertrauen konnte. Der er erzählen konnte, weshalb er vor der körperlichen Liebe so eine Angst hatte. Vielleicht würde sie ihn ganz vorsichtig an die Hand nehmen und ihm zeigen, dass es gar nicht so schlimm war. So ekelhaft, wie er es früher Nacht für Nacht und auch an so manchem Tag durch sein Schlüsselloch beobachtet hatte. Aber Sehnsucht danach, eine Frau in den Armen zu halten, ihren Körper ganz nahe zu spüren, ihre Wärme und ihre Weichheit, die hatte er. Die war riesengroß und kaum auszuhalten.

Vor ungefähr einem halben Jahr hatte er sich überlegt, wie er sich einer Frau nähern könnte. Vor drei Monaten hatte er angefangen, sein Vorhaben in die Tat umzusetzen. Zweimal hatte er seinen Trick, seinen eigentlich hervorragenden Trick, ausprobiert, und es hatte ganz gut geklappt. Er war zwar mit dem Kennenlernen nicht so weit gekommen, wie er es sich gewünscht hätte. Dafür war er zu schüchtern. Aber er hatte Kontakt aufgenommen und die Frauen vorsichtig, fast unmerklich berührt. Sie fühlten sich wunderbar an.

Beim dritten Mal ging alles schief.

Seine Mutter sah nicht, wie es ihm ging. Sie hatte genug mit sich selbst zu tun. Seine Arbeitskollegen registrierten kaum, wenn er nicht gut drauf war. Eine Stimmungskanone war er ohnehin noch nie gewesen.

Vier Wochen. Und noch war ihm niemand auf die Schliche gekommen. Vielleicht war es ihm ja doch gelungen, alle Spuren zu beseitigen. Vielleicht würde Gras über die Sache wachsen, und er könnte irgendwann wieder ein normales Leben führen. Sein langweiliges, trostloses Leben.

Vielleicht würde dann auch seine Traumfrau wieder zu ihm kommen. Er versuchte, sie sich vor sein inneres Auge zu rufen.

Es war Sonntag. Er musste nicht zur Arbeit und konnte sich noch einmal in seinem Bett umdrehen, wieder einschlafen und versuchen, in seine Phantasiewelt zurück zu finden.

„Ronny!... Ronny!... Ronny, hörst du nicht! Bist du schon wach?" Seine Mutter rief mit quäkender Stimme aus dem Nebenzimmer. „Ich habe Durst, Ronny. Kannst du mir etwas zu trinken besorgen?"

„Ja gleich, Mutter. Ich stehe schon auf. Hast du die ganze Ration fürs Wochenende schon wieder leer gemacht? Ich habe dir doch erst am Freitag drei Flaschen Korn und 18 Büchsen Bier mitgebracht."
„Die sind alle, ich konnte nicht schlafen. Ach Junge, sei doch nicht so streng. Du weißt, dass ich das brauche."

Ronald Schramm öffnete die Tür von seiner kleinen Bude und ging durch das Zimmer seiner Mutter. Sie saß in ihrem zerwühlten Bett, die Haare hingen ihr grau und strähnig ins Gesicht, und sie grinste ihn an. Es roch nach Schnaps und ungewaschenem Menschen.

„Wenn ich dir etwas zu trinken besorge, dann gehst du heute in die Badewanne. Vorher gibt es nichts. Hast du mich verstanden."

Sonntag, 9. Oktober

„Komm, lass uns sofort hier verschwinden. Ich mach mir fast in die Hosen vor Angst." Anne hielt Carsten an seiner alten Lederjacke fest. Das einsame Haus war ihr unheimlich. Der Wind ließ die dicken Äste der Bäume knarren. In der Stille des Abends wirkten die Geräusche überlaut. Das große Haus aus rotem Backstein stand ganz allein auf einem einsamen Grundstück voller alter Bäume. Zwanzig Meter von der Straße entfernt und ein Stück abseits von der Stadt.

Carsten kümmerte sich nicht um die Furcht seiner Freundin. Er war im Jagdfieber. Er witterte förmlich, dass hier noch etwas zu finden war. Ein alter Stuhl, eine Lampe mit Glasschirm, eine verstaubte Schreibtischgarnitur aus Marmor. Dinge, deren Wert die Menschen nicht kannten, die nach dem Tod der Försterswitwe den Haushalt auflösten. Ihr Mann, der 37 Jahre lang den reichen Waldbestand der Universität gepflegt hatte, war kurz vor ihr gestorben. Vielleicht lagen auf dem Boden noch ein paar Dosen herum, Bücher, Kleidung, eine alte Lederjacke – Sachen, die nur aufgemöbelt werden müssten. Auf dem Trödelmarkt in Berlin ließ sich fast alles zu Geld machen. Die Leute zahlten viel für ein unverwechselbares Kleidungsstück, das ihnen in dieser großen Stadt, in dem Heer von Individualisten, etwas Einzigartiges geben sollte. Die besten Sachen würde er natürlich selbst behalten. In ihrer Wohnung gab es kaum noch einen Fleck, der nicht vollgestellt war. Die größte Trophäe war ein Zahnarztstuhl aus den zwanziger Jahren, den Carsten bei einem alten Sanitätsrat aus dem Haus geschleppt hatte, wo er vergessen auf dem Boden herumstand. Der diente nun als Lesesessel in seiner Bibliothek und machte auf jeden Gast großen Eindruck.

Anne fürchtete sich immer ein wenig auf Carstens Beutezügen. Besonders seit sie in der Zeitung gelesen hatte, dass in einem Haus, aus dem sie einen Tisch, vier Stühle und mehrere Lampen herausgeholt hatten, wenige Tage später eine Leiche gefunden wurde. Ein Junge, fünfzehn Jahre alt, hatte sich erhängt. Er war monatelang von seinen Klassenkameraden gequält worden. Die Bewohner des Nachbarhauses waren auf den strengen Geruch aufmerksam geworden. Die Vorstellung, dass der Tote nur kurze Zeit vorher dort hätte hängen können, spukte Anne immer wieder durch den Kopf.

„Lass uns gehen. Wir finden hier nichts", bettelte sie. Das alte Haus war ihnen aufgefallen, als sie vom Trödelmarkt aus Berlin zurückkamen. Der Herbst hatte die Blätter von den Bäumen gefegt und den Blick auf den idyllischen roten Backsteinbau freigegeben. „Wenn wir mal ein Haus kaufen, dann so eins", hatte Carsten zu Anne gesagt. Einsam und trotzdem gemütlich, so eingekuschelt in die alten Flieder- und Holunderbüsche. „Es scheint leer zu sein. Das Gras steht hoch und die Einfahrt ist leicht zugewachsen", stellte Carsten sofort fest. Tag für Tag war er nach seinem Dienst in der Rettungsleitstelle mit dem Fahrrad hingefahren, um nachzuschauen. Egal, ob er nach der Frühschicht, der Spätschicht oder der Nachtschicht vorbeikam, immer bot sich das gleiche Bild. Kein Licht im Haus, kein Fahrzeug in der Nähe, die Werbeprospekte quollen aus dem Briefkasten an der Tür. Einmal hatte er unter dem Vorwand, sich für das Haus zu interessieren, einen Bauern auf dem unmittelbar angrenzenden Feld nach dem Besitzer gefragt. Und der hatte die Geschichte vom Förster und seiner Frau erzählt und dass die Universität noch nicht genau wisse, ob sie das Haus und den Wald verkaufen soll.

„Die Tür ist so wunderschön. Und wenn ich einfach die Tür mitnehme? Die bringt mindestens 1000 Euro", rief Carsten. „Untersteh dich. Dann ziehe ich heute noch bei dir aus. Damit machst du das Gesicht des Hauses kaputt. Antiquitäten lieben, aber einfach so 'ne Tür klauen. Das ist das Letzte." Anne war jetzt richtig wütend. Das Herumschleichen in der Dämmerung dauerte ihr viel zu lange. Sie wollte nach Hause ins Warme und Helle. Außerdem traute sie es Carsten wirklich zu, dass er die Tür ausbauen würde.

„Sieh doch mal. Die Türdrücker und die Knäufe an den Fenstern. Wenn ich die verkaufe ..." Carsten ging jetzt um das Haus herum, während Anne zum VW-Bus zurücklief. Sollte der doch allein die Lage erkunden.

„He Anne, hier ist noch ein Schuppen. Den habe ich noch gar nicht gesehen. Das sind die beliebtesten Verstecke für das, was andere Leute Plunder nennen.

Verdammt, das stinkt hier wie Aas. Was mieft denn hier so? Hat hier einer 'ne Leiche vergraben?"

„Ich will weg", brüllte Anne, die hysterisch wurde vor Angst.

Carsten fiel fast über den Brunnen auf dem Hof. Er hatte das Haus immer nur von vorne gesehen. Der Brunnen war ihm nie aufgefallen. Der

Gestank war jetzt so beißend, dass er sich fast übergeben musste. Er kannte den Geruch.

Es stank nach Tod. Im letzten Urlaub in Griechenland hatten sie ein verendetes Schaf gefunden. Viele Meter entfernt war ihnen schon der widerlich süßliche Mief in die Nase gekrochen. Und hier war er wieder, dieser üble Geruch. Genau der gleiche.

„Bitte, bitte, lass es ein Tier sein", flüsterte Carsten vor sich hin. Mit seiner Taschenlampe leuchtete er in den Brunnenschacht. „Scheiße", schrie er. „Hilfe!" Er ließ die Lampe fallen, rannte zurück zum Auto, sprang auf den Fahrersitz und startete. „Was ist denn los?", brüllte ihn seine Freundin an. „Sag doch was. Was hast du gesehen?"

„Eine Hand. Ein Bein", stammelte Carsten und stierte mit weit aufgerissenen Augen vor sich hin. „Mensch, da liegt 'ne Leiche. Das darf doch wohl nicht wahr sein."

„Wir müssen die Polizei anrufen." Annes Stimme klang plötzlich ganz ruhig.

*

Als das Handy klingelte, stellte Kathrin Unglaub das Rotweinglas aus der Hand und wickelte sich widerwillig aus ihrer kuscheligen Decke. Wenn sie eins nicht leiden konnte, dann war es das Klingeln des Telefons, während die einzige Sendung im Fernsehen lief, die sie möglichst nie verpassen wollte: Der Tatort oder Polizeiruf am Sonntagabend.

Ihre Freunde und ihre Eltern wussten das und warteten bis pünktlich 21.45 Uhr mit ihren Anrufen. Im Kommissariat war sie die einzige, die sich ganz unvoreingenommen auf die Krimis einlassen konnte. Ihre Kollegen schimpften nur auf die Fernsehermittler, die im Handumdrehen, knallhart und unbeirrbar jeden Fall lösten. Fred Deike und Gerd Senf schauten sie sich an. Aber nur, um am nächsten Tag darüber herzufallen, was wieder unrealistisch war oder wer die Waffe falsch gehalten hat.

Kathrin Unglaub liebte es, ganz naiv in die Geschichte einzutauchen und den Fall mit zu lösen. Sie konnte sich sogar freuen, wenn sie frühzeitig den richtigen Riecher hatte. Zwei Dinge allerdings mochte sie nicht: Wenn die Geschichte das Motiv des Täters schuldig blieb oder wenn am Ende plötzlich ein Schuldiger herbeigezaubert wurde, der während des ganzen Films keine Rolle gespielt hatte.

Tatort oder Polizeiruf zu schauen, das hieß für sie abschalten zu können. Von der Arbeit im Kommissariat, wo vier unaufgeklärte Mordfälle aus 12 Jahren der Aufklärung harrten. Die Presse hatte erst kürzlich gefragt, ob ihre Stadt nicht ein Paradies für Mörder sei. Die anderen Straftaten, die sehr schnell geklärt werden konnten, zählten nicht. Und wer von den Medienvertretern wollte sich schon erklären lassen, wie schwierig es war, Morde aufzuklären, die keine Beziehungstaten waren.

Sie war auch froh, während ihres sonntäglichen Rituals nicht an die Kollegen denken zu müssen. An Hauptkommissar Fred Deike zum Beispiel, ihren Chef, 45 Jahre alt. Sie nannte ihn nur den Zwerg. Na gut, er war einen Meter siebzig groß, aber damit immerhin zehn Zentimeter kleiner als sie. Sie hätte eigentlich kein Problem damit gehabt, hatte sogar schon einige Freunde und Liebhaber, die kleiner waren als sie. Aber Deike ging nicht souverän damit um. Nach seinem Verständnis mussten Männer größer und klüger sein als Frauen und von ihnen bewundert werden. Er mochte niedliche, etwas dralle Weibchen. Kathrin entsprach mit ihrer eher herben Schönheit keinesfalls seinem Ideal. Wenn Deike ihr morgens die Hand gab, blieb er nicht neben ihr stehen, sondern sprang sofort wieder auf Abstand, damit er nicht zu ihr aufschauen musste. Kathrin musste innerlich darüber lachen.

Manchmal war sie aber drauf und dran, seinetwegen um Versetzung zu bitten. Fred Deike hatte ein großes, für einen Kriminalisten geradezu katastrophales Problem. Er konnte beim besten Willen nicht logisch denken. Das disqualifizierte ihn natürlich für die Leitung der Truppe. Doch Chef war Chef. Gut waren die Tage, an denen er seine Kollegen einfach machen ließ. Aber manchmal merkte er, dass ihm die Fäden aus der Hand glitten, und er begann wild Aufgaben zu verteilen und, so blödsinnig sie manchmal auch waren, Weisungen zu geben. In ihrem ersten Jahr hatte Kathrin einmal in einer Besprechung auf die Unsinnigkeit so eines Auftrages hingewiesen. Das hätte sie lieber nicht tun sollen. Wochenlang hatte es in Deike gegärt, bis er ihr eines Tages eine Verwechslung in der Abheftung von Verhörprotokollen als totale Unfähigkeit vorwarf. Warum nur war ausgerechnet d e r Leiter?
Gerd Senf war eindeutig der Intelligentere, der Organisiertere von beiden. Seine Gedankengänge waren manchmal brillant. Im Gegensatz zu Deike verstand er es perfekt sich auszudrücken. Seine spitze Zunge

wurde nicht nur von mutmaßlichen Tätern im Verhör gefürchtet, sondern auch von den Kollegen. Deike hatte deshalb offenbar regelrecht Angst vor ihm. Deshalb ließ er Senf auch bei allem gewähren. Er war faul und unkollegial, drückte sich vor der täglichen Kleinarbeit, wo er konnte. Senf, der lange, schlanke Kerl, hatte mit seinen 38 Jahren bereits eine Vollglatze. Seine Augen waren klein. Ein böser Schalk blitzte daraus, ständig bereit, beim nächst Besten eine Schwäche zu entdecken und diese sofort heraus zu posaunen. Sein Mund war riesengroß und sehr rot, was seinem Gesicht etwas Cloweskes verlieh. Senf hatte Kathrin sofort den Hof gemacht, als sie in die Abteilung kam. Als er nach einem Kneipenabend versuchte, sie zu küssen, erklärte sie ihm freundlich, dass er nicht ihr Typ sei. Senf war beleidigt und sparte seither nicht mit abfälligen Bemerkungen über Frauen bei der Kripo.

Mit Peter Schmieder arbeitete Kathrin gern. Der alte Kriminaltechniker war wie ein väterlicher Freund für sie geworden. Seine Ruhe und Präzision beeindruckten sie. Er hatte vor allem, das wussten die anderen Männer nicht oder wollten es nicht wahrhaben, ein großartiges Einfühlungsvermögen und ein bescheidenes Wesen. Eigentlich war es nicht sein Job, Zeugen zu befragen. Aber wenn Kathrin mit ihm unterwegs war, spannte sie ihn ganz beiläufig mit ein. Die Befragten merkten gar nicht, dass sie ausgehorcht wurden und erzählten Schmieder alles, wie einem guten Freund.

Mit Schmieder ging Kathrin auch mal ins Theater oder in eine Ausstellung. Der alte Herr machte sich dann immer ganz fein. Seine Frau kam manchmal mit, oder sie luden Kathrin zu sich zum Essen ein. Gesine

Schmieder war Fotografin und die beiden schienen sich immer noch zu lieben. Dass jeder seine eigenen Interessen hatte, keiner sich ohne den anderen langweilte, war das Geheimnis ihres Glücks. Sie waren so lange verheiratet, wie Kathrin auf dieser Welt war: 35 Jahre. Das würde sie nie schaffen, dachte sie häufig wehmütig.

Dabei wäre Michael der Mann, mit dem sie sich das vorstellen könnte. Er roch gut, fühlte sich wunderbar an, hatte feine Manieren und schöne, kluge Augen, in denen sie immer wieder versinken wollte. Sie hatte sich sofort verliebt, als sie ihn zum ersten Mal in ihrer Stammkneipe sah. Er hatte die Bauleitung für den großen Klinikkomplex übernommen und war an seinem ersten Abend in der Stadt dort eingekehrt. Vier Jahre würde er bleiben, zwei davon waren schon um. Wochenende für Wochenende fuhr er zu seiner Frau und den zwei Kindern nach Berlin in sein großes, teures Haus. Er liebe seine Frau nicht, habe sie eigentlich nie geliebt, sondern sei in die Ehe reingerutscht, als das erste Kind unterwegs war, beteuerte er regelmäßig. Kathrin hatte die beiden mal zusammen gesehen, als seine Frau ihn besuchte um sein Bauprojekt anzusehen. Es schmerzte sie immer noch, wenn sie daran dachte.
Manchmal kam Michael schon Sonntagnacht wieder zurück, klingelte bei ihr und dann fielen sie wie ausgehungert übereinander her. Hinterher schliefen sie nackt und eng aneinander gekuschelt die ganze Nacht. Morgens waren sie wieder wie Fremde. Er zog sich in aller Hektik an und verschwand. Zusammen mit Kathrin frühstücken wollte er nicht. Da hatte er ein zu schlechtes Gewissen gegenüber seiner Familie.

Sie verabredeten sich nie. Wenn er nicht kam, fühlte sie die Sehnsucht körperlich. Unzählige Male wollte Kathrin die Geschichte beenden. Aber der Gedanke, damit den Mann zu verlieren, den sie zum ersten Mal richtig liebte, der ihr nicht nach wenigen Wochen langweilig wurde, machte sie krank. Ihr war, so intensiv sie auch Ausschau hielt, in der ganzen Zeit niemand begegnet, der sie von Michael abbringen konnte. Vielleicht liebte sie ihn ja auch nur deshalb so sehr, weil sie ihn einfach nicht haben konnte.

Der Krimi am Sonntag half ihr, nicht darauf zu warten, ob er nun an diesem Abend kommen würde oder am nächsten. Der Rotwein war gut fürs Einschlafen. Heute Abend jedoch würde Michael vor verschlossener Tür stehen. Und das gab ihr Genugtuung. So wenig Lust sie auch hatte, jetzt von ihrem Sofa aufzustehen und mit einem wirklichen Tötungsverbrechen konfrontiert zu werden.

*

„Wir haben eine halbverkohlte Leiche. Offenbar weiblich, wahrscheinlich zwischen dreißig und vierzig Jahre alt, den Händen und dem Bein nach zu urteilen, die nicht verbrannt sind. Die Kollegen versuchen gerade, sie möglichst heil aus dem Brunnen heraus zu holen." Professor Eduard Lienert, der Gerichtsmediziner, war schon da. Kathrin mochte ihn. Er war groß und kräftig, ein Mann mit Lebensart und ein Arbeitstier. „Offenbar hat jemand versucht, sie in dem Brunnen zu verbrennen. Es ist ihm aber nur halb gelungen. Ich hoffe, dir kommt dein Abendbrot nicht wieder hoch, wenn du sie siehst. Ich nehme sie dann gleich mit in die Gerichtsmedizin. Wir untersuchen sie heute noch, nicht wahr, Frau Doktor Huhn?"

Lienerts Assistentin, Doktor Greta Huhn, strahlte ihren Chef an. Ob nun mit Leiche oder ohne, ihr war jeder Anlass recht, möglichst viel Zeit mit ihm zu verbringen. Jeder gönnte dem Witwer die Liebschaft mit der 25 Jahre jüngeren frisch gebackenen Pathologin. Er war ihr Doktorvater gewesen. Sie hatte sich sein ganzes Leid angehört, als seine Frau nach einem Fahrradunfall ins Koma fiel und zwei Monate später tot war. Lienert hatte sich zu dreimal mehr Bereitschaftsdiensten eingeteilt, als sie seine Kollegen leisten mussten, und Greta Huhn, die ganz viel lernen wollte und sonst keine Verpflichtungen hatte, assistierte ihm. Nach der Arbeit tranken die beiden oft noch ein Glas zusammen, weil Lienert die Stille in seiner einsamen Wohnung nicht aushalten konnte. Und eines Tages hatte die drahtige, vom Triathlon gestählte Greta Huhn den bärenhaft kräftigen Professor Lienert einfach an ihre kleine feste Brust gedrückt und ihn damit ins Leben zurückgeholt. Sein Arbeitspensum blieb dennoch enorm.

Deike und Senf verhörten die beiden Zeugen. Senf war zu dem jungen Mann in den VW-Bus geklettert und schien, der Mimik nach zu urteilen, ganz sachlich mit ihm zu reden. Deike hatte sich die Frau geschnappt, die wie paralysiert vor sich hin brabbelte: „Ich hab's gewusst. Ich hab's ganz genau gewusst."

„Was haben Sie gewusst?"

„Dass wir mal 'ne Leiche finden. Ich hab schon davon geträumt."

„Was haben Sie hier überhaupt zu suchen?", echauffierte sich Deike, der immer ein wenig hysterisch klang, wenn er moralisierte.

„Wir haben nach alten Möbeln und Krimskrams gesucht. Das Haus ist doch leer. Schon lange. Manchmal halten die Leute irgendetwas für Plunder, was eigentlich noch Wert hat und lassen es vergammeln", erzählte Anne wie in Trance.

„So, und da steigen Sie dann einfach in fremde Häuser ein? Ich muss darüber wohl das Diebstahldezernat informieren", zeterte Deike weiter.

„Kann der wieder mal nicht wichtig von unwichtig unterscheiden?", raunte Peter Schmieder Kathrin zu. Er hatte mit ein paar Technikern das Gelände abgesucht, soweit das bei der Dunkelheit noch möglich war.

„Soll er sie doch in Ruhe lassen. Wir haben eine Tote. Und da fragt der nach altem Krempel." Nach kurzem Innehalten redete er stockend weiter: „Weißt du, woran ich die ganze Zeit denken muss? Wenn das nun die Krankenschwester ist."

Seit dem Anruf von Deike war Kathrin dieser Gedanke auch nicht mehr aus dem Kopf gegangen. Und seit Lienerts Feststellung, dass es sich um eine weibliche Leiche zwischen dreißig und vierzig Jahren handelt, war sie sich fast sicher: Das ist Eva Zimmermann.

*

Paul Zimmermann, ihr Mann, hatte sie vor vier Wochen als vermisst gemeldet. Er war damals fast wahnsinnig gewesen vor Angst, schrie und flehte im Revier, doch seine Frau wieder herbei zu schaffen.

Nach der Frühschicht im Krankenhaus am 9. September war Eva Zimmermann nicht nach Hause gekommen. Für gewöhnlich holte sie um 14.30 Uhr die beiden Söhne, fünf und drei Jahre alt, aus dem Kindergarten ab. Um möglichst schnell da zu sein, nahm sie immer eine Abkürzung über die Schienen, lief auf einem Feldweg neben den Gleisen entlang und kam dann durch eine Kleingartenanlage am Rande des Stadtzentrums schnell in die Innenstadt und zum Kindergarten. Von dort waren es nur fünf Minuten bis zu ihrer Wohnung. Paul Zimmermann war Kinderarzt in der 30 Kilometer entfernten Nachbarstadt. Weil die beiden nicht in einer Klinik arbeiten wollten, nahm er die Fahrerei auf sich. Am Abend des 9. September, gegen 18 Uhr, erhielt er während seiner Arbeit einen Anruf aus dem Kindergarten, dass die Söhne immer noch nicht abgeholt seien. Sie hätte schon seit einer Stunde Feierabend, teilte ihm die Erzieherin empört mit. Paul Zimmermann bat einen Kollegen, seinen Dienst weiterzuführen. Dann raste er die 30 Kilometer zurück, nahm die weinenden Jungen von der mürrischen Kindergärtnerin entgegen und fuhr nach Hause.

Von seiner Frau keine Spur.

Er rief eine Freundin von Eva an, die fast wie eine Tante für seine Söhne war. Sie kam, machte den beiden Abendbrot und versuchte sie zu beruhigen. Die Panik des Vaters hatte sich natürlich auf die Kinder übertragen.

Paul telefonierte mit Evas Station im Krankenhaus. Dort wurde bestätigt, dass sie zehn Minuten nach zwei Uhr die Arbeit verlassen und sich darauf gefreut hatte, mit den Kindern an dem schönen Altweibersommertag erst ein Eis zu essen und dann noch auf den Spielplatz zu gehen. Evas Eltern hatten nichts von der Tochter gehört. Keiner der Bekannten wusste etwas.

Da war Paul Zimmermann ins Polizeipräsidium gefahren und hatte seine Frau als vermisst gemeldet.

Einen Tag später wurde die Mordkommission eingeschaltet.

„Ein Fall für dich", damit hatte Deike die Vermisstenanzeige mit einem süffisanten Lächeln an Kathrin übergeben. „Die unglaubliche Frau Unglaub wird die Sache schon klären. Wahrscheinlich hat die Lady nur mal die Nase voll von ihrem Weichei von Ehemann und hat sich einen ordentlichen Kerl gesucht. Bei so 'ner richtig guten Nummer kann man schon mal die Knirpse im Kindergarten vergessen. Check mal, ob sie einen Liebhaber hat. Du weißt doch wie das ist mit den Krankenschwestern und den Ärzten, wenn die sich im Nachtdienst langweilen."

Du spuckst große Töne. Dabei ziehst du bei jeder richtigen Frau den Schwanz ein, Deike, hätte Kathrin am liebsten gesagt. Es war ihr aber nicht wert, sich mit seiner kleinen Rache, die diese Worte nach sich gezogen hätte, den Alltag zu vermiesen. Deshalb behielt sie für sich, wie dämlich sie den Spruch ihres Vorgesetzten fand. Sie nahm wortlos die Akte, ging, ihm ein verächtliches Grinsen zuwerfend, aus dem Zimmer und fuhr zum Haus der Zimmermanns.

Paul Zimmermann war nach den 48 Stunden, die seine Frau bereits vermisst war, nur noch ein Häufchen Unglück, als Kathrin ihn am 11. September zu Hause aufsuchte. Pausenlos liefen ihm die Tränen übers Gesicht. Er kauerte verkrampft auf dem Sofa und zitterte. Die Eltern von Eva Zimmermann waren gekommen. Aber mit ihrer eigenen Angst um die Tochter waren sie auch keine große Hilfe. Wenigstens Helga Eggert, die Mutter von Eva, funktionierte noch so gut, dass sie die Kinder in den Kindergarten bringen und Essen machen konnte. Auf dem Tisch im Wohnzimmer stand ein Teller mit belegten Broten, offenbar unberührt. Die Leberwurst war schon ganz trocken und braun. Heinz Eggert, Evas Vater, öffnete Kathrin Unglaub mit hängenden Schultern und leeren Augen die Tür. Sein Gesichtsausdruck schwankte in diesem Moment zwischen Angst und Hoffnung. „Wissen Sie etwas Neues von Eva? Habt ihr sie gefunden?"

Nein, sie hatten sie nicht gefunden. Und alle Suchaktionen mit Hubschraubern, Hundestaffeln und Hundertschaften von Kräften aus Polizei, Bundesgrenzschutz und Technischem Hilfswerk, die systematisch die Gegend durchkämmten, hatten nichts genutzt.

*

„Wenn sie es tatsächlich ist, will ich dem Mann nicht die Todesnachricht überbringen. Der ist doch in den vier Wochen seit ihrem Verschwinden ein geistiges und körperliches Wrack geworden. Das überlebt der nicht, wenn er weiß, dass seine Frau nie mehr wieder kommt. Und die Kinder!" Bei dem Gedanken an die beiden kleinen Jungen krampfte sich Kathrins Herz zusammen. „Warte erst mal die Obduktion ab", versuchte Schmieder zu beruhigen. Die Haare von der Zimmermann liegen in der Gerichtsmedizin schon vor, nicht wahr?"

Als Kathrin nach Mitternacht todmüde zu Hause ankam, hing ein Zettel an ihrer Tür: „Wo bist du? Ich habe solche Sehnsucht nach dir. Ruf mich an, egal wie spät es wird. M."

Vergiss es, dachte Kathrin. Sie war froh, dass sie heute einmal nicht da war, wenn er wie selbstverständlich aus dem Bett seines süßen Frauchens in das ihre springen wollte. Wäre sie zu Hause gewesen, hätte sie wieder nicht die Kraft gehabt, ihn wegzuschicken. Ihr Körper verlangte nach ihm, seiner Haut, seinem Duft. Sie kannte keinen besseren Liebhaber. Doch während sie sich zu Beginn ihres Abenteuers vorgenommen hatte, einfach nur den Sex zu genießen und auf den Beziehungsstress zu verzichten und den großzügig seiner Frau zu überlassen, fiel ihr das immer schwerer. Die Gespräche mit ihm waren gut. Sie vermisste ihn, wenn er nicht da war. Träumte davon, mit ihm in den Urlaub zu fahren oder mit ihm ins Theater zu gehen, statt immer mit den Schmieders. Und sie wünschte sich ein Kind. Karla, ihre Kollegin aus dem Dezernat II, hatte auch ein Kind und machte ihren Job gut, weil alle mit anpackten. Ihr Mann, die Großeltern. Auch wenn sie Michael fast glaubte, oder es glauben wollte, dass er seine Frau nicht lieben würde, war der Traum von einer trauten Zwei- oder Dreisamkeit mit ihm illusorisch. Wie sollte er seine Kinder verlassen, um mit ihr neue zu bekommen? Das war vollkommen ausgeschlossen. Dennoch hatte sie einmal nach einem romantischen Essen beim Italiener und nach reichlich genossenem Wein versucht, ihn zu einer Entscheidung zu zwingen. Entweder sie oder seine Frau. Sie hatte ihm einmal gezeigt, was sie wirklich für ihn empfand, war nicht mehr die Coole, die sich nur die Rosinen aus dem Kuchen pickt.

Vielleicht hatte es ihn gefreut, aber offenbar noch mehr verängstigt. Fünf Tage lang meldete er sich nicht mehr. Doch dann zog es sie wieder mit Macht zueinander. Sie wussten, wo sie einander finden konnten: In der Kneipe, in der sie sich das erste Mal begegnet waren. Die Nacht war leidenschaftlich und sie gestanden sich, wie sehr sie sich liebten. Doch das machte alles nur noch schwerer. Es würde immer schwieriger werden, von ihm los zu kommen.

Aber jetzt wollte sie keinen Gedanken mehr an Michael verschwenden und anrufen würde sie ihn schon gar nicht. Noch ein Glas Rotwein und ab ins Bett.

Montag, 10. Oktober

Prof. Lienert hatte wieder einmal eine Nachtschicht eingelegt und rief Kathrin gleich am Montagvormittag zu sich ins Institut. Der Geruch in der Pathologie machte ihr immer wieder zu schaffen. Aber wenn sie sah, wie nüchtern und routiniert Lienert mit den toten Körpern umging, sah sie in den Leichen für einen Augenblick keine Personen mehr, sondern Fleisch, das Auskunft geben soll, was mit ihm passiert war. Sie konnte sich noch gut erinnern, wie es ihr ging, als sie zum ersten Mal bei einer Obduktion zuschaute. Der Arzt nahm das Herz des ziemlich beleibten Toten in die Hände. Es war von einer fingerdicken Fettschicht umgeben und sah fast ein bisschen aus wie ein Stück Schwein, das man beim Fleischer kaufen kann. Kathrin schämte sich für diesen Vergleich. Aber von da an hatte sie keine Angst mehr vor den aufgeschnittenen Leibern. Der Anblick der halbverkohlten Frauenleiche, von deren Gesicht nichts mehr übrig geblieben war, setzte ihr allerdings zu.

„Genau identifizieren können wir sie, wenn Greta, äh, wenn Frau Doktor Huhn, mit der DNA-Analyse fertig ist. Das wird in wenigen Stunden so weit sein. Aber ich bin mir jetzt schon ziemlich sicher, dass es die Krankenschwester ist, die ihr sucht. Der Todeszeitpunkt stimmt mit dem Tag ihres Verschwindens überein. Der Täter hat zwar versucht, sie zu verbrennen, aber es ist ihm nur halb gelungen. Die verbliebenen Überreste lassen den Schluss zu, dass sie am 9. September ungefähr am Nachmittag getötet wurde. Die Größe 1 Meter 68 stimmt auch, außerdem hat diese Frau zwei Kinder geboren", sagte Lienert.

„Woran ist sie gestorben?", fragte Kathrin. „Wenn auch wegen der nicht mehr vorhandenen Haut im Kehlkopfbereich keine Würgemale zu sehen sind, ist es doch ziemlich wahrscheinlich, dass sie erwürgt wurde. Zungenbein und Kehlkopf sind gebrochen."

„Irgendwelche Spuren vom Täter?"

„Ausgeschlossen. Ihre Hände sind sehr verbrannt, Spermaspuren nicht mehr nachweisbar, falls es sich um ein Sexualverbrechen handeln sollte. Also wenn du mich fragst, dann ist dieser Fall wieder mal eine harte Nuss."

„Eduard, hast du die komischen Befunde an den Schienbeinen erwähnt?", rief Greta Huhn aus dem Nachbarraum. „Ach ja, das ist in der Tat eigenartig. An beiden Schienbeinen haben wir auf gleicher Höhe Haarrisse in den Knochen festgestellt. So, als wäre stumpfe Gewalt auf die Beine ausgeübt worden. Aber nicht mit allzu großer Kraft. Es könnte sein, dass sie mit niedriger Geschwindigkeit angefahren worden ist."

„Das ist möglich. Ich lasse mal von Peter Schmieder untersuchen, welche Fahrzeugtypen da in Frage kommen", sagte Kathrin.

Die DNA-Analyse räumte dann jeden Zweifel hinsichtlich der Identität der Frauenleiche aus. Es war Eva Zimmermann, 32 Jahre alt, vermisst seit dem 9. September, 14 Uhr 10. Der Besuch bei ihrem Mann war schrecklich. Natürlich hatten Deike und Senf sich die unangenehme Aufgabe abgewimmelt. Kathrin hatte gleich den Polizeiseelsorger Friedrich Schlothammer mitgenommen.

Sie schätzte ihn sehr. Er war uneitel, hörte sehr genau zu und bekam auf diese Weise schnell mit, wie er Trost spenden konnte. Über 20 Jahre lang hatte Schlothammer eine Gemeinde in einem kleinen Dorf in der Nähe ihrer Stadt geleitet. Die Veranstaltungen, die er in der bescheidenen, weiß getünchten Kirche organisierte, zogen auch viele Besucher aus der Stadt an. Fast die ganze Dorfjugend stand hinter ihm. Für die Großen organisierte er Rockfestivals mitten auf dem Acker, für die Kleinen Fußballmatches, und die Mädchen kochten mit seiner Frau in der Küche des geräumigen Pfarrhauses Soljanka für die tapferen Fußballhelden. Vier Kinder hatten er und seine Frau. Eines Tages, die drei Großen waren schon aus dem Haus, trennten sie sich. Sie hatten sich nichts mehr zu sagen. Schlothammers Frau gab vor Jahren ihren eigenen Beruf als Biologin auf, um ein typisches Pfarrfrauenleben ganz im Dienste ihres Mannes, der Kinder und der Gemeinde zu führen. Schlothammer hielt es nicht mehr aus mit seiner viel zu liebevollen Gattin, die alles für ihn tat, und den Menschen in seinem Dorf, die ihn verehrten. Als das Angebot kam, Polizeiseelsorger zu werden, sagte er zu. Ein harter Job, er hatte kaum noch Zeit für sich. Ein Unfall mit Todesfolge, ein Verzweifelter, der sich das Leben nehmen will, Mobbing unter Polizisten, Demonstrationen von Rechtsradikalen, gefährliche Einsätze der Polizei – in allen Extremsituationen war er gefordert. „Manchmal", so hatte er es mal zu Kathrin gesagt: „Manchmal weiß ich nicht mehr, woher ich meine Kraft nehmen soll. Aber das Gute an dieser Arbeit ist, dass ich mit meiner Haltung zu Gott jeden Tag neu auf den Prüfstand gestellt werde."

Kathrin mochte solche innerlich unzufriedenen Menschen, die immer auf der Suche waren. Sie war ein wenig platonisch verliebt in Friedrich Schlothammer gewesen, solange jedenfalls, bis ihr Michael begegnet war.

Nachdem sie Paul Zimmermann die Nachricht überbracht hatten, ließ sie ihn mit Schlothammer allein. Am nächsten Tag würde sie versuchen, ihm Fragen zu stellen.

*

„Eva Zimmermann hat also am 9. September kurz nach 14 Uhr ihre Arbeitsstelle im Krankenhaus verlassen und wie üblich den Weg über die Schienen und den Feldweg genommen. Das hat ihre Kollegin noch aus dem Fenster gesehen. Im Kindergarten ist sie aber nie angekommen", rekonstruierte Kathrin. „So schlau waren wir schon vorher", motzte Deike. „Weiter!"

„Jetzt haben wir wenigstens Gewissheit, wenn auch die traurige, dass sie ermordet wurde und ihre Familie nicht wegen eines Liebhabers verlassen hat", konterte Kathrin, etwas giftiger als nötig. „Sie muss ihrem Mörder auf diesem Feldweg begegnet sein. Er hat sie erwürgt und versucht zu verbrennen, was nicht vollständig gelang. Spuren einer Vergewaltigung lassen sich nicht mehr feststellen. Dafür Haarrisse in den Schienbeinknochen, bei beiden Beinen auf gleicher Höhe. Professor Lienert mutmaßt, dass sie möglicherweise mit niedriger Geschwindigkeit angefahren wurde."

Senf sprang aufgeregt von seinem Stuhl auf und stieß sich dabei das Knie an der Tischplatte, was ihn aber nicht zu stören schien: „Erinnert ihr euch noch an die Zeugenaussage des Zugführers nach der Vermisstenanzeige? Als wir versuchten, den Heimweg von Eva Zimmermann zu rekonstruieren, haben wir auch den Fahrer des Personenzuges befragt, der um 14.20 Uhr an der Stelle vorüber fuhr, an der die Krankenschwester sonst immer die Gleise überquert. Ihm war ein roter Kleinwagen, wahrscheinlich ein Golf II, aufgefallen. Das Auto auf dem Feldweg war ihm merkwürdig vorgekommen. Wir haben seine Zeugenaussage damals zu den Akten gelegt, weil es keinen hinreichenden Verdacht gab, dass dieses Auto etwas mit dem Verschwinden der Zimmermann zu tun haben könnte. Jetzt erscheint diese Aussage aber in einem ganz anderen Licht. Wir sollten Lienert fragen, ob diese Haarrisse an den Knochen der Toten vom leichten Aufprall eines Golf II stammen könnten."

„Vielleicht ist das eine Spur", stimmte Deike ihm zu. „Folgende Schritte: Die Pressestelle soll eine Nachricht zum Auffinden der toten Krankenschwester herausgeben. Gleichzeitig fragen wir, wer in diesem Zusammenhang Auskünfte zu dem roten Golf auf dem Feldweg geben kann. Kathrin geht dann allen eingehenden Hinweisen nach. Schmieder prüft die Halter aller entsprechenden Fahrzeuge. Senf und ich befragen noch einmal die Kollegen und Freunde des Opfers. Vielleicht ist ja ein Fahrer eines roten Golf II darunter."

Dienstag, 11. Oktober

„Krankenschwester tot im Brunnen – Sexmörder zündete sie an". Das Frühstücksbrot blieb ihm im Hals stecken, als er die Zeitung aufschlug. Das Foto der Frau, die er unbedingt vergessen wollte, unter den zentimetergroßen Buchstaben, die ihn ein Sexmonster nannten. Ihn, der mit 33 Jahren noch Jungfrau war. Sexmonster. Sein Kollege Uwe war eins. Jeden Tag schleppte der 'ne andere ab. Erzählte immer genau, wie es war und lachte ihn nur aus.

„Krankenschwester Eva Zimmermann", las er weiter. „Nie in ihrem Leben hatte sie jemandem etwas getan. Ihr Job im Klinikum füllte sie aus. Die zarte, dunkelblonde Eva – für Ärzte, Pfleger, Patienten war sie ein Engel. Nie war ihr die schwere Arbeit zu viel. Dann der Spätsommertag im September: Ihre zwei Söhne und ihr Mann warten vergebens auf sie."

Zwei Kinder hatte sie! Verdammt, dachte er. Das hatte er nicht gewusst. Doch was hätte es geändert? Sie hat sich so gewehrt und geschrien, als er ihr Gesicht streichelte und ihre Brust wie zufällig umfasste, als er ihr ins Auto half. „Du Schwein", hat sie gebrüllt. „Lass mich los, du Schwein." Dabei war er doch kein Schwein. Er doch nicht. Lieb wollte er sein. Ihre Haut berühren, den weichen Körper spüren, an den Haaren riechen. Mehr nicht. Sie war so schön, so warm.
Später wollte er dann an sie denken, wenn er mit sich allein war. Wenn seine Mutter endlich im Nebenzimmer schlief.

Die Erinnerung an den warmen Körper verschaffte ihm mehr Lust als die Bilder in den Zeitungen mit den geilen Frauen. Die machten ihm Angst. Die waren ordinär, so wie seine Mutter es manchmal war, früher, als die Männer bei ihnen ein- und ausgingen. Viele Männer aus ihrem Dorf, Kollegen aus der Milchviehanlage, lagen früher bei seiner Mutter im Bett. Meistens zwischen den beiden Teil-Schichten. Die erste begann morgens um vier Uhr und endete um acht. Die zweite begann nachmittags um zwei Uhr und ging bis abends um sechs. Er durfte frühestens zehn Minuten vor zwei in die Wohnung, wenn er mittags aus der Schule kam. Seine Mutter brach dann gerade zur zweiten Schicht auf. Manchmal, wenn sie auch nachts Männerbesuch hatte, durfte er sein Zimmer auf keinen Fall verlassen. Sie hatten nur diese zwei Räume, in denen sie heute noch lebten. Mutter wohnte in dem großen Durchgangszimmer, sein kleines Kabuff lag dahinter. Er hatte sich angewöhnt, nachts ein Gefäß mit in sein Zimmer zu nehmen, in das er pullern konnte, wenn er dringend musste. Manchmal wurde er vom Stöhnen und Lachen aus dem Nebenzimmer geweckt. Dann blickte er durchs Schlüsselloch und sah, wie sich irgendein Kerl in den festen Leib seiner Mutter krallte. Wie sich sein Hintern gewalttätig auf und ab bewegte. Das musste doch wehtun. Seine Mutter schrie.

Niemals, bis heute nicht, konnte er sich vorstellen, was an diesem Gewaltakt schön sein sollte.

Eine kleine, warme Frau wollte er haben, zum Kuscheln und Schmusen. Zweimal hatte es schon geklappt. Mit einem Auto aus der Werkstatt zur Probefahrt auf den Feldweg, eine Frau ganz leicht angefahren, so dass ihr nichts passiert. Sie sollte nur einen Schreck bekommen. Dann hat er sich entschuldigt und ihr angeboten, sie nach Hause zu fahren. Und dann kam das Schönste: Sie untergefasst und gestützt, dabei wie zufällig ihre Brust berührt, sie an sich gezogen und ins Auto gesetzt. Und bei der Frau zu Hause noch mal das Gleiche. Die Wärme der kurzen Berührung reichte für viele schöne Träume. Mehr wollte er auch diesmal nicht.

„Jetzt, vier Wochen später, wurde ihre Leiche im Brunnen eines verlassenen Hauses gefunden. Halb verkohlt", las er weiter. „Der Mörder übergoss sein Opfer mit Benzin, zündete es an. Vermutlich hat er sein Opfer vorher vergewaltigt." So ein Quatsch. Ich habe ihr nur den Mund zugehalten, weil sie so schrie. Und den Hals zugedrückt, bis sie leise war. Bis sie endlich leise war. Warum hat sie auch geschrien? Ich wollte ihr nichts tun.

„Die Kriminalpolizei sucht in diesem Zusammenhang Zeugen, die Auskünfte zu einem roten Golf II geben können, der am 9. September gegen 14.20 Uhr auf dem Feldweg zwischen Klinik und Bahngleisen gesehen wurde ..."

Sie wissen von dem Auto...

„Eh, Ronny, ist dir dein Frühstück im Hals stecken geblieben? Du siehst aus, als hättest du 'ne Kröte verschluckt", riss Uwe ihn aus seiner Grübelei. „Steht da irgendwas in der Zeitung?", Uwe riss ihm das Blatt aus der Hand. „Ach so, die Geschichte mit der Krankenschwester. Hab ich schon im Radio gehört. Schwanz ab, kann ich nur sagen, bei so einem Schwein. Wahrscheinlich ist das ein Perverser, der zu blöd ist, sich 'ne

Frau zu angeln. Muss den Weibern auflauern und denen Gewalt antun. Hoffentlich haben die den bald. Aber nun los, wir müssen noch den Wagen von der Müller durchchecken, die holt den in 'ner Stunde ab."

Sie wissen von dem Auto. Wie viele rote Golf II mag es geben in der Gegend?

Es war nicht sein Wagen. Er hatte gar kein Auto, kam täglich mit dem Fahrrad die zehn Kilometer aus dem Dorf, wo er immer noch mit seiner Mutter hauste. Sie lebten jetzt fast allein in einem Wohnblock aus den 60er Jahren, der einmal 80 Familien Platz bot. Sechs Blöcke wurden gebaut, als damals die Milchviehanlage für über 10 000 Kühe in sein Dorf kam. Das kleine 200-Seelendorf, in dem bis dahin nur ein paar kleine Neubauernhäuser standen, hatte plötzlich 1500 junge Leute mehr. Es bekam einen Kindergarten, eine Schule, eine kleine Kaufhalle. Als nach der Wende das Volkseigene Gut geschlossen wurde, verloren über 800 Einwohner seines Dorfes ihre Arbeit. Wer die Gegend verlassen konnte, ging. Seine Mutter, eine der besten Melkerinnen ihres Betriebes, war zu unflexibel. Kurzzeitig versuchte sie sich ausgerechnet als mobile Kosmetikberaterin. Sie legte die wenigen Ersparnisse in Antifalten- und Anticellulitecremes an, die noch heute kistenweise im Keller lagerten. Nur einen Bruchteil der Dosen und Flaschen hatte sie an die Frau gebracht, die meisten verschenkte sie zu einem Freundschaftspreis. Es war ja auch noch kaum jemand da, der die Kosmetik kaufen konnte. Außerdem wollte sich eigentlich niemand von ihr beraten lassen. Ausgerechnet in Fragen der Hautpflege. Das ganze Dorf tuschelte damals darüber, dass sie mit jedem Mann ins Bett ging.

Jetzt verfiel seine Mutter genauso schnell wie die sich zusehends leerenden Häuser. Täglich wurde sie abgehärmter, die Haare waren nur noch dünne, fettige Strähnen. Ihre Augen waren so trüb wie die dreckigen Fensterscheiben der Wohnungen ringsherum. Seit der Pleite mit der Kosmetik ging sie täglich nur noch einen Weg. Den zum Kiosk, der jetzt vor der inzwischen verriegelten und mit Brettern zugenagelten Kaufhalle stand. Dort holte sie fünf Büchsen Bier und eine Flasche Klaren. Fürs Wochenende mindestens die doppelte Ration. Feste Nahrung bekam sie kaum noch herunter. Trotzdem kochte er ihr täglich einen Pamps aus Gemüse und Kartoffeln oder schmierte ein Brot mit Leberwurst, das er in kleine Häppchen schnitt. Denn statt der Zähne hatte sie nur noch schmerzende Stummel im Mund. Mit ihren 52 Jahren sah sie aus wie 75. Manchmal griff sie seine Hand und flehte, dass er sie nicht allein lassen dürfe. Nein, das würde er nicht tun. Schließlich hatte sie ihn großgezogen, ohne Vater. 19 Jahre alt war sie, als er zur Welt kam. Sie hatte ihm zu essen gegeben und zu trinken. Und manchmal hat sie auch mit ihm gespielt. Einen Vater habe sie immer gesucht, hat sie ihm mal erzählt. Damals, als sie noch so hübsch war, dass sich jeder Kerl nach ihr umschaute. Deshalb die vielen Männer. Nur bleiben wollte keiner.

Nein, im Stich lassen wollte er sie nicht. Aber vielleicht würden sie ihn bald holen. Sie hatten die tote Frau gefunden, die er in Panik versucht hatte zu verbrennen. Er hatte sie auf dem leeren Gehöft, an dem er täglich auf dem Weg zur Arbeit vorbeifuhr, in den Brunnen geworfen, mit Benzin aus dem Kanister, den er im Golf gefunden hatte, übergossen. Er hatte sie angezündet und war weggefahren. Offenbar musste das Feuer ausgegangen sein.

Sie wussten auch von dem Auto. Sie würden alle Besitzer von roten Golf II befragen, was sie am 9. September um 14.20 Uhr getan hätten. Und dann wüssten sie, dass einer von den Wagen an dem Tag bei ihnen in der Werkstatt war und er fast zwei Stunden zur Probefahrt mit ihm unterwegs war. Zum Glück hatte er die Stoßstange, mit der er die Frau angefahren hatte, gegen eine andere alte Stoßstange, die hinten in der Werkstatt herumlag, ausgetauscht. Kein Mensch hatte etwas gemerkt, weder der Meister, Uwe schon gar nicht und auch nicht die Kundin, die abends ihr Auto wieder abgeholt hatte.

Er sei ein Schwein, ein perverses Schwein, das Frauen tötet. So schrieb es die Zeitung.

Die Angst war wieder da. Die Angst, die er eigentlich vergessen wollte, und die ihn eine Woche lang arbeitsunfähig gemacht hatte, nachdem er die Frau getötet hatte. Doch den ganzen Tag mit seiner Mutter zusammen zu sein, hielt er nicht mehr aus. Er musste wieder zur Arbeit, fuhr aber einen Umweg mit dem Rad, um nicht an dem alten Forsthaus vorbei zu müssen. Er wollte vergessen. Verdammt, die Frau hatte Kinder und einen Mann.

Ronny Schramm rannte aufs Klo und kotzte sein Salamibrot aus. Wieder und wieder musste er würgen, bis ihm die Tränen übers Gesicht liefen.

*

Paul Zimmermann, ohnehin ein schlanker Mann, war in den zwei Tagen seit der Nachricht vom Auffinden seiner Frau abgemagert bis auf die Knochen. Zwischen Nase und Oberlippe machte sich ein riesiger Herpes breit. „Das bekomme ich immer bei seelischem Stress", entschuldigte er sich bei Kathrin für sein entstelltes Aussehen.

Die Kinder spielten leise in ihrem Zimmer. Auch ihre Gesichter waren unendlich traurig, obwohl sie nicht begreifen konnten, dass Mama niemals mehr wiederkommen würde. „Sie sitzt auf einem Stern und beschützt uns", erzählte Jacob, der Größere von beiden. „Aber warum kann sie nicht lieber hier sein und uns hier beschützen, hier ist sie doch viel schneller bei uns, wenn wir Bauchweh haben oder jemand uns ärgert?"

Kathrin konnte bei diesen Fragen auch ihre Tränen nicht mehr zurückhalten. In dicken Strömen rannen sie die Wangen herunter und hinterließen zwei schwarze Spuren von ihrer Schminke. Distanz – versuchte sie sich innerlich zu ermahnen. Halte Distanz. Aber es wollte ihr nicht gelingen. „Warum weinst du denn?", fragte jetzt auch noch der kleine Johannes. „Ist deine Mama auch gestorben?"

Nein, zum Glück nicht. Gleich heute Abend würde sie bei ihren Eltern anrufen, um zu hören, ob alles in Ordnung sei und ihr eigenes Herz ausschütten. Mit ihrer Mutter konnte sie über alles reden, auch über ihren Liebeskummer mit Michael.

„Mir ist nur eine Fliege ins Auge geflogen", suchte sie nach Ausflüchten. „Ich fange selber an zu glauben, dass sie da oben ist, sonst halte ich das nicht aus. Sie niemals wieder zu sehen! Sie ist so sinnlos gestorben. Da gibt es keinen Trost." Paul Zimmermanns Stimme war heiser und brüchig. „Herr Pfarrer Schlothammer versucht, täglich bei uns vorbei zu kommen. Es tut gut, wenn er da ist. Die erste Nacht wollte er sogar hierbleiben, aber dann kam der Anruf wegen des Unfalls auf der Bundesstraße. Sie wissen: die drei Jugendlichen, die an den Baum gerast sind. Schlothammer hatte eine lange Nacht, musste den Familien die Todesnachrichten überbringen. Morgens war er wieder hier, hat die Jungs in den Kindergarten gebracht und dort mit den Erzieherinnen und den Kindern über den Tod gesprochen. Mir hat er gesagt, dass diese Arbeit seine Droge ist, mit der er seine eigenen Probleme betäubt. Jeder hat sein Päckchen zu tragen, der eine ein großes, der andere ein kleineres." Auch bei Paul Zimmermann liefen ununterbrochen die Tränen. Dann schnäuzte er sich. „Tschuldigung. Sie sind ja nicht gekommen, um sich mein Geplapper anzuhören."

„Geplapper, ich bitte Sie", wiegelte Kathrin ab. So viel Zeit für ein paar persönliche Worte musste sein, auch wenn Deike wahrscheinlich wieder demonstrativ auf die Uhr schauen würde, wenn sie verspätet zur Besprechung kam.

„Aber ich habe tatsächlich eine Frage. Gibt es jemanden in Ihrem Bekanntenkreis, der einen roten Golf II fährt?"

„Was weiß denn ich. Autos interessieren mich nicht." Zimmermann hatte keine Lust darüber nachzudenken. „Bitte überlegen Sie", bat Kathrin. „Ein Zeuge hat einen roten Golf II auf dem Feldweg beobachtet, um die Zeit, als Ihre Frau dort gewesen sein muss. Möglicherweise hat der Fahrer etwas gesehen oder selbst etwas mit dem Verbrechen zu tun."

Zimmermann horchte auf. „Ein älterer roter Golf? Im Bekanntenkreis fällt mir niemand ein. In der Familie auch nicht. Aber wenn mich nicht alles täuscht, habe ich auf dem Parkplatz am Klinikum manchmal einen gesehen, wenn ich meine Frau abgeholt habe." Wieder traten ihm die Tränen in die Augen. „Dunkelrot. Aber wem der gehört, weiß ich wirklich nicht."

Sieben verpasste Anrufe und drei Nachrichten zeigte Kathrins Handy an, als sie wieder vor die Tür trat und erst einmal tief durchatmen musste. Sechs Anrufe und zwei Nachrichten kamen von Michael, der sich besorgt erkundigte, ob irgendetwas mit ihr nicht in Ordnung sei oder welchen Grund es habe, dass sie offenbar nicht für ihn zu sprechen war. Eine kleine Genugtuung für Kathrin. Sollte er nur warten, so wie sie Wochenende für Wochenende auf ihn wartete. Sie würde sich nicht sobald melden. Der siebte Anruf und die dritte Nachricht kamen von Deike. Wo sie denn bleibe, hatte er auf die Mailbox gekläfft. Sie wisse doch, dass jeden Tag pünktlich um 15 Uhr Teamberatung sei. Für die Abwesenheit ließ er kaum eine Entschuldigung gelten. Aber Kathrin hatte es einfach nicht geschafft, Paul Zimmermann in seinem Jammer allein zu lassen. Wann der wohl wieder in der Lage sein würde zu arbeiten und mit seinen Kindern einen halbwegs normalen Alltag zu leben? Letzteres wird wohl nie wieder möglich sein. Zu sehen, wie die beiden Kinder ganz leise und mit unsagbar traurigen Augen in ihrem Kinderzimmer vor sich hin spielten, zerriss fast ihr Herz. „Ich muss das Schwein finden", spornte sie sich selber an. „Ich muss!", obwohl die

Ausgangslage alles andere als rosig war. Alles, was sie hatten, war ein dunkelroter Golf.

„Du bist nicht dazu da, den Ehemann zu trösten, sondern einen Mörder zu finden", raunzte Deike, nachdem Kathrin ihm wahrheitsgemäß erklärte, warum sie nicht pünktlich zur Beratung gekommen war. „Das Trösten kannst du in deiner Freizeit übernehmen. Senf und Schmieder haben inzwischen eine Liste aller Besitzer eines dunkelroten Golf II in unserer schönen Stadt zusammengestellt. Und rate mal, wen wir darauf gefunden haben."

„Einen Kollegen von Eva Zimmermann?", fiel ihm Kathrin ins Wort.

„Woher weißt du das?"

„Paul Zimmermann hat von einem solchen Auto erzählt, das er immer auf dem Klinikparkplatz gesehen hat. Wem es gehört, weiß er aber nicht."

„Aber wir wissen es, Frau Unglaub. Es gehört einem gewissen Ralf Seiler, Doktor Ralf Seiler, Oberarzt seines Zeichens. Habe ich doch immer gesagt, dass da was passiert zwischen den schönen Krankenschwestern und den Ärzten. Kathrin und Gerd, ihr fahrt in die Klinik. Und wir prüfen inzwischen die Alibis der anderen Golf-Fahrer für die fragliche Zeit, nicht wahr Peter?"

Wir – das hieß bei Deike, dass Peter Schmieder sich allein an die Befragung der 43 Golf-Fahrer machen musste. Der Chef würde sich wie immer, wenn nicht ganz dringende Arbeit anlag, wegen angeblich wichtiger Telefonate in seinem Büro verschanzen.

„Der Alte zieht sich wieder schön aus der Affäre", schimpfte Senf im Auto vor sich hin. Und diese Beratung! Eine Viertelstunde lang hat er darüber gelabert, welche Sträucher er in seinem Garten gepflanzt hat, und dann hat er sich immer weiter in Rage geredet, weil du nicht da warst."

„Na und?", fragte Kathrin: „Was soll ich jetzt dazu sagen? Sprich doch mit ihm, wenn es dich so stört. Du bist doch der einzige von uns, der mit ihm reden kann."

„Da irrst du dich, meine liebe Kathrin. Bei mir zeigt er es nur nicht so offensichtlich. Dafür sind seine Methoden, sich an mir zu rächen, viel gemeiner. Weißt du, was ich gerade erfahren habe? Ich bin dafür vorgesehen, die Leitung der Mordkommission II in unserer Landeshauptstadt zu übernehmen und Deike will es mir verbauen."

„Herzlichen Glückwunsch. Aber was heißt, er will es dir verbauen?"

„Ich wäre faul, unkollegial und nicht loyal, hat er dem großen Chef erzählt. Und er würde nach seinen bisherigen Erfahrungen mit mir dringend davon abraten, mich mit so einer verantwortungsvollen Aufgabe zu betrauen."

„Woher weißt du das?", fragte Kathrin.

„Unser großer Chef sitzt mit meinem alten Herrn im Lions-Club der Landeshauptstadt. Ich denke, dieser Umstand wird dazu beigetragen haben, dass ich überhaupt in sein Blickfeld für diesen Posten geraten bin. Da mache ich mir nichts vor. Aber auf diese Weise habe ich es eben auch erfahren, wie Deike hinten herum intrigiert. Der war heut so scheißfreundlich zu mir – zum Brechen."

„Ich glaube, wenn wir ihm ein bisschen um den Bart gehen würden, könnte es uns gut gehen", entgegnete Kathrin. „Aber so sind wir beide nicht."

„Ich weiß, dass man Arschkriecher sein muss, wenn man etwas erreichen will. Deshalb werde ich nie die Mordkommission II kriegen."

„Aber im normalen Arbeitsalltag bist du in der Tat ziemlich unkollegial und auch faul", sagte Kathrin beim Aussteigen vor der Klinik. „Manchmal ärgert mich das ungemein." Der Zeitpunkt, das endlich mal loszuwerden, war einmalig.

„Das mag sein. Dienst nach Vorschrift heißt meine Devise und das heißt Dienst nach Deikes Vorschrift – also schlechter Dienst. Aber du musst zugeben, dass ich, wenn der Chef nicht da ist und ich ihn vertreten muss, zur Höchstform auflaufe."

Das stimmte. Dann machte die Arbeit Spaß, dann ging es voran.

„Also Gerd, wie wäre es, wenn du nicht vor Augen hast, gegen wen du arbeitest, sondern für wen? Ich will herausfinden, wer der Eva Zimmermann das angetan hat. Und da sind mir Deikes Vorschriften egal. Ich finde die auch idiotisch, aber ich muss mich ja nicht daran halten." Sie war sehr froh über das Gespräch mit Gerd Senf. Vielleicht entspannte sich ihr Verhältnis endlich, das nach dem Korb, den sie ihm gegeben hatte, immer etwas unangenehm war.

„Aber jetzt halten wir uns an Deikes Befehl und befragen mal den netten Herrn Oberarzt."

„Oberarzt Seiler ist noch im OP, aber er müsste gleich fertig sein",
sagte die Schwester. „Soll ich Ihnen einen Kaffee machen?" Fünf Minuten später dampfte das aromatisch duftende Getränk vor ihnen, und
Schwester Annette stellte noch einen großen Teller mit Keksen auf den
Tisch im Dienstzimmer. Senf futterte ihn in Windeseile fast leer und
ließ nur noch einen Anstandskeks übrig, Er war eben doch ein großer,
manchmal etwas ungehobelter Junge.

Seiler hingegen war ein Mann, wie er im Buche stand. Groß, sportlich,
charmant. Seine Hände waren schlank und trotzdem kräftig und sein
Lächeln überaus gewinnend. Wenn es auch in diesem Moment aufge-
setzt wirkte und sehr schnell von einem bitteren Zug um den Mund ab-
gelöst wurde.

„Sie kommen wegen Eva Zimmermann – nicht wahr? Es ist schrecklich
für uns alle. Und es fällt uns schwer, zum normalen Alltag überzugehen, das können Sie mir glauben. Sie war wie eine Sonne. Allein von
ihrem Anblick wurden die Patienten gesund. Sie hat alle um den Finger gewickelt, vom kleinsten Praktikanten bis zum Professor. Aber sie
hat es nicht absichtlich getan. Sie war einfach so, wenn sie in einen
Raum kam, wurde er hell und warm." Seine Worte klangen echt. „Ich
will daraus keinen Hehl machen, dass ich sie besonders mochte und
mich auch um ihre private Zuneigung bemüht habe. Ich wollte sogar
Tango lernen. Eva ging immer donnerstags zum Tango. Aber sie hatte
an mir kein Interesse. Sie dachte gar nicht daran ihren Mann zu betrügen."

Kathrin war ziemlich überrascht von der Offenheit des Arztes. Das, was er sagte, nahm nicht gerade den Verdacht von ihm. Doch wie er es sagte, ließ ihn völlig unschuldig erscheinen.

„Kann es sein, dass Sie sich die Zuneigung erzwingen wollten?", fragte Senf. „Wissen Sie, im Zusammenhang mit Frau Zimmermanns Ermordung suchen wir den Fahrer eines roten Golf II. Wie wir herausgefunden haben, fahren Sie so ein Auto."

„Ja, das ist richtig. Aber da hat die schöne Eva leider nie drin gesessen", beteuerte Seiler.

„Das werden wir überprüfen. Erlauben Sie mir eine Frage. Warum fahren Sie eigentlich so ein altes Auto? Sie könnten sich doch bestimmt einen neuen teuren Wagen leisten?", fragte Senf.

„Sicher", antwortete Seiler und schaute Senf geringschätzig an. Sein Blick sagte so viel wie – noch so einer, der sich nur über Status-Symbole definieren kann. „Ich muss nicht mit dem Geld protzen, das ich verdiene. Meine Wohnung ist völlig bescheiden, ich trage am liebsten Jeans und T-Shirts, und mein Auto fahre ich so lange, bis es nicht mehr durch den TÜV kommt. Wer mich mag, der mag mich meinetwegen." Er lächelte verstohlen zu Kathrin. „Dafür gehe ich gern gut essen."

Sieh an, dachte Kathrin. Er fängt schon an zu flirten. So sehr scheint ihm der Tod von Eva Zimmermann nicht zu schaffen zu machen, wenn er schon wieder strahlende Augen für andere Frauen hat. Unter anderen Umständen wäre ihr der Flirt-Versuch sogar angenehm gewesen. Es tat ihr immer wieder gut zu spüren, dass es außer Michael noch andere Männer gab, die sich für sie interessierten. Jederzeit, so versuchte sie sich

44

einzureden, jederzeit würde sie den Absprung von ihrer unglücklichen Liebesbeziehung schaffen.

„Was haben Sie am 9. September kurz nach 14 Uhr gemacht?", fragte Senf den Chirurgen.

„Da muss ich mal in den Dienstplan schauen. Annette, kannst du mir bitte mal den Plan von September bringen?"

Nach zwei Minuten war die etwas burschikose Schwester mit dem Plan zur Stelle. „Was steht bei mir für den 9. September drin?", fragte er mit einem gewinnenden Lächeln.

„Ab acht Uhr hatten Sie OP-Tag. Das waren zwei Leistenbrüche und ein Oberschenkelhals, der als Notfall eingeliefert wurde. Gegen 14 Uhr haben Sie den OP verlassen."

„Dann habe ich geduscht und hinterher meinen Rundgang auf der Station gemacht. Anschließend hatte ich noch den Schreibkram zu erledigen. Ich glaube, ich habe ausnahmsweise mal pünktlich, so gegen 17 Uhr, die Klinik verlassen."

„Haben Sie sonst irgendeinen Verdacht, wer es auf Eva Zimmermann abgesehen haben könnte?", fragte Kathrin.

„Eigentlich nicht", entgegnete Seiler. „Wie gesagt, sie war sehr beliebt."

„Und Schwester Annette, fällt Ihnen etwas ein?"

Doch die schüttelte nur den Kopf und lief, sich die Tränen verbeißend, aus dem Zimmer. Auf dem Klinikflur holte Kathrin die Schwester ein. Ihre Augen waren leicht gerötet. „Wissen Sie, Eva und ich, wir arbeiten jetzt seit 14 Jahren zusammen und wir haben schon zusammen unsere Schwesternausbildung gemacht. Ich weiß, wie sie ihren Mann kennen gelernt hat, habe mit als erste von ihren Schwangerschaften erfahren. Wir haben uns oft auch privat getroffen. Sie war richtig glücklich. Ich kann mir nicht vorstellen, dass es jemanden gibt, der es direkt auf sie abgesehen hat. Sicher gab es viele Männer, die scharf auf sie waren. Ob unsere Herren Doktoren oder ob Patienten. Aber sie hatte so eine freundliche Art, sie zurückzuweisen, dass es ihr niemand übel nehmen konnte."

„Doktor Seiler erwähnte eben einen Tango-Kurs. Tango, der Tanz der Liebe und Leidenschaft. Hat Eva Zimmermann den zusammen mit ihrem Mann besucht?"

„Nein, das war ihr Vergnügen ganz für sich allein. Ihr Mann tanzt, glaube ich, gar nicht. Aber er war tolerant genug, Eva diesen Freiraum einzuräumen. Ob sie da jemand anderen kennen gelernt hat, weiß ich nicht. Ich weiß nur, dass sie sich immer besonders schön gemacht hat, wenn sie hingegangen ist."

„Das Alibi von Doktor Seiler können mindestens 10 Kollegen und 20 Patienten bestätigen", teilte Gerd Senf seinem Chef mit. Also nichts mit dem ominösen Verhältnis von Oberarzt und Krankenschwester, auch wenn der smarte Herr Doktor keinen Hehl daraus gemacht hat, wie appetitlich er die Zimmermann fand. Aber der scheint überhaupt eine Schwäche für Frauen zu haben. Kathrin wurde auch gleich von ihm angemorst."

„Ach, was du wieder gesehen haben willst", wiegelte Kathrin ab. „Mit unserer Alibi-Überprüfung sind wir auch ziemlich weit gekommen", übernahm Schmieder. „35 von den 43 Golf-Fahrern haben wir erreicht. 33 haben ein sicheres Alibi. Einer lag am 9. September krank zu Hause in seinem Bett, was bei einem Alter von 75 Jahren nicht ganz unwahrscheinlich ist. Eine junge Frau, die Volontärin bei der Zeitung ist, will ihren Golf in der Werkstatt gehabt haben. Das Dumme ist nur, dass uns die Schreiberlinge nun auf dem Kieker haben. Denn so viel war klar, die junge Dame wollte uns ausquetschen, als sie mitbekam, worum es ging. Ich würde mich nicht wundern, wenn die Geschichte morgen groß in der Zeitung breit gelatscht wird. Wenn die uns mit ihrem Geschreibsel die Ermittlungen vermasselt, kann die was erleben."

Bei den anderen acht Golf-Besitzern müssen wir noch nachhaken, vier arbeiten außerhalb, drei sind im Urlaub, einer hat sein Auto vor drei Wochen verschrottet. Vielleicht ist das unser Mann."

„Möglicherweise gibt es noch eine Spur", hakte Kathrin ein. „Eva Zimmermann war Tangotänzerin. Einmal in der Woche ist sie da hingegangen, donnerstags, und sie soll sich immer sehr schön gemacht haben. Wir haben das nach ihrem Verschwinden nicht weiter verfolgt, weil es keine Anhaltspunkte für ein Verbrechen gab. Es könnte aber durchaus sein, dass sie bei diesem doch ziemlich leidenschaftlichen und intimen Tanz jemandem näher gekommen ist. Vielleicht hatte sie doch ein Geheimnis, von dem niemand etwas ahnte."

„Na gut. Gerd, du kümmerst dich um das verschrottete Auto und du, Eva, machst den Leiter des Tanzkurses ausfindig und befragst ihn. Und du, Peter, du gehst in die Werkstatt und lässt dir die Reparatur vom

Auto der Journalistin bestätigen. Und morgen pünktlich 15 Uhr treffen wir uns hier." Deike schickte noch ein paar eindringliche Blicke zu Kathrin.

*

Von dem Ballhaus „Tanzschuh", das David Boeker, ein ehemaliger Tänzer des Theaters, in ihrer Stadt gegründet hatte und inzwischen mit großem Erfolg betrieb, hatte Kathrin schon oft gehört. Sie kannte Boeker ganz gut, er war genau wie sie Stammgast in der gemütlichen Kneipe in der Seitenstraße des Marktes. Gerade in der Gründungsphase des Ballhauses hatten sie oft miteinander gesprochen. Sie wusste um seine Schwierigkeiten, alle Vorschriften der Bauaufsicht wegen des Brandschutzes und irgendwelcher Fluchtwege erfüllen zu können. Doch schließlich hatte er es geschafft und mit einem großen Maskenball den neuen Szenetreff eröffnet, der vor allem die Mode des Tangotanzens aufgriff, die in Großstädten schon lange gepflegt wurde. Oft hatte David versucht Kathrin zu überreden, auch zum Tango zu kommen. Sie hatte immer abgelehnt. „Du findest doch für mich gar keinen Tanzpartner, der mindestens 1,85 Meter groß ist."

„Doch, ich habe einen wunderbaren schwulen Freund, der ist so groß und kann sehr gut tanzen. Der hat nur immer Pech mit den Frauen. Weil er so toll aussieht, verlieben sie sich in ihn, obwohl sie wissen, dass er schwul ist. Vielleicht denken sie, dass sie ihn noch herumbekommen.

Aber er mag wirklich nur Männer. Ihr wäret ein Traumpaar." Aber Kathrin war nicht zu überzeugen.

Sie verabredete sich mit David in ihrer Stammkneipe, dem „Blumenladen". Die hieß so, weil Nina, die Frau von Gastwirt Jimmy, darin einen Blumenladen betrieb, in dem sie ausgesucht schöne Blumensträuße und Topfpflanzen verkaufte. Der „Blumenladen" war mal die Erdgeschosswohnung in einem alten herrschaftlichen Haus. Aus den sechs großen Zimmern hatten Jimmy und Nina drei Räume Kneipe und drei Räume Blumenladen gemacht. Die frühere Küche fungierte immer noch als Küche und das ehemals große Bad war jetzt in mehrere Toilettennischen abgeteilt. Überall standen Blumen von Nina. Das Mobiliar stammte von einem befreundeten Kunstschweißer, der ausgefallene Stühle und Tische kreiert hatte. Die Stühle waren mit roten und schwarzen Lederpolstern bezogen. Die Kneipe war einzigartig in der Stadt und lief vom ersten Tag an gut. Jimmy und Nina hatten darüber eine Wohnung, die den gleichen Grundriss hatte wie der „Blumenladen". Zwei Zimmer davon hatten sie an ihren Koch untervermietet. Aber irgendwann, wenn sie Kinder hätten, und die wollten sie unbedingt, müsste sich der Koch eine eigene Wohnung suchen.

Als Kathrin und David den „Blumenladen" betraten, saß Michael allein am Tisch beim Tresen und rührte mit finsterem Gesicht in seinem Milchkaffee. Sein Blick hellte sich auf, als er sie sah, wurde aber noch böser, als er bemerkte, dass Kathrin nicht allein war, sondern zusammen mit dem Tänzer, den er nicht mochte, das Lokal betrat. Sie kam kurz an seinen Tisch: „Es tut mir leid, ich stecke mitten in Ermittlungen."

„Ja, das sehe ich", entgegnete er missmutig. „Ich muss dringend mit dir reden. Meine Frau …"

Einen Moment wurde Kathrin hellhörig. Was war mit seiner Frau? Aber sollte er es wirklich schaffen, sie mit einer Bemerkung von ihrer Aufgabe abzubringen? Auf keinen Fall. „Es tut mir leid, ich kann jetzt nicht. Wir haben vorgestern Nacht die Krankenschwester gefunden, die so lange vermisst war. Sie ist tot. Ermordet. Sie ging regelmäßig zum Tango. Vielleicht kann David uns weiterhelfen."

„Vielleicht war er es auch selbst." Michael war wirklich sauer. Er, der nüchterne, rationale Typ, mochte den bunten Paradiesvogel David nicht. David ging es umgekehrt genauso, weil er die Meinung vertrat, dass Kathrin sich wegschmeißen würde an den verheirateten Mann, der seit zwei Jahren dieses Doppelleben führte und sich nie von seiner Frau trennen würde. Nie. Davon war David überzeugt.

„Nun halt mal die Luft an und überleg dir, was du für Behauptungen in den Raum stellst." Jetzt wurde Kathrin auch wütend. „Ich hab zu arbeiten", sagte sie knapp und ließ Michael sitzen. Sie setzte sich mit David in einen Winkel der Kneipe, in dem sie ihren übel gelaunten Liebhaber nicht mehr sehen konnte.

„Ich sage dir, Kathrin, dein Lover ist ein richtiger Macho. Hat zu Hause 'ne Frau und spielt sich hier auf, als wärst du sein Eigentum. Das passt doch gar nicht zu dir. Aber du musst es ja wissen."

50

„Du sagst es, David. Lass mein Gefühlsleben mal meine Sorge sein. Ich habe alles voll im Griff." Ihre Gedanken schweiften für einen Moment ab: Was ist mit seiner Frau? Hat er es ihr endlich gesagt? Wollen sie sich trennen? Doch dann zwang sie sich zur Konzentration: „Du hast doch bestimmt von der toten Krankenschwester, der Eva Zimmermann, gehört. Sie hat bei dir Tango getanzt. Ist dir da jemals etwas aufgefallen? Hatte sie näheren Kontakt zu einem anderen Tänzer?"

„Allerdings", sagt David: „Und ich habe schon überlegt, ob nicht vielleicht ihr Mann der Täter gewesen sein könnte, wenn der mitbekommen hat, dass seine Eva jeden Donnerstag die heißesten Tänze mit so 'nem Typen aus Berlin hingelegt hat, der jedes Mal extra angefahren kam. Immer haben die beiden zusammen getanzt. Das erste Mal war er gerade zufällig hier, dann kam er immer extra wegen ihr. Er hat auch mit keiner anderen Frau getanzt, sie mit keinem anderen Mann. Und das sah gut aus bei den beiden, kann ich dir sagen. Sie, so honigblond mit strengem Dutt in schmeichelnden Kleidern. Er, schwarzhaarig mit glatt nach hinten gekämmten Haaren. So wie er muss der junge Robert de Niro ausgesehen haben. Ich glaube, er ist Fotograf. Wenn die nichts miteinander hatten, dann weiß ich auch nicht. So wie die getanzt haben, das war die pure Erotik. Ich habe keine Ahnung, wo die nach dem Tanzen immer hingegangen sind. Vielleicht hatten die hier ja ein Liebesnest. Oder sie haben es in seinem Auto getrieben - so 'nem alten Mercedes – ein Riesenschiff."

„Kennst du seinen Namen?"

„Reinhard, glaube ich. Er war übrigens in den ganzen letzten Wochen hier und hat auf seine Eva gewartet. Getanzt hat er nicht. Das wäre schon eine ganz schöne Geldverschwendung, wenn der wüsste, dass die Zimmermann tot ist. Vielleicht kommt er am nächsten Donnerstag wieder, dann kannst du ihn selbst befragen. Vielleicht hat ihr Mann, der Stockfisch, etwas mitbekommen und ist durchgedreht."

„Vergiss es, mein lieber David. Der war zum Tatzeitpunkt über 30 Kilometer entfernt von hier und hat auf seiner Station die kranken Kinder versorgt. Also bitte keine Spekulationen und üblen Nachreden. Und was heißt hier Stockfisch?"

„Naja, erotisch finde ich den nicht gerade. Und ich kann mir nicht vorstellen, was dieses Vollweib Eva Zimmermann an dem gefunden haben soll."

„Das musst du auch nicht, mein lieber David. Ist dir sonst mal jemand aufgefallen mit einem dunkelroten Golf II, der sich irgendwie im Umfeld der Zimmermann aufgehalten hat?"

„Nicht, dass ich wüsste. Falls mir noch etwas einfällt, melde ich mich. Und jetzt lass uns endlich etwas zu essen bestellen, ich vergehe vor Hunger."

Da fiel auch Kathrin auf, dass sie seit dem Frühstück nichts mehr zu sich genommen hatte. Wie immer, wenn die Arbeit sie voll in Beschlag nahm, vergaß sie das Essen. Sie bestellte eine große Portion Bandnudeln mit

Gorgonzola-Sauce, Spinat und Lachs und einen Viertelliter Grauburgunder, dem später noch ein weiterer folgte. Sie musste Pause machen. Heute würde sie sowieso nicht weiter kommen.

Gerd Senf beschloss, an seiner Spur unbedingt dran zu bleiben. Genau eine Woche nach dem Mord hatte Frank Roter, Trainer in einem Fitness-Studio, seinen roten Golf verschrotten lassen, nachdem er damit einen Auffahrunfall verursacht hatte. Für die Tatzeit hatte der kräftige Mann kein Alibi. Er erklärte, vor seinem Dienst, der an dem Tag erst um 16 Uhr begonnen hatte, noch mal ein Mittagsschläfchen gehalten zu haben. Er erkannte aber Eva Zimmermann auf dem Foto. Er identifizierte sie als Krankenschwester von der Unfallstation, auf der er vor einem Jahr mit einem Kreuzbandriss gelegen hatte. Das alles langte nicht für einen hinreichenden Tatverdacht. Aber im Auge behalten sollte man den Mann. Nichts wäre für einen Karrieresprung förderlicher als ein schnell und sicher von ihm aufgeklärter Fall, dachte Gerd Senf. Er würde sich mal im Fitnessstudio umschauen und die sportliche Kollegin aus dem Revier befragen. Die war Mitglied in diesem Studio. Mit diesem Plan fuhr er zufrieden nach Hause in sein Einfamilienhaus, das ihm sein Vater geschenkt hatte, und das er ganz allein bewohnte. An diesem Abend begleitete ihn ein leichtes Herzklopfen, denn auf dem Heimweg würde er kurz in der Anzeigenabteilung der Zeitung halten und die Antworten auf seine Chiffre-Anzeige abholen, die er vor zwei Wochen aufgegeben hatte: „Jungenhaft gebliebener Enddreißiger hat die Hoffnung auf die große Liebe nicht aufgegeben. Wenn du gern isst, was ich mit Leidenschaft zubereite, gern ins Kino und ins Theater gehst, dann schreib mir. Kinder sehr angenehm." Ja, das war eine Seite, die niemand im Kommissariat an Gerd Senf kannte. Er sehnte sich nach einer Frau und Kindern, die durch sein großes Haus toben würden. Nach einem stinknormalen Familienleben eben. Diese Sehnsucht versteckte er hinter seinem Zynismus, der ihm manchmal selbst auf den Geist ging. Besonders gegenüber der hübschen, selbstbewussten Kathrin. Dass sie ihn vor ein paar Jahren so abblitzen ließ, hatte ihn sehr gewurmt. Heute war er eigentlich ganz froh, denn eine Partnerschaft und Kinder hätte er sich mit dieser eigenwilligen Frau nicht vorstellen können.

Peter Schmieder stattete unterdessen der Auto-Werkstatt einen Besuch ab und ließ sich bestätigen, dass der Golf der Journalistin an diesem Tag zur Reparatur war. „Ja, den hat unser Kollege Ronald Schramm in der Mangel gehabt", erklärte der Meister.

„Ronny, kommst du mal. Die Kripo will was von dir."

Peter Schmieder, der in Gedanken schon fast zu Hause war, registrierte nicht, wie blass und unsicher der junge Mann war, der sich seine angstschweißfeuchten Hände an der Hose abwischte. „Der Wagen war also den ganzen Nachmittag hier", ließ sich Schmieder bestätigen.

Auf den Gedanken, nach einer Probefahrt zu fragen, kam er nicht. Und von Ronnys Kollegen hatte niemand das Fehlen des Mechanikers mit dem roten Golf bemerkt. Dazu war der viel zu unauffällig.

*

Ronny wurde schwindlig, als der Meister ihn rief, weil die Kripo ihn sprechen wollte. Hatten sie ihn schon gefunden? Doch der ältere Polizist mit dem grauen Bürstenhaarschnitt fragte nur, ob er an diesem Tag den roten Golf repariert hat. Ja, das habe er.

„Von wann bis wann?", fragte der Bulle.

„Nach dem Mittagessen habe ich angefangen und bis kurz vor Feierabend daran gearbeitet", antwortete Ronny schüchtern. „Am nächsten Morgen hat die junge Frau den Wagen wieder abgeholt."

„Dann hat also auch die Journalistin ein Alibi", brummelte Schmieder vor sich hin. „Etwas anderes war auch nicht zu erwarten. Das hat bestimmt keine Frau getan." Mit diesen Worten hatte der Polizist die Werkstatt wieder verlassen.

„Na, alles klar?" Uwe klopfte Ronny mit Wucht auf die Schulter: „Es ist immer komisch, wenn die Polizei was von einem will. Auch wenn man gar nichts gemacht hat, fühlt man sich automatisch unwohl", sagte er.

„Ich muss mal", entschuldigte sich Ronny, rannte zur Toilette und schloss sich ein. Dort atmete er erst einmal tief durch. Die wissen es nicht, dass ich mit dem Auto unterwegs war, frohlockte er innerlich. Und von den Kollegen hat es auch keiner gemerkt. Die können mich nicht kriegen. Sie wissen es nicht.

Aber die Erleichterung wich schnell wieder der starken inneren Beklemmung, die ihn seit dem Moment, in dem er mit seiner Tat konfrontiert wurde, nicht mehr verlassen hatte. Seit er heute früh die Zeitung aufgeschlagen hatte, konnte er an nichts anderes mehr denken. Immer und immer wieder sah er die Frau vor sich. Wie schön sie war, mit den sommerblonden Haaren. Wie sie geschrien hatte, als er ihre Brust berührte. Wie sie sich gewehrt hatte, als er versuchte, sie zu beruhigen. Wie er sie immer fester gehalten und ihr schließlich den Hals zugedrückt hatte. Bis sie endlich leise war. Er erinnerte sich an die Panik, die ihn überkam, als er merkte, wie willenlos sie in seinen Armen geworden war. Als er spürte, dass sie nicht mehr atmete. Dass sie tot war!

Er hatte sie zunächst auf dem Feld neben dem Weg abgelegt, sich neben sie gesetzt und bitterlich geweint. Dann hatte er überlegt, dass er sie dort auf keinen Fall liegen lassen konnte, sie würde sofort gefunden werden. Er musste sie ganz schnell wegschaffen. Da war ihm das verlassene Gehöft, an dem er täglich vorbeifuhr, eingefallen. Er hatte versucht sich zusammenzunehmen, die Tote in das Auto auf den Beifahrersitz gewuchtet und sie angeschnallt. Nur aus dem Augenwinkel hatte er den vorbeifahrenden Zug registriert. Für die Leute im Zug musste die Situation so ausgesehen haben, als ob er jemanden mit dem Gurt festmacht. Er erinnerte sich noch genau, wie weich und warm der Körper der schon toten Frau gewesen war, als er sie ins Auto setzte.

Warum nur hatte sie sich gewehrt? Die anderen hatten es doch auch nicht getan. Er hätte sie nach Hause gefahren, hätte es genossen, dass sie neben ihm sitzt, wäre ihr beim Aussteigen behilflich gewesen, hätte ihr vielleicht noch einmal vorsichtig den Arm um die Taille gelegt und wäre abends in sein Bett gekrochen, um an sie zu denken.

Seit jenem Tag, an dem das Unglück passiert war, hatte er sich nicht mehr angefasst, hatte sich keine schönen Phantasien mehr verschafft.

Wenn er von der Arbeit nach Hause kam, machte er seiner Mutter etwas zu essen, trank drei Bier, schaute in die Glotze und versuchte zu vergessen.

Ihre entsetzten Augen, als er sie würgte. Die Bilder von dem Moment, als er sie in den Brunnenschacht legte. Die zunächst vergeblichen Versuche sie anzuzünden. Dann die Idee mit dem Benzinkanister. Der Geruch von ihrem verbrennenden Fleisch war ihm noch lange in der Nase geblieben und hatte an seiner Kleidung gehaftet. Eine Weile war er noch neben dem Brunnen stehengeblieben, bevor er in die Werkstatt zurückfuhr.

„Hat der Grill auf dem Marktplatz wieder so gequalmt?", hatte Uwe gefragt, als er mit seiner stinkenden Kleidung zurückkkam. „Ja, ja, der Grill", murmelte er. „Du hättest mir wenigstens ein Steak mitbringen können, wenn du schon essen warst, denkst nur an dich", hatte Uwe weiter gemault.

*

Als Kathrin an diesem Abend nach Hause kam, saß Michael in seinem Auto vor ihrer Tür und wartete auf sie. Er sprang sofort heraus, als er sie im Rückspiegel entdeckte. „Ich muss mit dir reden", sagte er.
Eigentlich wollte Kathrin sich nur noch hinlegen und schlafen. Auf lange Gespräche hatte sie keine Lust. „Meine Frau hat was gemerkt, sie hat einen Lippenstift von dir im Handschuhfach gefunden und mir auf den Kopf zugesagt, dass ich eine Geliebte habe." Kathrin war bei diesen

Worten sofort hellwach. Sollte nun doch endlich Bewegung in diese un-
endliche Geschichte kommen? „Und was hast du ihr geantwortet?"

„Lass mich doch erst einmal herein."

Sie gingen zusammen die Treppen zu ihrer kleinen Wohnung hinauf.
Kathrin trank ein Hefeweizenglas voll Wasser leer und kochte für sich
einen Kaffee. Sie fühlte sich nicht mehr ganz nüchtern und wollte bei
dem, was Michael ihr jetzt erzählen würde, einen klaren Kopf haben.
Ihm stellte sie, ohne ihn nach seinen Wünschen zu fragen, ein Glas Wein
vor die Nase.

„Ich habe gedacht, wenn ich es ihr jetzt nicht erzähle, dann habe ich nie
den Mut. Mein Gott, das geht schon seit zwei Jahren mit uns."

„Tja", sagt Kathrin kurz mit einem Anflug von Bitterkeit in der Stimme.

„Also, ich habe ihr gesagt, dass ich seit kurzem ein Verhältnis habe. Mit
den zwei Jahren, das habe ich nicht übers Herz gebracht, das hätte sie zu
sehr verletzt."

„Und wie hat sie reagiert?"

„Sie wollte wissen, wer du bist. Da war sie noch ganz ruhig. Ich habe ihr
geantwortet, dass das doch egal sei. Dann sollte ich sagen, ob das nur
ein Abenteuer wäre, oder ob da mehr dahinter stecken würde. Ich habe
ihr erklärt, dass ich mir darüber erst klar werden müsste. Sie ist wortlos
aufgestanden und hat sich im Schlafzimmer eingeschlossen.

Als sie am nächsten Morgen herauskam, hatte sie ganz verweinte Augen, und sie war völlig ruhig. Wenn sie doch gebrüllt oder mich wenigstens beschimpft hätte – nein. Sie hat zu mir gesagt, dass sie mich nicht
verlieren möchte, dass ich an die Kinder denken soll und daran, was wir

uns zusammen aufgebaut haben. Sie würde mir dieses Abenteuer verzeihen, wenn ich es aufgeben würde. So etwas würde in jeder Ehe vorkommen. Offenbar hat sie sich die ganze Sache schön geredet, damit wir weiter zusammen bleiben können. Wenn sie wüsste, wie es wirklich in mir aussieht ..." Michael seufzte.

„Wie sieht es denn wirklich in dir aus?", fragte Kathrin mit harter Stimme. „Das weißt du ganz genau", sagte er, streckte seine Arme über den Tisch aus und berührte ihre Hände. „Ich liebe dich. Ich hätte nie gedacht, dass mir das noch mal passiert. Und ich wäre so gern mit dir zusammen. Wenn ich zu Hause in meinem schönen Wohnzimmer sitze, denke ich immer, gleich geht die Tür auf und du kommst herein. Ich träume so oft von einem Leben mit dir. Doch dann geht wirklich die Tür auf und eines der Kinder holt mich aus meinen Träumen zurück."

„Es gibt viele Kinder, die mit einer Trennung ihrer Eltern fertig werden müssen", entgegnete Kathrin. In ihrem Bekanntenkreis gab es kaum noch eine heile Familie. Viele ihrer Freundinnen waren allein erziehend oder lebten in Patchworkfamilien. „Ich glaube, Ehrlichkeit ist für die Kinder immer noch besser, als wenn man ihnen etwas vormacht. Das merken sie ohnehin."

„Meine Tochter hat schon gefragt, warum wir uns gar nicht mehr küssen", sagte Michael. „Aber ich muss dir auch ehrlich sagen, dass es mir um meine Frau sehr leid tut. Sie ist lieb und gibt sich immer alle Mühe. Sie ist gut zu den Kindern und sie hat mir nie etwas getan."

„Na dann bleib doch bei ihr", Kathrin hatte jetzt wirklich die Nase voll. Seit zwei Jahren hörte sie sich an, dass er seine Frau nicht lieben würde, dass er es aber nicht übers Herz bringen würde, sie zu verlassen. „Weißt du, ich lebe nur einmal, du lebst nur einmal. Wenn du der Meinung bist, du könntest mit mir dein Glück finden, dann tue es, verdammt noch mal. Ich habe jedenfalls keine Lust, mein Leben weiter zu verplempern, immer allein in den Urlaub zu fahren, dich zu Weihnachten und zum Geburtstag nicht einmal anrufen zu können. Ich habe es satt, dass ich dich auf dem Handy nicht erreichen kann, wenn du bei deiner Familie bist. Und vor allem hasse ich es, jeden Sonntag auf dich zu warten und dich dann auch noch in mein Bett zu lassen", die letzten Worte brüllte sie regelrecht heraus.

Sie wusste ganz genau, dass es nicht allein die Bindung an seine liebe- und rücksichtsvolle Frau und die Kinder war, die Michael davon abhielt, sich ganz mit ihr einzulassen. Es war ihre impulsive Art, ihr Selbstbewusstsein und ihre Selbständigkeit, die ihn manchmal einschüchterten. Obwohl sie ihn schätzte, schaute sie nicht zu ihm auf, sondern sie begegnete ihm auf Augenhöhe, und das eben nicht nur wegen der fast gleichen Körpergröße. Ganz sicher hatte er auch Respekt vor ihrem Beruf, der sie oft vollständig vereinnahmte. Sie würde, und das wusste er ganz genau, nur so lange mit ihm zusammenbleiben, wie sie ihn liebte. Oft genug hatte sie ihm erzählt, dass so eine Kompromissbeziehung, wie er sie führte, für sie nicht in Frage käme. Was würde passieren, wenn ihre Liebe erkaltete? Sie war sich sicher, dass Michael sich nicht mehr blind in eine Beziehung hineinstürzen, sondern vorher alle Eventualitäten abwägen würde.

„Geh in deine Wohnung und überlege dir, was du willst. Ich glaube, jetzt ist der Zeitpunkt gekommen, dich zu entscheiden. Denn wenn wir so weitermachen würden, wäre das deiner Familie gegenüber wirklich unfair."

„Lass mich doch bei dir bleiben", bettelte er. „Mich gruselt es vor diesem Appartement. Ich möchte mich an dich kuscheln."

„Nein", Kathrin blieb konsequent. „Ich glaube, du brauchst den Abstand von beiden Frauen, um dich innerlich zurecht zu finden. Wenn du jetzt wieder bei mir unterkriechst, geht alles so weiter, wie bisher."

„Vielleicht hast du Recht". Michael umarmte sie ganz fest, riss sich von ihr los und ging.

Kathrin goss sich nun doch noch einen großen Schoppen Wein ein. Den morgigen Tag würde sie wohl mit einer Kopfschmerztablette beginnen müssen.

Mittwoch, 12. Oktober

„Schon Zeitung gelesen heute?", Senf grinste Kathrin an. Deike war noch geladener als sonst am frühen Morgen. „Wir treffen uns sofort alle zur Beratung", brüllte es aus dem Chefzimmer.

Wie erwartet hatte Kathrin der Kopf so sehr gebrummt, dass sie auf ihren Frühsport verzichten musste. Sonst joggte sie morgens eine dreiviertel Stunde, oder sie machte Yoga. Für ihre 35 Jahre hatte sie eine gute Figur. Heute fühlte sie sich aber um mindestens 15 Jahre gealtert. Früher hatten ihr lange Abende mit viel Alkohol nichts ausgemacht. Jetzt wollten die Augenringe nicht verschwinden, und das Gesicht sah schwammig und aufgedunsen aus. Die Nacht war trotz des vielen Alkohols sehr unruhig. Im Traum stritt sie mit Michael so sehr, dass sie ihn anbrüllte. Wahrscheinlich war ihre Angst, ihn ganz zu verlieren, wenn sie ihm die Pistole auf die Brust setzte, größer, als sie es sich eingestehen wollte. Als der Wecker klingelte, fühlte sie sich wie gerädert. Sie hatte geduscht, sich gezwungen, eine Scheibe Toast mit Butter zu essen, einen Kaffee und einen Dreiviertel Liter Wasser zu trinken und war zur Arbeit gegangen.

„Der Mörder kam im roten Golf", die Schlagzeile auf der Seite 1 ihrer Heimatzeitung war nicht zu übersehen. „Das war klar, dass diese profilierungssüchtige Schreiberin ihr Wissen sofort ausnutzen würde", wetterte Deike. Jetzt sei sicher, dass der Mörder der Krankenschwester Eva Z. in einem roten Golf aufgelauert habe. Die Polizei prüfe im Moment alle Alibis von Besitzern derartiger Fahrzeuge. Ob es sich bei diesem Fall um ein Sexualdelikt handele, sei nach dem Zustand der Leiche nicht mehr rekonstruierbar. Wahrscheinlich habe der Täter die Krankenschwester mit dem Auto angefahren und sie dabei leicht verletzt, hieß es weiter. Dazu waren ein Foto des Fundortes und eines von der Krankenschwester abgebildet.

„Woher, zum Teufel, weiß die das mit dem Anfahren?", kläffte Deike.

„Ich habe es ihr gesagt", antwortete Schmieder. „Wir hatten keine Weisung, dass diese Sache geheim wäre."

„Ich habe dir ein bisschen mehr Grips zugetraut. Das weiß man doch von allein, dass man der Journaille solche Dinge nicht auf die Nase binden darf. Das ist Täterwissen. Damit können wir ihn überführen, wenn wir einen falschen Geständigen haben. Aber manchmal glaube ich, wir sind hier in der Klipp- und Winkelschule und nicht bei der Kriminalpolizei", redete sich Deike immer weiter in Rage.

„Wir haben aber keinen falschen Geständigen, wir haben gar keinen Anhaltspunkt. Und ich habe gehofft, dass die Journalistin das schreibt und wir mit Veröffentlichung dieser Information etwas weiterkommen", hielt Schmieder entgegen.

„Ich verfolge auf jeden Fall die Spur von dem Typen mit dem verschrotteten Auto. Frank Roter heißt er und ist Trainer in einem Fitness-Studio. Sein Auto soll angeblich bei einem Auffahrunfall Totalschaden erlitten haben. Ich lass mir mal die Unfallakten kommen und höre mich im Fitness-Studio um, ob der Frauen komisch anmacht", versuchte Senf die Situation ein wenig zu entspannen. Er wirkte heute ausgesprochen gut gelaunt. Ganz gegen seine sonstige Natur, fand Kathrin.

„Ich würde gern morgen zum Tango-Kurs gehen. Eva Zimmermann scheint doch nicht so harmlos gewesen sein, wie wir immer angenommen haben. Der Besitzer vom Ballhaus „Tanzschuh" hat jedenfalls erzählt, dass sie sich dort jeden Donnerstagabend zum Tango mit einem Fremden aus Berlin getroffen und mit dem ganz heiß und innig getanzt hat", berichtete Kathrin. Der soll allerdings auch nach ihrem Verschwinden immer donnerstags da gewesen sein und auf sie gewartet haben, was dafür spricht, dass er nichts von ihrem Tod weiß."

„Oder es ist ein perfektes Täuschungsmanöver", mutmaßte Deike.

„Nimm dir den Mann mal vor", stimmte er ihrem Vorhaben zu.

„Was mich am meisten nervt, sind die Anrufe der anderen Zeitungen, Rundfunk- und Fernsehsender. Alle beschweren sich, dass wir der Dame Exklusivinformationen gegeben haben. Auch in unserer Pressestelle ist man sauer. Ich bin schon den halben Morgen damit beschäftigt, die Gemüter zu beruhigen und die Umstände zu erklären", murrte der Chef.

Da klingelte schon wieder sein Telefon. „Bestimmt wieder so ein Presseheini. Kathrin, kannst du da mal rangehen und die Leute abwimmeln."

„Mordkommission, Sie sprechen mit Kathrin Unglaub."

„Ja hallo, hier ist Christine Teschner", sagte eine freundliche Frauenstimme. „Ich rufe wegen des Artikels in der Zeitung an. Ich wollte Ihnen da etwas erzählen."

„Worum geht's?"

„Da steht, dass die Frau wahrscheinlich angefahren und dabei leicht verletzt wurde. Ich hatte vor ungefähr sieben oder acht Wochen ein ähnliches Erlebnis, allerdings nicht mit einem roten Golf, sondern mit einem dunkelgrünen Toyota."

„Wie bitte?" Kathrin war wie elektrisiert von der Nachricht. „Können Sie sich an den Mann erinnern?" „Ja, der war völlig unscheinbar. Aschblonde, kurze Haare, blaue Augen, ungefähr 1,75 groß, normale Figur, Jeans, T-Shirt. Der sah vollkommen normal aus. Ziemlich schüchtern war er."

„Wann können Sie hier sein und Ihre Aussagen zu Protokoll geben?"

„Nach dem Unterricht. Ich bin Lehrerin und rufe während der Pause an. Das hat mir keine Ruhe gelassen. Wissen Sie, mir kam die Situation damals so eigenartig vor."

„Wie lange dauert ihr Unterricht?"

„Bis 13.30 Uhr. Um 14 Uhr könnte ich bei Ihnen sein."

„Treffer!" rief Kathrin fröhlich, als sie an den Sitzungstisch zurückkehrte. Das Gespräch am Tisch war schon verstummt, als die Kollegen mitbekamen, dass es offenbar neue Hinweise zu ihrem Fall geben würde. „Das war eine junge Frau, die wegen des Zeitungsartikels anrief. Auch sie wurde vor nicht allzu langer Zeit von einem Mann mit dem Auto angefahren und ihr war die Sache ganz unheimlich. Siehst du, Peter, da hattest du recht mit deiner Vermutung, dass uns der Bericht vielleicht weiterhelfen könnte", sagte sie zu Schmieder. „Es war allerdings kein roter Golf, sondern ein grüner Toyota. Gegen 14 Uhr ist sie hier, da können wir sie befragen und ein Phantombild erstellen."

„Vielleicht bringt uns das weiter", meinte Deike versöhnlich. „Aber die anderen Spuren verfolgen wir weiter. Und, Schmieder, beim nächsten Mal sprichst du solche Sachen mit mir ab."

Eine halbe Stunde später klopfte es an der Tür. Deike führte gerade wichtige Telefonate, Senf studierte die Unfallakte von dem Fitnesstrainer, Schmieder kochte Kaffee und Kathrin saß unter dem Vorwand, nach Anzeigen wegen Anfahrens im Computer zu recherchieren, ein wenig gedankenverloren vor dem Bildschirm.

„Die junge Frau will eine Aussage machen", ein uniformierter Kollege aus der Pforte schob eine junge Frau durch die Tür. Sie war hübsch, ein wenig rundlich, hatte lange, dunkelblonde Haare und weiche braune Augen. „Ich heiße Gundula Rost und möchte Ihnen etwas erzählen, was mit dem Fall der toten Krankenschwester zu tun hat." Sie wandte sich direkt an Schmieder, der für sie offenbar am vertrauenswürdigsten aussah. Kathrin und Senf nickten ihm zu. Sie wussten beide um seine geschickte, feinfühlige Art, Zeugen zu befragen.

„Also, das war irgendwann im Sommer. Ich war gerade auf dem Heimweg vom Schwimmbad und habe die Abkürzung durch die Gartenanlage genommen. Da fährt mir auf dem Hauptweg ein weißer Skoda hinterher, so leise, dass ich ihn erst im letzten Moment hörte und nicht mehr rechtzeitig zur Seite springen konnte. Ich hatte Kopfhörer auf und ziemlich laute Musik an. Er fuhr mir gegen die Beine, nicht sehr stark, aber der Schreck war so groß, dass ich gefallen bin und mir die Beine aufgeschrammt habe, dass sie bluteten. Dann sprang so ein Mann heraus. Er hat sich hundertmal entschuldigt und sich erkundigt, ob alles in Ordnung wäre. Er habe gerade eine CD, die heruntergefallen sei, im Auto gesucht und mich deshalb nicht gesehen. Dann hat er mir angeboten, mich nach Hause zu fahren. Weil mir das unangenehm war, mit meinen blutenden Beinen draußen herum zu laufen, habe ich zugestimmt. Dann hat er mich so komisch untergefasst, seinen Arm unter meinem hindurch geführt. Das war mir schon unangenehm, denn ich hatte das Gefühl, er versucht mich dabei anzutatschen. Aber das war nur kurz der Fall. Dann hat er mich nach Hause gefahren, mir aus dem Auto geholfen und mich dabei noch einmal umfasst. Da habe ich schnell gesagt, dass ich allein nach oben gehen kann."

„Können Sie den Mann beschreiben?"

„Er war vielleicht 30 Jahre alt, größer als ich, aber nicht sehr groß. Vielleicht so 1,72-1,78 Meter. Er hatte dunkelblonde, kurze, leicht fettige Haare, seine Hände waren ziemlich dreckig und die Nägel heruntergekaut. Wissen Sie, ich achte auf so etwas. Ich bin Friseurin. Das Gesicht war unscheinbar. Irgendwelche besonderen Kennzeichen sind mir nicht aufgefallen"

„Haben Sie den Mann vorher schon mal gesehen?", fragte Schmieder.

„Ich kann mich nicht erinnern. Er war wirklich absolut unauffällig. Wenn ich den schon mal gesehen habe, dann habe ich den bestimmt nicht wahrgenommen. Der war auch gar nicht mein Typ. Wissen Sie, in dem Moment, als er mich angefasst hat, um mir ins Auto zu helfen, war

mir das absolut unangenehm und ich dachte, das wäre ihm aus Versehen passiert. Als er mich dann beim Aussteigen noch mal so komisch
anfasste, wollte ich einfach nur weg. Irgendwie habe ich die ganze Geschichte dann verdrängt. Aber als ich das mit der toten Krankenschwester gelesen habe, fühlte ich mich sofort wieder an diese unheimliche Ak-
tion erinnert."

Das Phantombild, das mit Gundula Rosts Hilfe erstellt wurde, zeigte ein
Allerweltsgesicht. Kleine Augen, kurzes Kinn, kurze Nase, kurze Haare.

Als gegen 14 Uhr Christine Teschner kam, um ihre Aussage zu machen,
deckten sich ihre Angaben mit denen von Gundula Rost. Sie wurde auf
einem Feldweg, aber an einem anderen Ort der Stadt, von hinten angefahren. Auch sie konnte das Auto wegen der Kopfhörer nicht hören.
Auch bei ihr kam der Fahrer mit der Entschuldigung, eine herunterge-
fallene CD im Auto gesucht und sie deshalb nicht gesehen zu haben. Die
gleiche Masche: Das unangenehme Antatschen – der Griff unter dem
Arm hindurch von hinten an die Brust - wie aus Versehen. Auch das
Angebot, die leicht schockierte Frau nach Hause zu fahren, ihr dort aus
dem Auto zu helfen und sie dabei wieder zu berühren. „Mir ist aufgefallen, dass er mich auf der Fahrt immer wieder ganz verstohlen angeschaut hat, so richtig von oben nach unten. Als sie das Phantombild sah,
meinte sie: „Sage ich doch, völlig unscheinbar. Aber, das könnte er sein."

Kathrin frohlockte. Vielleicht kamen sie mit der Veröffentlichung des
Phantombildes ein großes Stück weiter. Auf dem Weg zur Pressestelle

traf sie auf Gerd Senf, der fröhlich vor sich hin pfiff. „He, was ist denn mit dir los, so gut gelaunt habe ich dich ja schon lange nicht mehr gesehen?"

„Kannst du schweigen, du unglaubliche Frau Unglaub?", fragte er verschwörerisch. Dann erzähle ich dir gleich was. Bring erst mal das Phantombild in die Medien, dann gehen wir zusammen in die Kantine.

Wie die besten Kollegen verabschiedeten sie sich zusammen in die Mittagspause. „Gibt's da etwas, das ich wissen muss", raunzte Deike. „Läuft da was zwischen euch beiden oder was ist plötzlich los?". Sie ließen diese Frage unbeantwortet und begaben sich in die Polizeikantine, die seit Jahr und Tag in den Händen eines älteren Ehepaares war. Die beiden kochten abwechselnd, immer hervorragend und ließen sich mit der Größe der Portionen nicht lumpen. Heute gab es Bratklopse mit Mischgemüse und Kartoffelpüree, eins von Kathrins Lieblingsgerichten. Und wie immer, wenn sie am Abend zuvor ein Glas über den Durst getrunken hatte, hatte sie am nächsten Tag einen Riesenhunger. „Na, Kathrinchen", fragte Christel, die kleine, runde Kantinenwirtin: „Einen oder zwei Bratklopse?" „Zwei!", sagte Kathrin voller Vorfreude. „Für mich auch", rief Gerd Senf. „Das ist klar, dass so ein langer Lulatsch wie du nicht nur einen Klops möchte, kannst auch drei haben." „ Ne, lass mal gut sein. Ich habe am Wochenende ein wichtiges Date, da will ich gut aussehen und darf keinen Ansatz von einem Fettbauch haben", scherzte Senf. „Aha", meinte Kathrin mit einem Seitenblick. „Meine Spannung steigt ins Unermessliche."

„Lasst's euch schmecken." Mit einem liebevollen Lächeln schickte Christel, die beste Kantinenwirtin der Welt, die beiden auf ihre Plätze. Jeder hatte eine große Portion auf dem Teller. Christel liebte es, wenn man kein Kostverächter war.

„Nun los, erzähl, warum bist du so gut drauf, und was ist das für ein Date?" Kathrin platzte fast vor Neugier. „Ich hab mich verliebt", sagte Gerd Senf mit strahlenden Augen. „Erst mal nur in eine Stimme, aber wenn die ganze Frau so ist, wie sie spricht, dann wow."

„Was, wieso, versteh ich nicht, wie ist das passiert?" Kathrin fühlte sich plötzlich wie in ihren Teenagerzeiten, wenn mit den Freundinnen irgendwelche Liebesabenteuer bis ins kleinste Detail ausgewertet wurden.

„Ja also, aber ich will nicht, dass du das herumerzählst: Ich habe eine Kontaktanzeige aufgegeben."

„Du hast was?" Das hätte Kathrin von ihrem immer so arrogant wirkenden Kollegen nicht erwartet. „Ja! Ich habe es einfach satt, in meinem tollen Haus allein zu sein. Ich wünsche mir eine Frau und Kinder, doch wie soll man in unserem Job jemanden finden. Du hast doch auch nur 'nen Liebhaber. Nichts Halbes und nichts Ganzes. Willst du nicht auch irgendwann Kinder haben?"

„Oh, das sind mir zu viele existentielle Fragen auf einmal. Aber erzähl mal, wie das mit deiner Anzeige gelaufen ist", Kathrin war völlig entwaffnet von der plötzlichen Offenheit ihres Kollegen und empfand große Sympathie für ihn. Sieh mal an, was für ein weicher Kern in dieser stacheligen Schale steckt.

„Jungenhaft gebliebener Enddreißiger hat die Hoffnung auf die große Liebe nicht aufgegeben. Wenn du gern isst, was ich mit Leidenschaft zubereite, gern ins Kino und ins Theater gehst, dann schreib mir. Kinder sehr angenehm. – Das war meine Anzeige."

„Schöner Text. Und wie viele Antworten hast du bekommen?"

„37!", sagte Gerd Senf. Kathrin blieb fast der vorzügliche Bratklops im Halse stecken. „Wie viele?"

„Ja, du hast ganz richtig gehört. Die sind alle irgendwie auf das Kochen und die Kinder abgefahren. Ich habe gestern Abend alle gelesen und bei dreien, die mir am sympathischsten waren, versucht anzurufen." Gerd Senf, der kaum zum Essen gekommen war, lud sich die Gabel erst einmal voll und kaute genüsslich. „Und weiter?"

„Der eine Anruf war relativ kurz, da war ein Mann am Telefon. Warum auch immer. Der zweite war ganz ok, aber erst einmal sehr belanglos."

„Und der dritte?"

„Der dritte war einfach toll. Als ich so gegen 19 Uhr anrief, meldete sich Silvia. Sie hat eine überaus angenehme Stimme und bestätigte mir, dass sie auf die Anzeige geantwortet hätte. Wir haben ein bisschen geplaudert und dann sagte sie, sie müsse erst einmal ihre beiden Söhne ins Bett bringen, das würde so eine Stunde dauern mit Baden und Gute-Nacht-Geschichte. Aber sie würde mich danach anrufen, wenn ich ihr meine Telefonnummer geben würde."

„Zwei Söhne, alle Achtung!", rief Kathrin aufgeregt kauend. Fast vergaß sie ihre guten Manieren, nicht mit vollem Mund zu reden, was ihre Eltern ihr von Kindesbeinen an beigebracht haben.

„Ja, zwei Söhne, zwei und vier Jahre alt: Anton und Bruno."

„Lustige Namen, irgendwie bodenständig, nicht so überkandidelt", rief Kathrin dazwischen. Sie fand, es sagte eine Menge über die Menschen aus, welche Namen sie ihren Kindern gaben.

„Ja, schöne Namen. Und ich muss dir sagen, dieses Ich-muss-erst-die–Kinder-ins-Bett-bringen-Gute-Nacht-Geschichte und so, das hat mich völlig angemacht. Diese selbstverständliche, liebevolle Art. Und welche Eltern erzählen ihren Kindern heute noch Gute-Nacht-Geschichten?"

„Und hat sie sich gemeldet?"

„Ja, so gegen 20.15 Uhr klingelte mein Telefon. Ich war schon ganz unruhig, ob sie sich wirklich noch mal melden würde. Hat ein bisschen länger gedauert, der Große musste noch so viel aus dem Kindergarten loswerden, sagte sie. Und dann waren wir schon mitten drin im Gespräch. Zwei Stunden haben wir geredet."

„Zwei Stunden, obwohl ihr euch gar nicht kennt. Das ist lang."

„Sie ist 29 Jahre alt und lebt vom Vater der beiden Kinder getrennt. Der ist spielsüchtig und hat damit seine familiäre und seine berufliche Existenz kaputt gemacht. Jetzt hat er sich wohl für eine Therapie entschieden, aber die Beziehung ist am Ende. Er hat auch schon eine andere Partnerin. Silvia ist studierte Geografin, hat den großen Sohn noch während des Studiums bekommen und den Kleinen unmittelbar danach."

„Ein Studium durchgezogen mit Kind. Das ist stark", rief Kathrin schon wieder dazwischen.

„Der Große ist im Kindergarten, der Kleine bei einer Tagesmutter. Und Silvia hat eine Stelle beim Landesamt für Umwelt und Naturschutz, seit Bruno ein Jahr alt ist."

„Da hat sie aber Glück, als Alleinerziehende mit zwei Kindern."

„Ja, das habe ich auch gesagt. Sie hat erzählt, dass sie dort während des Studiums mehrere Praktika absolviert hat und beim Chef einen Stein im Brett hatte. Der wollte ihr eine Chance geben. Ich habe das Gefühl, sie ist super organisiert und weiß, was sie will."

„Das muss man wohl sein in so einer Situation."

„Jedenfalls sind Anton und Bruno am Sonntag bei ihren Eltern und wir treffen uns in Warnemünde, gehen spazieren und essen."

„Da drücke ich dir die Daumen. Hoffentlich gefällt sie dir auch rein optisch so gut wie am Telefon."

„Sie ist blond, groß und schlank – sagt sie. Aber ehrlich gesagt, habe ich viel mehr Angst, dass sie mich nicht attraktiv findet, mit 39 schon 'ne Glatze."

„Glatze macht nichts bei Männern. Überhaupt, Männer müssen nicht gut aussehen."

„Na du kannst einem ja Mut machen."

„Wichtig sind die Augen, die Hände und der Verstand – und das ist alles ganz ordentlich bei dir", sagte Kathrin fröhlich und ging noch mal zum Tresen, um für sich und Gerd Senf einen doppelten Espresso zu holen. Christels Mann hatte zwar einen tollen Käsekuchen gebacken, aber den

73

versuchte sie heute zu ignorieren, wenn sie es schon nicht geschafft hatte, Sport zu treiben.

„Ich wünsche dir von ganzem Herzen Glück, Gerd", sagte sie, nachdem sie sich wieder gesetzt hatte. „Schon allein aus Eigennutz, denn ich glaube, diese Silvia macht aus dir einen besseren Menschen, und wenn ihr das allein am Telefon gelingt, was soll dann erst werden, wenn ihr euch kennen lernt und auch noch mögt."

Auf ihrem Handy hatte sie eine Nachricht von Michael: „Ich liebe dich und halte es ohne dich nicht aus." Dann mach was, dachte sie, und jammer' nicht rum. Weichei. So langsam hatte sie die Nase voll.

*

„Den Tag muss ich mir rot im Kalender einrahmen", sagte Deike, als sämtliche Kollegen der Abteilung pünktlich zur Dienstberatung erschienen.

„Lasst uns mal zusammenfassen, was wir haben. Einen Mann um die 30, mittelgroß, dunkelblond, Allerweltsgesicht, absolut unauffällig. So sieht jeder zweite aus. Ich fürchte, dass uns auch das Phantombild nicht weiterhilft." Fred Deike machte ein skeptisches Gesicht.

„Er macht sich auf eigenwillige Weise an Frauen heran. Offensichtlich will er sie nicht wirklich kennenlernen, sondern sie nur anfassen, berühren", ergänzte Kathrin. „Das lässt bei einem Mann dieses Alters auf ein ganz schön gestörtes Sexualverhalten schließen."

„Na du musst es ja wissen, mit solchen Dingen kennst du dich schließlich aus", entgegnete ihr Chef mit süffisantem Lächeln. Kathrin sah nur
herablassend in die Runde und sparte sich jede Entgegnung auf diese
unqualifizierte Bemerkung. Im Stillen dachte sie: Du kleiner, komplex-
behafteter Mann. Dir ist einfach nicht zu helfen.

„Kathrin hat recht", sagte Gerd Senf. Der Mann sucht auf diese Weise
Kontakt zu Frauen, offensichtlich begrapscht er sie wie aus Versehen.
Die beiden Zeuginnen haben das ziemlich klar beschrieben. Er sucht sich
einsame Wege aus, von denen seine zwar nur minimal verletzten, aber
wahrscheinlich ziemlich erschrockenen Opfer nicht wegkommen. Er
kann also davon ausgehen, dass sie sein Angebot, sie nach Hause zu
bringen, annehmen. Komisch ist nur, dass er immer mit einem anderen
Wagen unterwegs ist. Grüner Toyota, weißer Skoda, roter Golf. Klaut
der sich die Autos vorher? Dass er sie mietet, kann man wohl vergessen.
So einen alten Golf hat wohl kaum eine Autovermietung anzubieten."

„Oder er kommt auf andere Weise leicht an Autos heran, arbeitet als Ho-
telpage oder so", fiel Peter Schmieder ein.

„Auf jeden Fall ist der Typ äußerst merkwürdig", setzte Kathrin ihren
Gedankengang fort. „Wer betreibt so einen Aufwand, um eine Frau mal
kurz anzufassen. Und welchem Mann reicht das denn aus?"

„Es sieht ganz so aus, als habe der Täter bei Eva Zimmermann die gleiche Absicht verfolgt", meinte Gerd Senf. „Doch dann ist irgendetwas aus
dem Ruder gelaufen. Vielleicht hat es ihm diesmal auch nicht gereicht
und er ist weitergegangen, hat die Kontrolle verloren und tatsächlich

versucht, sie zu vergewaltigen. Mist, dass das nicht mehr zu rekonstruieren ist. Aber vielleicht war ihr das Gefummel so unangenehm, dass sie sich gewehrt hat und dann hat er sie in Panik getötet. Aus Versehen. Sie ist eigentlich mehr oder weniger zufällig Opfer geworden, nicht, weil der Mann es auf sie abgesehen hatte."

„Wie ihr wisst, machen es solche zufälligen Opfer-Täter-Beziehungen nicht leichter, den Mörder zu finden", schloss Fred Deike die Diskussion.

„Ich glaube zwar nicht, dass es viel Sinn hat, aber wir sollten mit dem Phantombild noch mal zu Paul Zimmermann gehen und fragen, ob der den Mann kennt. Kathrin, das übernimmst du. Und dann muss morgen jemand am Telefon bereit sitzen, wenn die Zeitungen das Bild veröffentlichen. Gerd, das ist dein Job. Wenn es zu viele Leute werden, die sich melden, macht Kathrin eine zweite Hotline auf. In der Regionalschau soll es heute Abend noch gezeigt werden. Danach werde ich für zwei Stunden hier das Telefon hüten. Übrigens hat sich das Zeitungsmädel gemeldet und gefragt, ob es nach ihrem Artikel Ermittlungserfolge gibt, über die sie schreiben könnte. Ich habe ihr jede Auskunft verweigert und sie an unsere Pressestelle verwiesen. Außerdem haben die Medien ja nun das Phantombild."

*

Als Paul Zimmermann die Tür öffnete, sah er aus wie ein Gespenst. Die Augen schwarz umrandet, die dunklen Haare strähnig, das Gesicht bärtig und so klapperdünn, als hätte er seit Tagen nichts gegessen. Der Herpes bildete ein rot-braunes schorfiges Gebilde zwischen Nase und Mund. Kathrin konnte fast gar nicht hinschauen. Er stank nach Alkohol.

„Haben Sie ihn?", für einen Moment glomm ein Fünkchen Hoffnung in seinen trüben Augen, als er Kathrin die Frage stellte. „Nein, wir haben ihn nicht. Aber wir haben weitere Ansatzpunkte für unsere Ermittlungen. Zum Beispiel dieses Phantombild. Kennen Sie diesen Mann?"

„Noch nie gesehen. Wer soll das sein?"

„Möglicherweise der Mann, der Ihre Frau angefahren und dann getötet hat."

„Wie kommen Sie zu diesem Phantombild? Hat ihn einer dabei gesehen?"

„Nein, aber nachdem der ungefähre Tathergang heute in der Zeitung stand, haben sich zwei Frauen gemeldet, denen so etwas Ähnliches passiert ist. Beide wurden von einem Mann ganz leicht angefahren, als sie mit Kopfhörern auf einem Feld- bzw. Gartenweg unterwegs waren. Beide haben das Auto nicht gehört und wurden dann von dem Mann, der sich tausendmal entschuldigte, gefragt, ob er sie nach Hause bringen soll. Sie fühlten sich, als er ihnen ins Auto half, auf unangenehme Weise von ihm angefasst. Nach den Beschreibungen der Frauen haben wir das Phantombild erstellt."

„Also ein Perverser. Arme Eva. Wurde sie vergewaltigt?"

„Das wissen wir nicht. Wir gehen von zwei Möglichkeiten aus. Entweder ist der Täter bei ihr weitergegangen und hat versucht, sich mit Gewalt sexuelle Handlungen zu ertrotzen." Mein Gott, warum drücke ich mich so um den heißen Brei herum, fragte sie sich. „Oder er ist auf die gleiche Tour vorgegangen, wie bei den anderen Frauen, und das Betatschen war Ihrer Frau so unangenehm, dass sie sich gewehrt hat und den Täter damit in Rage brachte. Aber wahrscheinlich ist der Mann niemand, der es direkt auf sie abgesehen hat. Anscheinend ist sie zufällig sein Opfer geworden."

„Meinen Sie, das tröstet mich?", sagte Paul Zimmermann leise und kraftlos. „Mich tröstet gar nichts mehr. Ich weiß nicht, wie ich mit diesem Schmerz leben soll. Ach was soll's", sagte er, ging in die Küche und kam mit einer Flasche Wodka und einem Wasserglas wieder zurück. Er schenkte sich das Glas voll und trank die Hälfte in einem Zug aus. „Wollen Sie auch einen? Ich finde sonst überhaupt keine Ruhe."

„Ich verstehe Ihren Schmerz. Aber Sie dürfen sich jetzt nicht aufgeben. Denken Sie doch an Ihre Kinder. Wo sind die überhaupt?"

„Evas Mutter hat sie zu sich genommen. Sie braucht eine Aufgabe, um nicht auch am Tod ihrer Tochter zu zerbrechen. Den Kindern tut es bestimmt ganz gut, wenn sie jetzt nicht hier sind. Aber die beiden sind auch traurig und begreifen gar nicht, was los ist. Das einzige, was ihnen hilft, ist die Vorstellung, ihre Mutter sitzt auf einem Stern und passt von oben auf sie auf."

„Aber irgendwann kommen sie zu Ihnen zurück, und dann müssen Sie gemeinsam wieder ins Leben finden." Kathrin kam sich so hilflos vor mit ihrer Küchenpsychologie.

„Sicher werden wir irgendwann wieder einen Alltag finden", sagte Paul Zimmermann mit schwerer Zunge. „Auch wenn ich mir im Moment nicht vorstellen kann, wie das gehen soll. Glauben Sie mir, der Verlust von Eva wird bei uns allen, die wir sie geliebt haben, eine tiefe Wunde hinterlassen, die nie verheilt."

„Ich weiß", sagte Kathrin und beschloss an diesem Abend noch mit Friedrich Schlothammer zu telefonieren, dem Polizeiseelsorger. Der muss sich unbedingt um Paul Zimmermann kümmern, sonst bricht der zusammen, dachte sie. Und vielleicht hat er ja auch für mein kleines seelisches Problem einen Rat.

Donnerstag, 13. Oktober

Als am nächsten Morgen um 6.15 Uhr der Wecker klingelte, fühlte sich Kathrin ausgeruht und hatte Lust auf eine Joggingrunde. Sie hatte am Abend vorher ihr Festnetztelefon herausgezogen und sich gezwungen, keine SMS von Michael zu lesen. Sie wollte die Distanz, damit er sich selbst darüber klar werden könnte, ob seine Liebe zu ihr groß genug wäre, um dafür sein bisheriges Leben aufzugeben. Sie hatte sich ein Brot mit Camembert und Marmelade oben drauf gemacht und eine Kanne Tee gekocht. Dann hatte sie sich John Irving vorgenommen, einen ihrer Lieblingsschriftsteller, weil der so kraftvolle unverfälschte Charaktere schuf. „Gottes Werk und Teufels Beitrag", stand schon lange auf ihrer Lektüreliste. Um 22.15 Uhr hatte sie die Tagesthemen angeschaut, und dann war sie ins Bett gegangen.

Der Tag war schön und klar. Sie zog sich einen ihrer Laufanzüge und ihre Turnschuhe an, lief zunächst die 500 Meter von ihrer Wohnung bis zum Fluss und dann den Pfad am Fluss entlang – insgesamt fast 10 Kilometer hin und zurück. Unterwegs begegnete sie den Läufern und Walkern, die sie schon kannte, weil viele von ihnen den Tag sportlich begannen. Zu Hause angekommen, dampfte sie erst ein wenig aus, wie sie es nannte, ließ den Schweiß laufen und warf in der Küche im Stehen einen Blick in die Zeitung. Das Phantombild war gleich auf der ersten Seite abgedruckt, dazu die Täterbeschreibung und die Telefonnummer des Kommissariats. Ansonsten hielt sich die Zeitung mit Spekulationen zurück, bat nur sachlich um Mithilfe der Bevölkerung. Auch woher die Informationen zum Phantombild kamen, wurde nicht veröffentlicht, es war auch nicht an die Medien weitergegeben worden, um die beiden Zeuginnen zu schützen. Denn niemand ahnte, ob der Täter sie nicht in irgendeiner Weise im Visier hatte und wusste, wo er sie finden würde, wenn er mitbekäme, dass sie Informationen über ihn an die Polizei weitergaben. Gerd Senf würde schon seit fast zwei Stunden am Telefon sitzen, um die Meldungen aus der Bevölkerung zum Phantombild entgegen zu nehmen.

Kathrin genoss die heiße Dusche – nie würde sie sich kalt abbrausen und wenn das noch so gesund war, cremte sich anschließend mit einer zart duftenden Lotion ein. Dann machte sie sich einen Quark mit Banane, Pfirsich und ein wenig Müsli zurecht und setzte die Espressokanne auf die Herdplatte. Als sie in Jeans und einem langärmligen dunkelblauen T-Shirt wieder in die Küche kam, zeigte das Blubbern der Espressokanne gerade an, dass der Kaffee fertig war. Dazu noch ein Orangensaft, nicht frisch gepresst, aber immerhin 100 Prozent Frucht und Bio und fertig war der perfekte Start in den Tag.

Um kurz nach 8 Uhr war sie im Kommissariat und schickte gleich erwartungsvolle Blicke zu Gerd Senf. Der telefonierte offenbar gerade mit jemandem, der etwas zum Phantombild zu sagen hatte, verdrehte aber genervt die Augen, als er zu Kathrin schaute. Sollte wohl so viel heißen, wie: Das war noch nichts. „Erst neun Anrufe", sagte er, als er den Hörer auflegte. „Und jeder meint, einen anderen in dem Phantombild zu erkennen, aber niemand ist sich sicher. Wie wir schon erwartet haben, bringt das Bild wohl nicht viel. Auch die Täterbeschreibung nicht. 50 Prozent aller Männer in Deutschland sehen so aus."

„Na, bei der Anzahl an Rückmeldungen, brauchen wir wohl keine zweite Leitung. Gibt es Hinweise, denen wir nachgehen sollten?"

„Ja, bei zweien ist Peter schon in der Spur, der war eine Viertelstunde vor dir da und ist gerade losgefahren. Und dich würde ich bitten, mal zur Heinrich-Mann-Schule zu fahren. Die Sekretärin hat angerufen und gemeint, das Phantombild sähe dem Hausmeister ihrer Schule ähnlich, aber vertraulich."

„Der Hausmeister, natürlich. Ich fahre los."

Kathrin nahm den silbergrauen Dienst-Audi und fuhr zur Schule. Die Sekretärin, Gesine Waterstraat, war eine etwas füllige, überaus gepflegte Mittfünfzigerin mit kurz geschnittenen, rot gefärbten Haaren. Das Sekretariat glich einem Gewächshaus. „Guten Tag, Kathrin Unglaub, Kriminalpolizei. Sie hatten sich bei uns gemeldet wegen des Phantombilds."

„Ja, kommen Sie herein und leise. Ich bitte Sie darum, das ganz diskret zu behandeln, denn ich möchte Herrn Kretschmar, also unserem Hausmeister, nicht unrecht tun, wenn er es nicht ist. Ich habe es niemandem erzählt, noch nicht einmal der Direktorin. Am besten, Sie behaupten einfach, Sie sind eine Mutter, wenn die Chefin zufällig aus ihrem Zimmer herauskommt."

In dem Moment klingelte das Telefon. „Heinrich-Mann-Schule, Sekretariat, sie sprechen mit Gesine Waterstraat, was kann ich für Sie tun?", flötete sie vorschriftsmäßig in den Hörer. „Aber ja, Herr Schulrat, ich versuche Sie zu verbinden. Der Schulrat für Sie", teilte sie der Schulleiterin im Nebenzimmer mit und legte sichtlich erfreut auf. „Wenn der Schulrat anruft, dauert es meist ein Weilchen, dann kommt die Chefin erst einmal nicht aus ihrem Büro und Sie müssen nicht schwindeln. Also, was Herrn Kretschmar betrifft, der ist erst seit Beginn dieses Schuljahres an unserer Schule, und er sieht dem Bild in der Zeitung schon ziemlich ähnlich. Keiner weiß so richtig, was er vorher gemacht hat. Angestellt wurde er von der Stadt. Die Hausmeister sind nicht direkt der Schule unterstellt. Und ich bin ja nicht blöd. Auf solche Posten werden immer gern Leute gesetzt, die resozialisiert werden sollen. Das ist doch allgemein bekannt."

Da hat die Gute wohl zu viele Krimis gesehen mit mysteriösen Hausmeistern und Gärtnern, dachte Kathrin bei sich.

„Nun, Frau Waterstraat, wenn der Mann auf unserem Phantombild früher straffällig war, dann hätten wir ihn bestimmt schon in unserem System gefunden. Auch wenn er vorher in einer anderen Stadt gelebt hat. Aber ich würde mir Herrn Kretschmar trotzdem gern mal anschauen. Wo finde ich ihn denn?"

„Na, das beruhigt mich ja schon mal, was Sie sagen. Also Herr Kretschmar müsste in seinem Büro sein, denn dort beginnt in 10 Minuten der Milchverkauf. Den hat er in seiner Verantwortung."

„Na gut, dann will ich ihn mal aufsuchen, bevor der Ansturm beginnt."

„Was wollen Sie ihm denn sagen, äh, was wollen Sie fragen? Sie lassen mich doch bitte aus dem Spiel."

„Das lassen Sie mal meine Sorge sein, Frau Waterstraat und selbstverständlich lasse ich Sie aus dem Spiel."

*

Die Gänge der Schule hatten den typischen Geruch nach Bohnerwachs und Toilette, nach Angstschweiß, Pubertät und den Aufregungen der ersten Liebe.

Sofort waren bei Kathrin die Erinnerungen an die eigene Schulzeit wieder lebendig. Sie war gern zur Schule gegangen, verbrachte diese Zeit in einem ähnlichen altehrwürdigen Gebäude wie diesem in der kleinen Universitätsstadt. Sie war eine sehr gute Schülerin, in allen Fächern. Am liebsten mochte sie die Fremdsprachen, Deutsch und Geschichte. Sie hatte einen festen Freundeskreis in all den Jahren. Ihre Eltern waren an der Universität beschäftigt, der Vater war Professor der Chemie, die Mutter arbeitete als Ärztin in der Augenklinik und als Professorin der Medizin – beide waren noch immer in Amt und Würden, hatten jetzt ihre letzten Dienstjahre vor sich. Sie gehörten nicht zu denen, die nach der Wende die Universität verlassen mussten, weil sie das politische System der DDR zu sehr unterstützt hatten oder weil sie in leitenden Funktionen der Partei oder gar bei der Staatssicherheit waren. Wir haben Glück, sagten ihre Eltern immer wieder. Viele Mütter und Väter ehemaliger Klassenkameraden hingegen wurden mit dem Ende der DDR arbeitslos, mussten sich komplett neu orientieren, in der Mitte ihres Berufslebens umschulen. Die Mutter ihrer ersten großen Liebe, eines Jungen aus ihrer Klasse, war damals Lehrerin für Staatsbürgerkunde gewesen, heute arbeitete sie in Privathaushalten als Putzfrau. Ihr eigener früherer Staatsbürgerkundelehrer und Parteisekretär der Schule unterrichtete heute hingegen Religion, worüber Kathrin eigentlich nur lachen konnte, wenn es nicht so traurig wäre. Leute wie der hatten kein Rückgrat, waren das, was man verächtlich Wendehals nennt. Aber konnte man denen verübeln, dass sie mit einer Richtungsänderung um 180 Grad alles, was sie vorher vertraten, über Bord warfen? Kathrin fand es schoflig. Allerdings war ihr auch klar, dass sie am Ende der DDR jung genug war, um ideologisch unbelastet in die neue Zeit zu gehen.

Kathrins Eltern hätten auch gern eine wissenschaftliche oder medizinische Laufbahn für ihre Tochter gesehen. Bei ihren Leistungen standen ihr alle Wege offen. Sie aber wollte zur Kriminalpolizei, das sah sie als ihre Wendechance. Denn zu DDR-Zeiten wäre sie nie freiwillig zur Polizei, in den Dienst des Staates, gegangen. Seit langem galt ihr Interesse den Abgründen der menschlichen Seele. Bücher über die Arbeit von Kriminalisten, über Gerichtsmediziner, über große Fälle der Justiz hatte sie verschlungen. Also bewarb sie sich zur Aufnahmeprüfung beim Landeskriminalamt, bestand alle Tests und wurde genommen. Eine schöne Begleiterscheinung war, dass sie dadurch sehr früh finanziell auf eigenen Füßen stand und sich so aus der liebevollen Umklammerung ihrer Eltern befreien konnte. Die beiden wollten immer das Beste für sie, nahmen ihr aber manchmal in der Besorgtheit um die einzige Tochter die

Luft zum Atmen. Ihre Mutter konnte nie schlafen, wenn sie nicht zu Hause war, lag bis weit nach Mitternacht wach, wenn Kathrin sich auf Partys amüsierte, auch als sie schon 18 Jahre alt war. Ohne den sanften Druck ihrer Eltern wäre sie wahrscheinlich nie so gut in der Schule gewesen. Sie wollte Mutter und Vater nicht enttäuschen. Zum Glück kostete es sie nie viel Anstrengung, den Lernstoff zu bewältigen. Die Angst vieler ihrer Mitschüler vor Zensuren, Lehrern oder der Blamage, vor der Klasse zu versagen, die auch hier in allen Ritzen des Gebäudes steckte, die hatte sie nie gekannt.

*

Kathrin fand den Hausmeister in seinem Büro und sah gleich auf den ersten Blick, dass er kaum Ähnlichkeit mit dem Phantombild hatte. Die Körpergröße passte, die Haarfarbe auch, aber Herr Kretschmar hatte ein kantiges, entschlossenes Gesicht mit einer plattgedrückten Nase wie bei einem Boxer. Das war ein auffälliges Kennzeichen, an das sich die Zeuginnen bestimmt erinnert hätten. Und er war von kräftiger, untersetzter Statur. Hier erübrigte sich wohl eine Frage nach dem Alibi. Und weil es ihr peinlich war, den Mann überhaupt mit dem Phantombild in Zusammenhang zu bringen, erkundigte sie sich einfach bei ihm, wo das Sekretariat der Schule zu finden sei. Er beschrieb ihr den Weg, gelassen und in der Tat nicht übertrieben freundlich, einfach schüchtern und zurückhaltend.

Gesine Waterstraat wartete schon ungeduldig. „Na und, könnte er es sein?"

„Nein, Frau Waterstraat, ich kann Sie beruhigen, Ihr Hausmeister ist nicht im Entferntesten der Mann, den wir suchen. Er ist zwar mittelgroß und hat dunkelblonde Haare, aber er hat einen ganz anderen Körperbau. Herr Kretschmar ist sportlich und muskulös, unser Täter hingegen eher von schwächlicher Statur. Außerdem hat Herr Kretschmar mit seiner Nase ein auffälliges Kennzeichen, das sicher in der Personenbeschreibung erwähnt worden wäre."

„Ja, die Nase, die ist es wohl, die mir ein bisschen Angst macht und ihm so einen unheimlichen Charakter gibt", murmelte Gesine Waterstraat vor sich hin.

„Machen Sie sich keine Sorgen, Sie haben an Ihrer Schule keinen Mörder", konnte Kathrin sich nicht verkneifen. „Trotzdem, vielen Dank für Ihre Mithilfe".

„Entschuldigen Sie, dass ich Sie herbemüht habe", sagte die Sekretärin kleinlaut. „Macht nichts, man kann ja nie wissen und wenn sich die Leute nicht melden, dann würden wir auch den richtigen Täter nicht finden. Was meinen Sie, wie viele Anrufe wir bekommen, denen wir nachgehen müssen. Polizeiarbeit ist eben Fleißarbeit. Und ach, fragen Sie Herrn Kretschmar doch mal, ob er mal Boxer war. Vielleicht erzählt er Ihnen ja etwas über sich."

Im Kommissariat war die Stimmung nicht besser geworden. Die Anrufe an der Hotline plätscherten so herein, nichts Ernstzunehmendes. Peter

Schmieder war bei seinen Ermittlungen ähnlich erfolgreich wie Kathrin. Die Anrufer hatten geglaubt, in einem Friedhofsgärtner und in einem Müllfahrer den Gesuchten entdeckt zu haben. „Ein Gärtner und ein Müllfahrer, ich fass es nicht, bei mir war es ein Hausmeister – die Klassiker", lachte Kathrin bitter auf.

„Beide haben ein Alibi – der Gärtner hat ein Grab schön bepflanzt und der Müllfahrer war auf Entsorgungstour in der Stadt unterwegs. Die haben mich angeguckt, als wäre ich nicht ganz richtig im Kopf, und sie waren überhaupt nicht amüsiert, mit dieser Geschichte in Verbindung gebracht zu werden", sagte Peter Schmieder resigniert.

„Wie lief es denn gestern Abend bei Deike, nachdem die Regionalnachrichten das Bild gebracht haben?", fragte Kathrin.

„Ähnlich frustrierend. Es gab drei Anrufe. Einen von einer Irren, die von irgendeinem Geist sprach, der abends immer in ihr Fenster schaut, und der zweifellos das Phantom sei. Und dann doch zwei andere, die sich als haltlos erwiesen. Übrigens kommt Deike heute etwas später. Er muss mit seinem Sohn zum Arzt", meinte Senf belustigt.

„Er muss was?", entfuhr es Kathrin. „Er kümmert sich um seinen Sohn? Die Kinder sind doch sonst immer ganz klar Sache seiner Frau. Was ist denn bei denen los?"

„Ganz einfach. Seine Frau muss für eine Woche zur Weiterbildung. Und unser Chef ist zum ersten Mal in seinem Leben dafür verantwortlich, dass seine Kinder etwas zu essen und saubere Sachen haben, und dass sie pünktlich zur Schule kommen. Und nun hat der Kleine auch noch die

Kotzerei. Wenn wir Glück haben, muss Deike heute zu Hause bleiben und wir können in Ruhe arbeiten", frohlockte Senf.

Und wie aufs Stichwort klingelte das Telefon. Fred Deike war am Apparat, um sich für den Rest des Tages abzumelden. Sein Sohn müsse betreut werden, er habe Magenschmerzen, Erbrechen und Durchfall. Seine Frau könne sich von der Weiterbildung nicht loseisen. Und erst am nächsten Tag würde die Schwiegermutter anreisen und die Betreuung des Kleinen übernehmen.

„Sein Junge tut mir leid. Aber es freut mich, dass Deike auch mal mit den Niederungen des Familienlebens konfrontiert wird, das er sonst immer seiner Frau überlässt. Außerdem merkt er mal, wie es ist und reagiert hoffentlich etwas nachsichtiger, wenn eine der Kolleginnen mal ausfällt wegen Erkrankung des Kindes", sinnierte Kathrin.

*

Ronald Schramm war wie versteinert. Das war er, zweifellos. Sein Gesicht, seine Beschreibung. Wie dicht waren sie ihm auf den Fersen?

Dass er nicht im Entferntesten mehr Ähnlichkeit mit dem Phantombild hatte, war ihm nicht bewusst. Seit zwei Monaten hatte er sich die Haare nicht mehr schneiden lassen, sie hingen ihm jetzt tief ins Gesicht. Seine Wangen waren bärtig und längst nicht mehr so voll wie noch vor einiger Zeit. Er verlor seit jenem schrecklichen Tag stetig an Gewicht.

Komisch, auch seine Kollegen hatten die Zeitung gesehen. Hatten sie ihn denn nicht erkannt? Vielleicht taten sie auch nur so, als wäre alles in Ordnung. Möglicherweise hatte schon längst einer von ihnen die Polizei angerufen.

„Ich muss mal kurz weg", rief er ins Meisterbüro und war schon aus der Werkstatt verschwunden. Er schwang sich auf sein Fahrrad und fuhr ziellos durch die Stadt. Ohne, dass er es merkte, führte ihn sein Weg nach Hause. Seine Mutter schlief. Er schlich sich in sein Zimmer, legte sich auf sein Bett, rollte sich zusammen wie ein Embryo und zog die Decke über den Kopf.

So hatte er schon immer versucht, alles, was ihn quälte, auszublenden. Wenn er in der Schule geärgert wurde und sich nicht zur Wehr setzen wollte, oder wenn er allein die Abende und die Wochenenden verbrachte, während seine Klassenkameraden Partys feierten oder ins Kino gingen.

In der Werkstatt würden sie sich jetzt wohl fragen, wo er blieb, wenn sie tatsächlich das Phantombild nicht erkannt hatten. Aber wie sollte er dorthin zurückkehren? Wie sollte er jetzt noch seiner Arbeit nachgehen können? Er hatte keine Kraft mehr.

Vielleicht sollte er sich stellen? Aber sie hielten ihn für ein Sexmonster. Das durften sie nicht. Wie sollte er wildfremden Polizisten erklären, was in ihm vorging? Wie konnte ein anderer das begreifen?

Es klingelte an der Wohnungstür. Jetzt würden sie ihn holen. Fast spürte er ein Gefühl der Erleichterung, das sich neben der rasenden Angst vor der Entdeckung breit machte.

Wieder klingelte es. Seine Mutter war aufgewacht und schlurfte zur Tür.

„Ah Dietmar, kommst du mich mal wieder besuchen? Hast wohl Sehnsucht nach mir gehabt. Na komm rein."

Keine Polizei. Seine Mutter hatte Besuch von Dietmar. Den kannte Ronald Schramm vom Dorfkiosk. Stand da Tag für Tag mit einigen anderen Ausgemusterten von der früheren Milchviehanlage und versoff seine Stütze. Früher war Dietmar ein toller Hecht und Weiberheld. So manche Nacht hatte er auch bei seiner Mutter verbracht.

„He, Helga. Du weißt doch, alte Liebe rostet nicht. Ich wollte mal nachschauen, ob wir nicht zusammen einen trinken können. Bei dir ist es gemütlicher, als bei den Jungs am Kiosk. Heute ist das Wetter so schlecht. Außerdem können wir uns schön an alte Zeiten erinnern. Guck mal, ich habe uns auch einen Film mitgebracht."

Die Wohnung war so hellhörig wie eh und je. Ronald verstand jedes einzelne Wort. Er war angewidert von dem Gelalle, hatte das Gefühl, Dietmars Alkoholfahne ziehe durchs Schlüsselloch in sein Zimmer.

Unterdessen mühte sich seine Mutter mit dem DVD-Player, den er ihr zu Weihnachten geschenkt hatte, damit es ihr tagsüber nicht zu langweilig wurde, wenn er bei der Arbeit war. Dass sie offenbar nach wie vor Herrenbesuch empfing, wenn er nicht da war, wusste er nicht.

Seine Mutter hatte die Flasche Korn geholt und zwei Bierbüchsen geöffnet, was Dietmar mit wohlgefälligem Grunzen kommentierte. Sie hatten auch die DVD in Gang bekommen. Nach wenigen Minuten tönten Lustschreie aus dem Nebenzimmer. Die beiden schauten einen Porno.

Kurze Zeit später hörte er auch Dietmar und seine Mutter stöhnen.

Wie ferngesteuert zog es Ronald Schramm zum Schlüsselloch. Seine ungläubige Neugier war stärker als der Ekel. So wie früher.

*

Der Saal des Ballhauses „Tanzschuh" war in warmes rotes Licht getaucht. Die Paare folgten den strengen Schrittfolgen des Tanzes der Liebe. Zwischen einigen konnte man förmlich die Funken sprühen sehen. Fast wurde Kathrin ein wenig neidisch. Sie fiel nicht nur wegen ihrer Größe auf. Sie war auch die einzige Frau, die kein Kleid anhatte. Mit ihrer Jeans und dem T-Shirt fühlte sie sich ausgesprochen unpassend gekleidet. „Man sieht dir die Polizistin schon auf 100 Meter Entfernung an", frotzelte David.

„Ist das so?", war Kathrin für einen Moment verunsichert. Denn das mochte sie eigentlich gar nicht.

„Keine andere Frau würde so zum Tango kommen. Da trägt man ein Kleid und Tanzschuhe. Aber ich weiß, du bist schließlich nicht zum Vergnügen hier. Da drüben ist er übrigens, er lehnt am Tresen. Wie immer pünktlich. Nur sein Gesicht wird von Mal zu Mal trauriger."

Reinhard Thom war schon aus der Ferne ein Bild von einem Mann. Die dunklen Haare waren streng nach hinten gekämmt und in einem Zopf zusammengefasst. Das betonte sein schmales Gesicht mit den ausdrucksvollen Augen und dem sinnlichen Mund. Er trug ein schwarzes, eng geschnittenes Hemd und eine schmale schwarze Hose mit Gürtel. Beides brachte seine sportliche, schlanke Figur zur Geltung.

Wenn der auch noch schöne Hände hat, könnte ich fast schwach werden, dachte Kathrin. Als sie ihm gegenüber stand, schauten sie sich direkt in die Augen.

David stellte sie einander vor. „Kathrin Unglaub. Sie sorgt als Kriminalkommissarin für Sicherheit in unserer geliebten Stadt. Reinhard Thom, Fotograf aus Berlin, der aber regelmäßig zum Tango hierher fährt."

Reinhard Thom schüttelte Kathrin etwas verwirrt die Hand. „Keine Angst, ich möchte nicht mit Ihnen tanzen, Herr Thom", sagte Kathrin. „Ich habe nur ein paar Fragen an Sie. Ich ermittle im Mordfall Eva Zimmermann. Und wie ich hörte, waren Sie regelmäßiger Tanzpartner von ihr hier im Ballhaus."

„Im Mordfall Eva Zimmermann?" Reinhard Thoms Gesicht verzog sich schmerzlich, er tastete nach dem Barhocker und musste sich erst einmal setzen. „Sie wurde ermordet, sagen Sie. Wer tut so etwas? Ich, ich hatte keine Ahnung. Ich habe mich natürlich gefragt, was mit ihr ist, warum sie so lange nicht mehr gekommen ist. Ich habe schon gedacht, ich wäre ihr zu nahe getreten, und sie will mich nicht mehr sehen. Deshalb bin ich zwischendurch immer mal wieder tagsüber aus Berlin hierhergekommen in die Stadt, bin einfach herumgelaufen in der Hoffnung, dass sie zufällig meinen Weg kreuzt. Verzeihung, darf ich eine Zigarette rauchen, kommen Sie mit hinaus?"

Als Reinhard Thom sich die Zigarette anzündete, sah Kathrin, dass er ganz kurze, krumme Finger hatte. Na ein Glück, dachte sie, der wäre ja sonst überirdisch gut aussehend gewesen. Schöne Hände waren ihr fast das Wichtigste an einem Mann. Also beschloss sie für sich, dass der Berliner keine Versuchung für sie darstellen würde, auch wenn sie noch so gern aus der Beziehung mit Michael fliehen würde, um sich abzulenken von ihrer unglücklichen Liebe.

„Möchten Sie auch eine?"

„Nein, danke."

„Was ist denn mit ihr passiert?"

„Sie wurde erwürgt, anschließend hat der Täter versucht, sie in einem alten Brunnenschacht zu verbrennen. Ob er versucht hat, sie zu vergewaltigen, lässt sich nicht mehr feststellen."

„Oh Gott!" Die Augen von Reinhard Thom füllten sich mit Tränen. Seine Hand, in der er die Zigarette hielt, zitterte. „Mein Gott, Eva. Haben Sie schon einen Verdacht?"

„Wir ermitteln momentan in mehrere Richtungen, arbeiten nach dem Ausschlussverfahren. Dazu gehört auch mein Gespräch mit Ihnen, dem unbekannten Tanzpartner. Wie war denn Ihre Beziehung zu Eva Zimmermann? Es ist doch sehr ungewöhnlich, dass jemand einmal in der Woche von Berlin hierher fährt, nur um mit einer Frau zu tanzen."

„Ich war in diese Frau bis über beide Ohren verliebt. Das mag Ihnen merkwürdig erscheinen. Schließlich habe ich als Fotograf in der Hauptstadt ständig mit den Schönsten der Schönen zu tun. Aber keine hat mich so berührt wie Eva."

„Warum?"

„Sie war bezaubernd und sich dessen wahrscheinlich gar nicht richtig bewusst. Und vor allem hatte sie eine Wärme und eine Weiblichkeit, die beispielsweise vielen Models fehlt. Sie war anschmiegsam und trotzdem distanziert. Beim Tanzen kam ich ganz nah an sie heran, da gab sie sich ganz der Musik hin. Ich konnte spüren, was für eine leidenschaftliche Frau sie war. Und trotzdem blieb sie für mich unerreichbar, obwohl ich glaube, dass sie mich auch sehr mochte."

„Sie wussten, dass sie verheiratet war?"

„Ja, das hat sie mir schon beim zweiten Mal, als wir den ganzen Abend miteinander tanzten, gesagt. Sie hat mir auch zu verstehen gegeben, dass sie es nicht aushalten würde, ihren Mann zu betrügen. Aber ich glaube, dass sie sich insgeheim nach mehr Feuer sehnte, als es in ihrer Ehe loderte. Das blieb meine große Hoffnung. Das Tanzen mit ihr war wie ein Versprechen, das in ferner Zukunft mal in Erfüllung gehen könnte. Aber dieses Unerreichbare war, glaube ich, für mich der große Reiz.

„Und dafür hat es sich gelohnt, einmal in der Woche hierher zu fahren?"

„Manchmal konnte ich es auch mit beruflichen Terminen verbinden. Diese Gegend ist sehr inspirierend für einen Fotografen. Zum einen gibt es die malerische Landschaft, die Nähe des Meeres. Zum anderen viel Tristesse, Industrieruinen, leerstehende Schlösser und Herrenhäuser, die sich hervorragend als Kulisse für Modefotos eignen. Und außerdem ist das Licht hier einmalig und die Weite. Ich liebe es, wenn sich Himmel und Erde in weiter Ferne berühren. Eines Tages, als ich hier in der Nähe Fotos gemacht habe, bin ich am Abend hierher gegangen. Und da sah ich sie. Eva. Meine Eva. Ihre Haare hatten die Farbe von abgeernteten Kornfeldern."

Was für ein Poet, dachte Kathrin. „Und hatten Sie auch außerhalb dieser Tangoabende Kontakt zu ihr? Haben Sie sich gesehen, wenn Sie hier an anderen Tagen gearbeitet haben?"

„Nein. Immer nur am Donnerstagabend. Ich wusste, außer dass sie verheiratet war, nichts von ihr. Ich kannte weder ihren Beruf, noch ihre Adresse. Ich hatte nicht einmal ihre Telefonnummer. Es gab nur die Möglichkeit für mich, sie hier zu treffen."

„Hat Sie Ihnen erzählt, dass sie Kinder hat? Zwei kleine Jungen."

„Nein, das hat sie nicht, aber ich habe es geahnt. Wissen Sie, ab einem gewissen Alter sieht man es den Frauen an, ob sie Kinder haben oder nicht. Mütter haben eine weichere Ausstrahlung, sind nicht so ichbezogen wie kinderlose Frauen, deren ganzes Denken nur um sie selbst kreist. Es ist verrückt, aber Frauen mit Kindern sind für mich anziehender. Verzeihung, ich wollte Ihnen nicht zu nahe treten."

„Was? Warum? Mir? – Wie kommen Sie darauf?" Kathrin war völlig aus dem Konzept.

„Na, Sie sind doch auch schon über 30 und haben, da wette ich drauf, keine Kinder. Oder?"

„Sieht man mir das an? Aber es stimmt. Ich hätte aber gern welche, aber leider fehlt der richtige Partner."

„Sie haben ja noch ein paar Jahre Zeit."

„Meinen sie? Aber jetzt sind wir ganz von unserem Thema abgekommen. Schließlich möchte ich herausfinden, wer Eva Zimmermann getötet hat. Haben Sie eine Idee? Hat sie irgendwann einmal geäußert, dass sie sich bedroht fühlt? Vielleicht hatte sie außer Ihnen noch eine andere Leidenschaft."

„Das glaube ich, ehrlich gesagt, nicht. Ich denke auch nicht, dass ich Ihnen weiterhelfen kann. Also zumindest haben wir beide ganz sicher keinen Anlass gegeben, dass jemand Eva töten könnte. Ihr Mann kennt, glaube ich, so etwas wie Eifersucht gar nicht. Der hat ihr absolut vertraut. Aber ich kann mir natürlich vorstellen, dass viele andere Männer sie genauso anziehend fanden, wie ich. Vielleicht war jemand heimlich hinter ihr her?"

„Was machen Sie nun? Kommen Sie weiterhin in unser Ballhaus?", fragte Kathrin den Fotografen zum Abschied. „Nein, es gibt für mich keinen Grund mehr, wenn Eva nicht da ist. Sicher werde ich noch oft in dieser Gegend sein, um zu fotografieren. Aber zum Tango komme ich nicht mehr. Was soll ich hier? Ich habe tausende Frauen fotografiert. Aber von Eva habe ich nicht mal ein Bild auf meinem Handy." Wieder waren seine dunklen Augen von einem feuchten Schleier überzogen.

„In Ordnung, Sie können fahren. Aber geben Sie mir bitte Ihre Telefonnummer und Ihre Adresse, falls wir noch Fragen haben."

Kathrin verabschiedete sich noch von David und beschloss, den Rest des Abends mit einem schönen Tee und John Irving zu Hause zu verbringen. Sie schlenderte zu Fuß durch die abendliche Innenstadt, als ihr Handy klingelte. Es war Friedrich Schlothammer, deshalb ging sie ran. Wenn es Michael gewesen wäre, hätte sie nicht reagiert.

„Hallo Kathrin, ich bin's. Friedrich. Hast du einen Moment Zeit?"

„Ja, ich gehe gerade gemütlich nach Hause. Ich habe jetzt Feierabend."

„Wollen wir uns noch auf ein Bier im Brauhaus treffen? Das liegt doch fast auf deinem Weg und ich kann auch in fünf Minuten da sein."

Kathrin zögerte einen Moment. Schließlich hatte sie soeben beschlossen, den Abend allein und ohne Alkohol zu verbringen. Aber lange überlegte sie nicht: „In Ordnung. Ich bin auch gleich da. Bis gleich im Brauhaus."

*

Sie kamen fast gleichzeitig an und zogen sich in eine lauschige Nische des mittelalterlichen Gewölbekellers der Bierbraugaststätte zurück, wo sie ungestört reden konnten. Beide bestellten ein Pils des Hauses und gemeinsam eine Platte mit Wurst, Käse, Gewürzgurken und Brot.

Friedrich Schlothammer war bestimmt 15 Jahre älter als Kathrin, aber immer noch sehr attraktiv. Er überragte sie um mindestens einen halben Kopf, seine Haare waren dicht gelockt und grau meliert. Aber am angenehmsten war, dass er immer noch eine jungenhafte Art hatte, die er wahrscheinlich nie verlieren würde. Normalerweise blitzte der Schalk aus seinen graublauen Augen. Doch an diesem Abend sah er vor allem müde und traurig aus.

„Was soll ich als Pfarrer den Leuten sagen, die jeden Glauben an Gott verlieren angesichts solcher Schicksalsschläge?", begann er das Gespräch. Auf Kathrin machte er den Eindruck, als wäre er selbst ein Fall für einen Seelsorger. „So langsam, das muss ich dir sagen, falle ich vom

Glauben ab", fuhr er fort. „Ich bin mit meinem Latein am Ende. Wie soll ich diesen Mann denn trösten? Wie soll ich ihm erklären, welchen Sinn das alles hat? Was soll ich ihm auf die Frage antworten, warum Gott ihm und seinen Kindern so eine Prüfung auferlegt? Zu allem Unglück ist Paul Zimmermann wirklich gläubig. Das begegnet mir ja wirklich nicht mehr allzu häufig in dieser Gegend."

Als das Bier gebracht wurde, unterbrach Friedrich Schlothammer seinen Monolog und nahm erst mal einen tiefen Schluck. „Oh, hab ich einen Durst. Das tut gut. Entschuldige bitte, dass ich dich so zuquatsche. Aber ich brauche einfach auch mal jemanden zum Reden, weil ich immer nur für andere da bin. Und heute, nach meinem Besuch bei Paul Zimmermann, war mein Akku einfach leer. Ich hoffe, dass nicht noch irgendein Anruf kommt und mich zum Einsatz holt. Eigentlich habe ich keine Bereitschaft, aber wenn mehrere Unglücksfälle zusammentreffen, kann es sein, dass ich auch gerufen werde. Ob ich mein Handy einfach ausschalte? Ich habe in der letzten Nacht kein Auge zugemacht. Ich musste zu einem Mann, der sich umbringen wollte. Seine Frau kam gerade dazu, wie er sich die Schlinge um den Hals gelegt hat und auf seinem Dachboden vom Balken springen wollte, an dem er das Seil befestigt hatte. Die Kollegen von der Polizei riefen mich, und ich habe stundenlang mit dem Mann geredet, damit er nicht springt. Der hatte die ganze Zeit die Schlinge um den Hals. Wenn der ausgerutscht wäre ... Ich mag gar nicht drüber nachdenken. Schulden über Schulden hat er. Kann seine Rechnungen nicht mehr bezahlen und ist zu stolz, mit jemandem darüber zu reden."

„Und", fragte Kathrin, „lebt er noch?"

„Ja, heute Morgen gegen 5 Uhr hat er den Kopf aus der Schlinge gezogen und ist von seinem Balken heruntergeklettert. Der Arzt hat ihm erst einmal ein Beruhigungsmittel gespritzt, und morgen besucht ein Schuldenberater die Familie und stellt einen Haushaltsplan auf. Das wird wieder. Da bin ich mir sicher."

„Das ist doch ein Grund, froh zu sein, Friedrich. Du hast einen Menschen gerettet. Diese Erfüllung werde ich nie haben. Ich kann sie höchstens rächen, um das mal ein wenig poetisch auszudrücken."

„Klar bin ich froh, wenn ich jemanden vor dem Selbstmord bewahrt habe. Aber ich komme nicht zum Luftholen. Kaum war ich zu Hause, klingelte das Telefon: Unfall auf der Bundesstraße. Eine junge Frau ist mit ihrem Pkw in einen Traktor gefahren, der links abbiegen wollte, ohne zu blinken. Sie wollte ihn überholen. Der Scheiß-Blinker von dem Traktor war kaputt. Genickbruch, sie war sofort tot. Der Traktorfahrer, ein alter Mann, war völlig mit den Nerven fertig. Und dann wieder das Schlimmste. Ich musste mit, als den Eltern der jungen Frau die Todesnachricht überbracht wurde. Sie hatte eine kleine Tochter, zwei Jahre alt, die tagsüber, wenn sie arbeiten ging, betreut wurde. Sie war Kurierfahrerin für eilige Arzneimittel und gerade unterwegs vom Zentrallager in die Apotheken."

Kathrin legte ihre Hand auf die von Friedrich und führte mit der anderen Hand das Bierglas zum Mund, um auch einen großen Schluck des kühlen Gerstensafts zu trinken. Wortlos stellte sie das Glas wieder ab.

Was sollte sie auch sagen? Niemand bekam so massiv das Elend anderer zu spüren wie dieser Pfarrer.

„Weißt du, was das Schlimmste ist, Kathrin?" Friedrich Schlothammer schaute ihr tief in die Augen. „Ich spüre mich selbst nicht mehr. Ich habe keine Zeit, in mich hineinzuhorchen, herauszufinden, was ich möchte. Du weißt, ich habe diesen Job eigentlich damals genau aus diesem Grund angefangen. Ich wollte an alles denken, nur nicht über mich selbst nachgrübeln. Ich bin weg gerannt. Vor meiner Ehe, vor dem Stillstand in meinem Dorf, vor der erdrückenden Verehrung, die mir meine Gemeinde entgegen gebracht hat. Ich wollte das Leben in seiner ganzen Härte spüren. Nun stelle ich fest: Es ist nicht mehr mein Leben. Und ich spüre gar nichts. Ich höre den Leuten zu, sauge ihren Kummer auf und der verdrängt alles, was ich selbst fühlen könnte."

„Aber du hilfst so vielen Menschen. Kannst du dich daran nicht festhalten? Und du hast so eine seltene Gabe: Du kannst aus einer gewissen Distanz die Probleme anderer analysieren und hast trotzdem Mitgefühl."

„Das mag sein. Aber im Moment bin ich einfach nur alle. Ich brauche etwas oder jemanden, bei dem ich wieder auftanken kann. Ich möchte mich mal wieder verlieben oder an einen schönen Ort fahren, an dem kein Handy klingelt."

Die Wurstplatte kam und sah einfach appetitlich aus. Weil Friedrich das gar nicht zur Kenntnis nahm, belegte Kathrin eine Scheibe Brot mit Schinken und bestrich sie mit scharfem Meerrettich, schnitt sie in kleine Häppchen und steckte dem Polizeiseelsorger einfach eines in den Mund.

Da musste er erstmals an diesem Abend lächeln, und das Funkeln trat wieder in seine Augen.

„Hm. Du bist wie eine Mutter zu mir."

„Wie eine Mutter, nur nicht so attraktiv."

„Wie bitte?" Friedrich Schlothammer konnte sich natürlich gar keinen Reim darauf machen, was dieser Satz zu bedeuten hatte. Kathrin erzählte ihm von dem Gespräch mit Reinhard Thom und gab auch zu, dass sie dessen Feststellung ein bisschen gewurmt hat.

„Ach so ein Quatsch. Du bist eine der spannendsten Frauen, die ich kenne. Und nun erzähl mir mal, wie der Stand der Dinge im Fall Eva Zimmermann ist."

Ein Bier gönnten sich die beiden noch, dann brachte Friedrich Schlothammer Kathrin nach Hause. Ihm war ein wenig leichter ums Herz. „Danke", sagte er, küsste sie auf die Wange und umarmte sie fest. „Ohne dich wäre der Abend heute unerträglich geworden."

Auch Kathrin war froh, dass Friedrich sie davor bewahrt hatte, Michael anzurufen oder sich gar mit ihm zu treffen. Mit Sicherheit hätte sie die Sehnsucht nach ihm übermannt, wenn sie allein zu Hause gesessen hätte. So hatte sie ihm wieder einen Tag verschafft, an dem er nachdenken konnte. Dass sie aber keine SMS auf ihrem Handy hatte, als sie kurz vor 23 Uhr nachschaute, störte sie doch.

Freitag, 14. Oktober

Den Grund für Michaels Schweigen fand Kathrin am nächsten Morgen in ihrem Briefkasten. Es war ein handgeschriebener Brief von ihm, in dem er sich für die nächsten anderthalb Wochen verabschiedete. Er würde mit seiner Frau und den Kindern nach La Palma fliegen. Es waren Herbstferien in Berlin, der Urlaub war lange geplant, schrieb er. Er könnte seine Kinder nicht enttäuschen. Trotzdem liebe er sie, Kathrin, und halte es vor Sehnsucht nicht aus.

Es war ihr, als würde der Boden unter ihren Füßen sich drehen. „Was für ein Feigling!", rief sie noch am Briefkasten, wo sie das Kuvert hastig aufgerissen hatten. Sofort ging die Tür der Parterre-Wohnung auf, ein schwarzer Schäferhund sprang auf sie zu und beschnupperte sie, und der Hausmeister, ein großer, dicker, etwas verwahrlost aussehender Mann, schaute heraus. „Ist irgendetwas passiert?", fragte er und schaute sie aus rot unterlaufenen Augen an. „Nein, Herr Busch. Es ist alles in Ordnung. Ich habe nur ein wenig geflucht. Einen schönen Tag wünsche ich Ihnen." Kathrin rang sich ein Lächeln ab und stürzte in ihre Wohnung, wo sie sich erst einmal setzen musste. Sie konnte es nicht verhindern, dass ihr die Tränen über die Wangen liefen. „Warum verschwende ich mein Leben an so einen Feigling?", fragte sie sich. Das tat so weh. Aber irgendwie hatte sie das Gefühl, dass Michael den Bogen langsam überspannt hatte. Sie spürte, dass sie es wirklich leid war, ständig von ihm belogen und hingehalten zu werden. Sie näherte sich dem Moment, in dem sie sich nicht mehr zwingen musste, ihn nicht mehr sehen zu wollen. Dieser Brief und dieser Urlaub hatten das Fass zum Überlaufen gebracht. Sie zückte ihr Handy und schrieb eine SMS. „Gute Reise, und ich möchte nie wieder etwas von dir hören."

Danach ging es ihr besser. Sie zog ihre Sportkleidung an und rannte die Strecke am Fluss entlang. Die Luft war kalt und frisch. Mit der anschließenden Dusche vertrieb sie die letzten Spuren ihrer Tränen und ging ins Kommissariat.

„Was ist denn los mit dir?", fragte Peter Schmieder, kaum dass sie das Büro betreten hatte. „Ist dir 'ne Laus über die Leber gelaufen?"

„Sieht man mir das so sehr an?"

„Ja, dein Strahlen, was du sonst immer im Gesicht hast, ist nicht da. Du versuchst zwar freundlich zu gucken, aber deine Augen sehen traurig aus."

„Ach, Peter, dir kann man nichts vormachen. Ich bin einfach unglücklich verliebt und heute so richtig zur Erkenntnis gekommen, dass sich an der Situation nie etwas ändern wird. Ich muss mir diese Liebe aus dem Herzen reißen. Das tut weh." Fast hätte sie wieder geweint, erinnerte sich dann aber ihrer Wut: „Und im Moment tut Michael alles dafür, dass ich so richtig die Nase voll habe von ihm."

„Kathrin, lass dir das von einem alten Mann sagen. Du findest garantiert bald den Richtigen. Wenn du dir erst mal den Architekten aus dem Kopf geschlagen hast, wirst du merken, dass auch andere Mütter schöne Söhne haben."

„Danke, Peter, du bist lieb. Aber du weißt auch, dass es, je älter man wird, immer komplizierter ist, jemanden zu finden. Es gelingt einem leichter, hinter die Fassade zu schauen, man erkennt die Macken."

„Vergiss aber nicht, meine Liebe, dass du auch welche hast – wie jeder Mensch auf dieser Welt."

„Ich, aber woher denn. Ich habe doch keine Macken." Und da mussten beide lachen. Kathrin empfand es als großes Glück, wenigstens einen Kollegen zu haben, mit dem sie offen reden konnte. Das Gespräch hatte ihr gut getan. Und die anderen würden sich leicht von ihrer freundlichen Maske täuschen lassen und die traurigen Augen nicht erkennen.

Es fiel ihr schwer, sich auf ihre Arbeit zu konzentrieren. Es fehlte ihr und auch den Kollegen der Ansatz für die weiteren Ermittlungen. Gerd Senfs Spur mit dem Fitnesstrainer hatte sich zerschlagen. Alle Hinweise zum Phantombild führten ins Leere. Sollte dieser Fall der fünfte in ihrem Kommissariat werden, der in die Statistik der ungelösten Verbrechen einging? Der älteste lag 12 Jahre zurück – ein junges Mädchen war in einem Bootsschuppen am Wasser tot aufgefunden worden, erdrosselt. Der zweite geschah vor sieben Jahren – wieder ein totes Mädchen, erdrosselt, abgelegt auf einem Parkplatz kurz vor den Toren der Stadt. Beide Fälle kannte Kathrin nur aus den Akten. Diese hatte sie sich kommen lassen, als vor zwei Jahren wieder ein Mädchen tot aufgefunden wurde. In einem Wald vor der Stadt, eine Studentin, die erst ein paar Tage zuvor ihr Studium begonnen hatte. Sie wurde zuletzt in einer Rockerkneipe gesehen. Kathrin sah in diesen drei Fällen Parallelen – alle drei Frauen waren nackt und erdrosselt. Und immer im Abstand von fünf Jahren. Aber es fehlte jeder Anhaltspunkt für ein Motiv, um einen Täter zu finden. Es war, als käme alle fünf Jahre eine Person in die Stadt, nur um diesen Mord zu begehen und wieder zu verschwinden. Ohne Spuren zu hinterlassen, so dass nicht einmal geklärt werden konnte, ob diese drei Taten von einer Person verübt wurden.

Der vierte ungeklärte Fall lag gerade ein halbes Jahr zurück. Eine alte Frau war in ihrer Wohnung mitten in der Stadt am Tag erschlagen worden. Erst 48 Stunden später wurden die Nachbarn auf den Gestank aufmerksam. Auch hier gab es keinerlei Anhaltspunkte für einen Täter aus dem Umfeld. Möglicherweise war es ein Dieb, der sich als angeblicher Vertreter Zugang zur Wohnung der Rentnerin verschaffen wollte. Davon gab es sehr viele, die von Stadt zu Stadt zogen und mehr oder weniger erfolgreich ältere Herrschaften, besonders gern alleinstehende Frauen, ausraubten.

Immer, wenn es keine Beziehung zwischen Opfer und Täter gab, war die Aufklärung sehr schwer. Sollte es auch im Fall Eva Zimmermann wieder so sein?

Noch hatten sie längst nicht alle Wege der Erkenntnis beschritten.

Woher zum Beispiel kamen die verschiedenen Autotypen? Hatte sich der Mann die Autos geborgt? Von Freunden vielleicht? Hatte er sie sich auf illegale Weise ausgeliehen, also benutzt und wieder zurück gestellt? Oder hatte er ganz leicht Zugang zu allen möglichen Autos – eventuell als Gebrauchtwagenhändler? Kathrin wollte alle KFZ-Diebstahlanzei-

gen der letzten Monate durchgehen und in der Sitzung dringend vorschlagen, dass die Autospur eingehend untersucht werden würde. Sie
wusste, dass dies eine Arbeit war, die keiner ihrer Kollegen liebte – Fleißarbeit. Aber so sah nun mal ihr Alltag aus.

*

Ronald Schramm fühlte sich krank und hatte keine Kraft, das Bett zu
verlassen. Er fischte im Liegen das Handy aus seiner Hosentasche und
drückte die Kurzwahl der Autowerkstatt. Uwe war am anderen Ende
der Leitung: „Mensch Ronny, was ist denn mit dir los? Wo warst du gestern auf einmal?"
„Ich bin krank. Das kam ganz plötzlich. Ich musste schnell nach Hause
ins Bett. Auf einmal ging gar nichts mehr."
„Da hättest du doch was sagen können, einer von uns hätte dich nach
Hause oder zum Arzt gefahren. Aber einfach so abzuhauen. Der Alte
war ganz schön sauer. Naja – wenigstens hast du dich jetzt gemeldet. Ich
werde ihm gleich erzählen, dass du angerufen hast. Du weißt, er ist im
Moment nicht so richtig zufrieden mit dir, weil er das Gefühl hat, dass
du nicht bei der Sache bist. Er sagt, das kann lebensgefährlich für unsere
Kunden sein. Und da hat er nicht unrecht."
„Ich weiß, aber wahrscheinlich habe ich schon eine Weile irgendetwas
ausgebrütet. Ich bleibe heute noch im Bett. Wenn es mir am Wochenende
nicht besser geht, suche ich den Arzt auf. Zu unserem Dorfarzt kann

man Tag und Nacht und auch am Wochenende gehen. Der kennt mich schon, seit ich noch in die Hosen gemacht habe."

„Okay, ich sag das dem Alten. Halt die Ohren steif, Ronny, und komm wieder auf die Beine. Oder soll ich heute nach der Arbeit bei dir vorbeikommen?"

„Ne, ne, Uwe. Lass mal. Ich brauch einfach nur meine Ruhe." Völlig verschwitzt sank Ronald Schramm auf sein Kissen. In seinem Kopf drehten sich die Gedanken im Kreis. Wie nur sollte es weitergehen?

Im Nebenzimmer knarrte das Sofa, auf dem die Mutter schlief. Offenbar war sie aus ihrem Alkoholschlaf aufgewacht. „Ronny… Ronny…" krächzte sie. „Bist du noch da? Musst du heute nicht zur Arbeit? Rooonny … Komm doch mal rüber."

Kann sie denn nie Ruhe geben, dachte Ronald Schramm. Sie würde nicht aufhören zu rufen, wenn er nicht zu ihr ginge. „Ja, ich komm ja schon", rief er schwach. Als er sich aus seinem Bett erhob, wurde ihm schwarz vor Augen. Er stützte sich kurz an der Wand ab und schlurfte dann ins Nebenzimmer.

„Mir geht es heute nicht gut. Ich bleibe zu Hause."

„Was hast du denn, Junge? Ist es das Herbstwetter? Mein armer Junge. Aber mir geht es auch nicht gut. Ich habe solche Zahnschmerzen, dass ich nicht weiß, ob ich Männlein oder Weiblein bin."

„Ja, wenn man nie zum Zahnarzt geht, dann hat man irgendwann Löcher in den Zähnen." Ronald ließ sich in den Sessel fallen und schaute mit Abscheu auf seine Mutter und das Chaos im Zimmer. Neben dem Bett lagen die leeren Flaschen, die sie gestern mit Dietmar getrunken hatte. Es stank nach Schnaps, nach Schweiß und altem Fisch. Ihre Haare hingen fettig herunter, die Hände waren dreckig, die Füße rissig mit dicken, gelben, langen Nägeln. Er musste sich fast übergeben bei dem Anblick. Erst recht, wenn er daran dachte, was er gestern durch das Schlüsselloch beobachtet hatte. Seine heruntergekommene Mutter und der nicht weniger verwahrloste Penner – wie Tiere hatten sie sich aneinander abgearbeitet, die schlaffen, stinkenden Körper umeinander geschlungen, geschrien und gestöhnt. Er hatte es nicht fassen können, dass diese beiden kaputten Menschen das überhaupt konnten. Es war widerlich. Er hatte sich wieder zurückversetzt gefühlt in die Zeit, als er ein kleiner Junge war und sich nicht aus seinem Zimmer heraus traute, weil seine Mutter sich mit immer anderen Typen auf der Couch herumwälzte. Durch das Schlüsselloch konnte er genau auf das inzwischen zerschlissene Sofa schauen. Für ihn war es das Sofa des Grauens und das Treiben seiner Mutter der Grund für sein ganzes vermasseltes Leben.

„Kannst du mir was zu trinken holen, Junge?" bettelte sie. "Ich hab nichts mehr und meine Fresse tut so weh. Ich halte das nicht aus, wenn ich nichts zum Spülen bekomme."
„Hast du es nicht geschnallt? Ich bin krank. Ich bleibe heute im Bett, sieh zu, wie du klar kommst. Geh duschen, wasch dir die Haare und hol dir selber deinen Fusel. Mit irgendwelchen Typen kannst du es schließlich auch noch treiben." Ronald Schramm war so wütend auf diese Frau, die sich seit Jahren nur gehen ließ, die es nie interessiert hat, wie es um ihn stand. Nur mit Mühe konnte er an sich halten.

„Wie redest du denn mit mir? So hast du noch nie mit mir geredet. Was für Typen meinst du?", wimmerte seine Mutter.

„Ach tu doch nicht so. Glaubst du, ich weiß nicht, dass du immer noch deine Männerbesuche hast. So wie früher, als ich noch klein war und nicht aus meinem Zimmer heraus durfte. Wenn ich pinkeln musste, hab ich in ein leeres Saftpaket gepisst und die Suppe dann aus dem Fenster gegossen. Weißt du das überhaupt?" Ronald Schramm schrie sich in Rage und bemerkte kaum noch seine Erschöpfung.

„Aber Ronny, das hast du mir nie erzählt."

„Erzählt, erzählt… Du hattest doch immer nur deine Kerle im Kopf. Den Suff und die Typen."

„Ich wollte doch nur einen Mann finden, einen, der bleibt und nicht immer gleich wieder verschwindet. Einen Mann für mich und Vater für dich. Eine richtige Familie, die am Sonntag zusammen spazieren geht. Es ist gemein, dass du mir das vorhältst", sagte seine Mutter und kämpfte mit den Tränen.

„Einen Vater für mich. Tss", sagte Ronald Schramm verächtlich. Für mich hast du dich nicht interessiert. Du warst doch …"

… wie eine läufige Hündin, hätte er am liebsten gesagt. Aber er schwieg und blickte sie nur noch aus wütenden Augen an.

Ungefähr eine halbe Stunde saßen Mutter und Sohn im Zimmer und sprachen kein Wort. Seiner Mutter liefen ununterbrochen die Tränen über die Wangen und die Nase tropfte. Sie hielt sich die rechte Backe, die tatsächlich etwas geschwollen zu sein schien. Irgendwann fing sie wieder an zu jammern wegen der Zahnschmerzen und wegen des fehlenden Alkohols.

Ronald Schramm hielt es nicht mehr aus. Er zog sich eine Hose und einen Pullover über seinen Schlafanzug, lief die paar Meter zum Kiosk und holte das Übliche. Dietmar stand schon wieder im Kreis seiner Kumpels und trank die ersten Schnäpse. „Grüß deine Mutter", rief er Ronald hinterher. „Vielleicht komme ich sie bald mal wieder besuchen. Sag ihr, sie soll was übrig lassen von dem Zeug, das du gerade gekauft hast. Ich bring auch wieder einen guten Film mit." Ronald Schramm überhörte die Bemerkung, die von den anderen am Kiosk mit dreckigem Lachen kommentiert wurde. Bei dem Gedanken an Dietmars Besuch wurde ihm übel. In der Wohnung schmiss er seiner Mutter die Flaschen auf das Bett. Hastig drehte sie den Schraubverschluss von der Kornflasche und trank gierig ein paar große Schlucke. Dann öffnete sie ein Bier an der Tischkante. Von den vielen Kronkorken, die an diesem Holztisch schon von der Bierflasche gehauen wurden, war der Rand der Platte ganz schartig geworden.

„Willst du nicht zum Zahnarzt gehen und dir diese fauligen Stumpen rausziehen lassen?", fragte der Sohn seine Mutter.

„Oh nein, ich habe so eine Angst davor. Wo soll denn ein Zahnarzt bei mir anfangen? Lass mal, wenn ich den Schnaps trinke, merke ich das nicht mehr. Aber vielleicht kannst du mir noch eine Schmerztablette bringen."

Ronald Schramm nahm seiner Mutter, die inzwischen die halbe

Schnapsflasche leer getrunken hatte, den Klaren ab und ging in die Küche. Dort füllte er ein Wasserglas mit der durchsichtigen Flüssigkeit, nahm eine noch unangetastete Packung Schlaftabletten und drückte sie vollständig hinein. Dann rührte er das Ganze um. Der Klare war jetzt milchig trüb geworden, aber das würde seine Mutter in ihrem angetrunkenen Zustand nicht mehr merken. Er nahm noch eine Schmerztablette aus einer anderen Packung und ging zurück ins Zimmer seiner Mutter. Sie war fast schon wieder weggedämmert.

„Hier Mutter, trink das. Es hilft gegen die Zahnschmerzen." Er flößte ihr die trübe Flüssigkeit ein. Offensichtlich schmeckte sie noch stark genug nach Alkohol, so dass seine Mutter gierig trank. Bis das Glas leer war.

Sein Verstand war jetzt völlig klar. Der Druck im Kopf und die Übelkeit waren verschwunden. Er hatte keine Skrupel, seine Mutter, diese Plage, ins Jenseits zu befördern. Sie hatte ihm zwar das Leben geschenkt, aber sie hatte auch dafür gesorgt, dass es ein verpfuschtes Leben war. Wenn er schon ins Gefängnis kommen sollte, dann dafür, dass er die Verursacherin seines erstens Verbrechens beseitigt hatte. Als Mörder einer tyrannischen Mutter bestraft zu werden, das konnte er akzeptieren. Aber als Sexmonster, das er nicht war, ins Gefängnis zu gehen, dagegen würde er sich wehren.

Er ging in sein Zimmer und legte sich auf sein Bett. Er hatte kein Gefühl, wie die Zeit verging. Irgendwann schlief er ein.

*

Der Tag war für die Katz. Die Ermittlungen gingen nicht recht voran. Die Unterlagen über Autodiebstähle führten zu keiner Erkenntnis. Wenn der Täter doch jemand war, der sich Pkw „ausborgte" und wieder zurückstellte – dann würde es wirklich sehr schwer werden, ihm auf die Spur zu kommen.

Kathrin konnte sich kaum konzentrieren. Immer wieder musste sie innehalten und an Michael denken. Nicht einmal das gute Fischfilet mit Fenchelgemüse, das Christel heute in der Kantine zubereitet hatte, konnte sie trösten. Sie verlangte nur eine kleine Portion, als sie mit Peter Schmieder essen ging, was Christel mit einem ungläubigen Blick kommentierte. „Bist du krank, meine Kleine?"

Dass Christel mit ihren nicht einmal 1,60 Metern Körpergröße, die fast 1,80 große Kommissarin „meine Kleine" nannte, hatte was, fand Peter Schmieder.

„Hast du nicht Lust, morgen Abend zu uns zu kommen? Meine Frau und ich kochen zusammen, und wir haben ohnehin Freunde zu Besuch. Es gibt Kürbissuppe mit Ingwer und Curry, die habe ich mir gewünscht. Und zum Dessert macht sie Topfenpalatschinken. Beim Hauptgericht schwankt sie noch zwischen verschiedenen Variationen, einen Rinderbraten zuzubereiten – italienisch oder französisch."

„Also ein ganz internationales Menü", konstatierte Kathrin.

„Ist doch egal, dass das regional nicht zusammenpasst. Aber alle Gerichte sind herbstlich deftig. Die Zutaten kaufen wir morgen Vormittag frisch auf dem Markt. Allein das macht schon Spaß. Ich hoffe, dass wir ein ruhiges Wochenende haben. Für den Dienst bin ich nicht eingeteilt.

Aber wenn es etwas Neues von unserem Frauen anfahrenden Phantom gibt, müssen wir natürlich handeln."

„Ehrlich gesagt wäre ich froh, wenn es etwas Neues gäbe", sagte Kathrin. „Ich möchte den Typen hinter Gitter bringen. Wer weiß, wann der sich die nächste Frau vornimmt. Möglicherweise wird er von Frau zu Frau zudringlicher. Du weißt, dass die Täter mit einem gestörten Sexualverhalten unberechenbar sind. Außerdem möchte ich gern für Paul Zimmermann und seine Kinder herausfinden, wer seiner Frau das angetan hat. Aber im Moment kann ich kaum einen klaren Gedanken fassen. Ich habe gerade keine Idee, wie wir weitermachen sollen. Sucht sich der Mann die Frauen lange vorher aus? Oder nimmt er die, die ihm gerade über den Weg laufen?"

„Ich glaube eher Letzteres", entgegnete Peter Schmieder. „Denn woher soll er wissen, wenn er sie länger beobachtet, dass sie irgendwann mit Musik auf den Ohren einen einsamen Weg entlang laufen."

„Da hast du recht."

„Er wird also wahrscheinlich an diesen Wegen stehen und lauern. In Gartensparten. Auf Feldwegen", fuhr Schmieder fort.

„Wer weiß, wie oft und wie lange der schon so gewartet hat, bis ein Opfer vorbeigekommen ist", sagte Kathrin. „Hältst du den für einen Vergewaltiger? Den beiden Zeuginnen hat er schließlich nichts getan, außer sie komisch zu berühren."

„Vielleicht war das nur der Anfang, und er ist bei unserer Krankenschwester weiter gegangen. Mist, dass man nicht mehr herausfinden kann, ob sie vergewaltigt wurde", sinnierte Schmieder

„Aber die Medien waren ganz schnell, ihn zum Sexmonster zu stempeln. Ich kann diese Skandalberichterstattung nicht leiden", sagte Kathrin.

„Möglicherweise ist es ja nicht einmal der gleiche Täter", setzte Schmieder seine Überlegungen fort.

„Nun hör aber auf", stoppte Kathrin ihn sofort. „Ich glaube, es kann kein Zufall sein. Drei Frauen, die in jedem Fall leicht angefahren wurden."

In diesem Moment kam Gerd Senf gut gelaunt in die Kantine, scherzte mit Christel und setzte sich mit seinem Teller zu den Kollegen an den Tisch. „Darf ich, oder störe ich euch bei einem konspirativen Gespräch?"

„Klar darfst du", sagten beide wie aus einem Mund. „Und bist du mit den Gebrauchtwagenhändlern weiter gekommen?"

„Nein, nicht wirklich. Es gibt bisher auf keinen Fall einen, der alle Modelle in den letzten Monaten im Angebot hatte. Und so einen Skoda habe ich nirgends gefunden."

„Also wahrscheinlich Fehlanzeige", konstatierte Schmieder.

„Wir sollten vielleicht auch die KFZ-Werkstätten ins Auge fassen", meinte Senf.

„Aber die meisten sind doch Fachwerkstätten für die einzelnen Wagentypen. Die haben doch nicht so eine bunte Sammlung an verschiedenen Autos", vermutete Kathrin.

„Doch, es gibt ein paar Wald- und Wiesenschmieden. Und außerdem nehmen die Autohäuser auch die alten Wagen, wenn du dort einen neuen kaufst. Und das sind durchaus verschiedene Modelle", sagte Senf.

„Aber würde das nicht auffallen, wenn einer mitten am Tag mit einem

Auto verschwindet. Das kann man sich doch nicht einfach vom Hof holen und wieder zurückbringen", meinte Kathrin.

„Nö, eigentlich nicht. Es sei denn, man hat Zugang zu den Schlüsseln", dachte Senf weiter nach.

„Ein Mitarbeiter also. Aber das fällt doch auf, wenn man in der Arbeitszeit stundenlang wegfährt."

„Frau Unglaub, da hast du auch wieder recht. Also ist unser Täter wohl doch ein Dieb, der die Autos irgendwo wegnimmt und nach getaner Arbeit – verzeiht mir bitte meinen Zynismus - wieder zurückstellt."

„Das wäre in jedem Fall das Schwierigste", mischte sich Schmieder wieder in das Gespräch ein.

„Wir sollten Deike nachher vorschlagen, die Autowerkstattspur zu verfolgen. Wir müssen die Werkstätten mit dem Phantombild abklappern und fragen, ob diese Fahrzeuge in jüngster Zeit gegen ein neues Modell eingetauscht oder repariert wurden", sagte Senf.

„Ich glaube, die Werkstatt, wo der rote Golf von der übereifrigen Journalistin repariert wurde, fällt aus. An dem Auto wurde zur Tatzeit gearbeitet. Das hat die ganze Werkstattmannschaft bezeugt", sagte Schmieder.

*

Ohne im aktuellen Fall vorwärts gekommen zu sein, gingen sie in den Feierabend. Kathrin grauste es davor, nach Hause zu kommen. Sie würde wieder über Michael grübeln und sich grämen. Allein ins Kino wollte sie auch nicht. Auf ein Buch würde sie sich nicht konzentrieren

können. Es war Freitag und noch nicht Tatort-Sonntag, also fiel ein Fern-
sehabend auch aus. Anrufen wollte sie niemanden, besuchen auch nicht.
Dann hätte sie sich erklären müssen, darauf hatte sie keine Lust. Sie beschloss, einen Spaziergang zu machen und später in den „Blumenladen"
zu gehen. Da traf man immer Leute. Vielleicht hatte der eine oder andere
auch Lust, am späten Abend im Club 71 vorbeizuschauen. Dort spielte
man konsequent nur Titel von vor 1980 und auch die Bands, die jeden
Freitag auftraten, machten meist eine ganz gute Musik. Durch dieses
Konzept schaffte es der Club, die ganzen Teens rauszuhalten und ein
gepflegtes, reiferes Publikum heranzuziehen. Kathrin jedenfalls genoss
es, in diesem Club zu tanzen. Da fiel sie mit Mitte 30 überhaupt nicht
auf. Ein paar Mal hatte sie Michael mitgenommen, aber der fühlte sich
dort nicht wohl. Er tanzte nicht gern, die Musik war ihm zu laut und der
Wein für seinen verwöhnten Architektengaumen nicht gut genug. Kathrin war das egal. Sie wollte sich weder unterhalten noch Wein genießen.
Dort trank sie einen oder zwei Gin Tonic, aber vor allem tanzte sie fast
den ganzen Abend bis in die frühen Morgenstunden. Es war das Beste,
um sich abzureagieren und gut gegen Liebeskummer.

Auf der Toilette des Kommissariats hatte sie ihre Augen noch einmal
nachgeschminkt, Lippenstift aufgelegt und das Deo erneuert. In der
Schublade ihres Schreibtisches hatte sie die wichtigsten Schminkutensi-
lien, Cremes und Sprays. In der Jeans und dem T-Shirt, die sie trug,
fühlte sie sich wohl. Das musste für den Abend genügen. Und ihre Le-

derjacke war ihr ohnehin lieb wie eine zweite Haut. Die Sonne war gerade am Untergehen und tauchte die Stadt in ein goldenes Licht. Kathrin bummelte den Boulevard hinauf und spürte das dringende Bedürfnis, sich irgendetwas Schönes zu kaufen um sich zu trösten. In einem Schaufenster sah sie einen petrolfarbenen Schal und kaufte ihn für 49 Euro. Weil er gut zu ihren Sachen passte, legte sie ihn gleich um den Hals. Dann ging sie in die Buchhandlung und sah im Regal mit den Neuerscheinungen ein Werk eines ihrer Lieblingsautoren Christoph Hein. „Frau Paula Trousseau" hieß das Buch und erzählte von den Träumen und unerfüllten Sehnsüchten einer jungen Malerin in der DDR. Ganz abgesehen davon, dass sie das Thema brennend interessierte, kaufte sie alle Bücher von Christoph Hein. Von diesem Buch gab es natürlich noch keine Paperback-Ausgabe, darauf wartete sie sonst meistens. Aber Christoph Hein gönnte sie sich immer als Hardcover, kaum dass er herausgekommen war. Sie kaufte das dicke Buch und steckte es in ihre geräumige Tasche. Wenn der Irving zu Ende war, hatte sie dann schon den nächsten Wälzer, auf den sie sich freute. Für einen Moment zog sie in Erwägung, den Abend doch lieber zu Hause in ihrem Lesesessel zu verbringen. Mal sehen, ob ein Bekannter im „Blumenladen" ist, dachte sie und beschloss, den weiteren Verlauf des Abends davon abhängig zu machen.

Kaum war sie in die Kneipe eingetreten, entdeckte sie auch schon den interessanten Oberarzt aus der Chirurgie am Tresen. Er trank ein Bier und plauderte mit Jimmy, dem Besitzer. „He, Kathrin", rief Jimmy ihr zu. „Ich hoffe, du bist nicht dienstlich hier."

„Ne, Jimmy, ganz und gar nicht. Ich will mich einfach nur von einer wirklich anstrengenden Woche erholen. Komm, gieß mir mal ein Glas von dem Grauburgunder ein, den du neu auf der Karte hast. Der ist richtig gut."

„Klar, mache ich, möchtest du dich hierher setzen oder erwartest du noch jemanden?"

„Nö, ich erwarte niemanden und ja, ich setze mich zu euch."

„Darf ich vorstellen", sagte Jimmy. „Das ist Doktor Seiler, der Mann mit den goldenen Händen. Er hat vor drei Jahren meinen Beinbruch repariert, so gut, dass ich nichts mehr spüre. Dabei war die Sprunggelenksfraktur wirklich kompliziert, nicht wahr, Doc?"

„Ja, wir kennen uns bereits. Einen schönen guten Abend, Doktor Seiler. Alles gut auf Ihrer Station? Konnten Sie den Verlust von Eva Zimmermann schon verschmerzen?"

„Guten Abend, Frau Kommissarin. Naja, wie soll ich sagen, es muss weitergehen. Aber verschmerzt hat diesen Verlust wohl niemand, der Eva kannte. Dazu war sie ein viel zu feiner Mensch."

„Ralf hat von der Krankenschwester erzählt", mischte sich Jimmy ein, als er hinterm Tresen wieder aufgetaucht war, eine sichtbar gut gekühlte Flasche Grauburgunder in der Hand. „Das ist dein Fall, stimmt's, Kathrin. Und kommt ihr voran?"

„Das darf ich euch nicht sagen. Wir ermitteln nach wie vor in alle Richtungen", sagte sie mit einem vielsagenden Blick auf den Oberarzt.

„Ich hoffe, ich bin inzwischen nicht mehr auf der Liste der Verdächtigen", lachte Seiler.

„Wenn Sie keinen Doppelgänger haben, dann nicht. Ihr Alibi wurde ja von mindestens 30 Leuten bestätigt."

„Ihr hattet den Ralf doch nicht etwa in Verdacht?", fragte Jimmy ungläubig.

„Nicht wirklich", erwiderte Kathrin kokett. „Aber immerhin hat der Herr Doktor zugegeben, dass er seine Kollegin sehr mochte und nichts gegen ein Verhältnis einzuwenden gehabt hätte."

„Ralf ist halt ein Schwerenöter, der schöne Frauen mag", entschuldigte Jimmy ihn.

„Aber nur Damen mit dem gewissen Etwas", sagte Seiler und schaute Kathrin dabei an. „Das haben nicht viele, weshalb ich in Wirklichkeit kein Schwerenöter bin. Ich kann doch nichts dafür, dass ich noch auf der Suche nach der Lady bin, die mich für immer fesselt."

Er war wirklich charmant, dachte Kathrin und unglaublich gut aussehend. Schlank, mit starken und trotzdem feinen Händen, mit einem schmalen Gesicht, dunklen Haaren und – Kathrin fasste es nicht, das war selten - olivgrünen Augen. Das hatte sie beim letzten Mal gar nicht gesehen.

„Tragen Sie Kontaktlinsen oder ist Ihre Augenfarbe echt?", fragte sie.

„Die ist echt. Meine Vorfahren kommen aus Estland, da ist das gar nicht ungewöhnlich – dunkelbraune Haare und diese grünlichen Augen."

„Aha". Mehr wusste Kathrin darauf nicht zu antworten. Deshalb versenkte sie sich erst einmal in die Speisekarte. „Ich glaube, ich brauche eine gute Grundlage für den Abend. Der wird heute nämlich lang. Ich nehme Saltimbocca mit Pfeffersauce, Bandnudeln und Salat."

„Das klingt gut", meinte Ralf Seiler. „Das nehme ich auch. Darf ich Ihnen Gesellschaft leisten?"

„Bitte, gern" Kathrin kramte in ihrer Tasche nach einem Tempotaschentuch, fand keins und legte das Buch auf den Tresen, damit sie noch einmal genauer nachschauen konnte.

„Christoph Hein!", rief Seiler freudig überrascht. „Frau Paula Trousseau! Das habe ich gerade gelesen. Sie werden es nicht glauben. Am Ende musste ich fast weinen."

Auch das noch, dachte Kathrin. Der sieht nicht nur gut aus, sondern ist auch noch belesen.

„Wirklich? Ist das Buch so gut? Nicht dass ich bei diesem Autor etwas anderes erwartet hätte, aber wenn ein gestandener Mann wie Sie weinen muss ..."

„Es ist einfach so traurig, dass eine junge talentierte Frau ein ganzes Leben um ihre Chance als Künstlerin kämpft und sie aufgrund von männlichen Machtspielen nicht wirklich bekommt", sagte Seiler.

Der Mann überraschte Kathrin immer mehr. „Nicht zu viel verraten. Ich will das Buch erst lesen. Alle anderen von Christoph Hein habe ich schon gelesen. Er ist einer meiner Lieblingsschriftsteller."

„Sehen Sie, Frau Kommissarin, da haben wir etwas ganz Wesentliches gemeinsam. Die Liebe zu den Büchern und zu diesem Autor ganz besonders." Seiler schaute ihr dabei ganz tief in die Augen.

„Sucht euch mal 'nen Sitzplatz. Euer Essen ist gleich fertig", mischte sich Jimmy ein. „Kathrin, noch ein Schöppchen von dem guten Burgunder?"

Sie hatte gar nicht gemerkt, dass das erste Glas schon leer war, spürte aber, dass der Wein sie in eine angeregte Stimmung versetzte. „Gut, noch einen Schoppen und eine große Flasche Wasser bitte."

„Ich probiere den gleichen Wein", rief Seiler. „Der passt doch bestimmt gut zu dem Essen."

Die beiden setzten sich an einen kleinen Tisch im zweiten Raum. Jimmy zündete eine Kerze an. Und schon setzten sie ihr Gespräch fort.

„Warum sind Sie Kommissarin geworden?", fragte Seiler.

„Weil ich so gern Tatort gucke und so werden wollte wie die Kommissare im Fernsehen", scherzte Kathrin.

„Genauso habe ich es mir gedacht", entgegnete der Arzt. „Aber ob Sie es glauben oder nicht, es interessiert mich wirklich."

„Da spielen bestimmt mehrere Dinge mit hinein. Ich interessiere mich für menschliche Abgründe. Ich liebe knifflige Aufgaben und blicke hinter die Fassade von Leuten. Überhaupt arbeite ich gern mit Menschen. Meine Leidenschaft ist es, etwas aus ihnen heraus zu bekommen. Und ich liebe die Action. Meine Eltern haben versucht, mir das auszureden. Zu wenig Geld für einen zu gefährlichen Job. Keine Zeit für eine Beziehung oder für Kinder – nun, mit ihren Einwänden hatten sie recht."

„Höre ich da ein bisschen Frust heraus?", fragte Seiler.

„Was die Arbeit an sich betrifft, bestimmt nicht, die ist und bleibt spannend, wenn sie einem auch manchmal an die Nieren geht. Im Gegensatz zu Ihnen kann ich leider niemandem helfen, gesund zu werden, sondern ich kann nur noch seinen Tod aufklären und dafür eintreten, dass der Täter bestraft wird. Schwierig wird es dann, wenn man die Tat des Täters versteht."

„Ist das manchmal so?"

„Ja, erst kürzlich ging es mir so. Da konnte ich einer Frau, die ihren Mann umgebracht hat, nur Recht geben. Schauen Sie mich nicht so an!"

„Warum, was hatte der Mann getan?"

„Er war ein nach außen hin untadeliger und gesellschaftlich überaus anerkannter Mann – ein Professor der Theologie, öffentlich ein moralische Instanz in der Stadt. Und zu Hause hat er seine Frau, die jahrzehntelang den Haushalt geführt, die Kinder groß gezogen und ihm immer den Rücken freigehalten hat, systematisch drangsaliert."

„Was hat er denn mit ihr gemacht?"

„Erst fing es damit an, dass er ihr gesagt hat, dass sie immer hässlicher wird. Dann hat er sie ab und zu in den Keller gesperrt, wenn die Kartoffeln zu hart waren oder beim Putzen des Spiegels Schlieren auf dem Glas zurückgeblieben waren. Als ihm das nicht mehr Demütigung genug war, brachte er Damen mit nach Hause, verriegelte die Tür des Schlafzimmers, in dem seine Frau schon schlief und trieb es lautstark mit seinen Eroberungen im Nebenzimmer. Hinterher erzählte er seiner Frau in allen Details, wie drall und fest die Körper der anderen Frauen seien und wie ausgelutscht dagegen der ihre, wie ihn das ekele und abstoße. Und irgendwann schlug er sie, immer und immer wieder – aber nie ins Gesicht. Das gesellschaftliche Ansehen musste schließlich gewahrt bleiben."

„Warum ist sie nicht weggegangen, ins Frauenhaus, zu Freunden oder zu ihren Kindern?"

„Weil es sich tief in ihr Bewusstsein eingeprägt hatte, dass sie eine Rolle spielen muss: die Frau des Theologieprofessors. Freunde hatte sie nicht mehr, sie durfte ja kaum allein aus dem Haus außer zum Einkaufen. Auch gegenüber ihren Kindern spielte sie diese Rolle perfekt."

„Und wann ist die Situation so eskaliert, dass sie ihren Mann getötet hat?"

„Dieses Schwein von einem Ehemann hat seine Frau auch finanziell so kurz gehalten, dass sie sich praktisch nichts selbst kaufen konnte. Er gab ihr Haushaltsgeld, die Einkäufe musste sie akribisch abrechnen. Da hat sie dann ohne sein Wissen ein kleines Nebengeschäft gegründet. Die Nachbarinnen, alles Frauen aus gutem Haus, brachten ihr die Bügelwäsche. Sie war preiswerter als jede Wäscherei. Sie musste nur aufpassen, dass ihr Mann nichts merkte. Von dem Geld kaufte sie sich mal 'ne Strumpfhose oder ein schönes Stück Seife. Alles heimlich. Eines Tages kam ihr Mann früher von der Arbeit nach Hause, sah sie am Bügelbrett mit einem Haufen fremder Wäsche und fing an sie anzubrüllen. Er wollte sie wieder schlagen, weil sie mit ihren Bügeldiensten seine Ehre verletzt hätte. Jetzt würden alle über ihn reden, dass seine Frau es nötig hätte, für andere zu arbeiten. Er beschimpfte sie mit den übelsten Worten. Da holte sie aus und schlug ihm das heiße Bügeleisen über den Schädel. Er stürzte, schlug mit dem Kopf auf der Tischkante auf und blieb liegen."

„Verstehe. Und woran ist er gestorben?"

„Tödlich war sowohl der Schlag mit dem Bügeleisen als auch der Aufprall auf der Tischkante. Als wir zum Tatort kamen, saß diese Frau mit ihrem feinen, zarten Gesicht scheinbar völlig emotionslos auf einem Stuhl. Die Wäscheberge hatte sie zu Ende gebügelt. Dann erst hatte sie bei uns angerufen. Sie musste schließlich ihre Pflicht erfüllen. Bevor wir sie mitgenommen haben, hat sie in meinem Beisein alle Wäschekörbe mit der sauber zusammengelegten Wäsche zu den Nachbarn getragen. Das hat mir zwar einen mächtigen Anranzer von meinem Chef eingebracht, aber das war mir egal. Mir war klar, dass wir es nicht mit einer eiskalten Mörderin zu tun hatten, sondern dass diese Frau in Notwehr gehandelt haben musste."

„Was ist jetzt mit ihr?"

„Sie sitzt im Untersuchungsgefängnis und wartet auf ihren Prozess. Ihre Kinder waren völlig fassungslos, konnten sich nicht vorstellen, was sich seit Jahren bei ihnen zu Hause abgespielt hat. Sie besuchen ihre Mutter viel und halten zu ihr, bezahlen alle zusammen den Anwalt. Ich hoffe, dass der sie da raushaut, dass wirklich auf Notwehr plädiert wird und sie nicht wegen Mordes verurteilt wird. Es hat so lange gedauert, bis sie sich öffnen konnte. In den ersten Verhören hat sie nur geschwiegen und vor sich hingeschaut. Dann hat sie mir erzählt, was vorgefallen ist. Und darauf bin ich schon ein bisschen stolz, dass ich ihr Vertrauen gewinnen konnte. Und ich kann es nicht leugnen, ich hätte vielleicht genauso gehandelt."

„Sie?", sagte Seiler: „Sie hätten es nie so weit kommen lassen. Bei der ersten Demütigung, die Sie von einem Mann erfahren, ziehen Sie doch eine Grenze. Oder liege ich da falsch?"

„Nein, wahrscheinlich nicht", sagte Kathrin und beschloss innerlich zum zweiten Mal an diesem Tag, Michael endlich einen Laufpass zu geben. Bisher hatte sie immer gedacht, es könne ihm kein anderer Mann das Wasser reichen. Aber dieser Oberarzt Seiler ...

Schnell verbot sie sich, weiter darüber nachzudenken. Der Wein hatte sie locker gemacht. Das Essen kam, schmeckte vorzüglich, und beide bestellten noch je ein Achtel von dem Grauburgunder.

„Und Sie? Warum sind Sie Arzt geworden?"

„Soll ich Ihnen mal die Wahrheit sagen? Als Junge in der Pubertät habe ich gedacht, da kann ich so viele nackte Frauen sehen, wie ich will."

„Nein! Das ist ja eine Begründung." Kathrin war irritiert von seiner Offenheit.

„Ich sagte, in der Pubertät, also in der frühen Pubertät, mit 11, 12 Jahren, als ich anfing, mich für Frauen zu interessieren. Später haben natürlich andere Beweggründe die ersten völlig verdrängt. Mich hat der menschliche Körper und wie er funktioniert, fasziniert. Natürlich auch das gesellschaftliche Ansehen, das die Götter in Weiß genießen, und ich wollte etwas Praktisches tun, meine handwerklichen Fähigkeiten mit einer wissenschaftlichen Tätigkeit in Verbindung bringen – deshalb bin ich Chirurg geworden. Es macht mir Spaß, Knochen und Sehnen wieder zusammenzuflicken und ich bin stolz, wenn die Menschen nach der Operation wieder genauso gut funktionieren wie vorher."

„Klingt nach einem glücklichen Menschen", sagte Kathrin.

„Beruflich schon", antwortete Seiler und blickte ihr wieder vielsagend in die Augen. „Meistens jedenfalls, wenn es nicht ganz so dicke kommt. Aber auch mir werden die Grenzen manchmal knallhart aufgezeigt. Wenn mir ein Unfallopfer bei einer Operation unter den Händen wegstirbt. Oder wenn wir einem Kind nicht mehr helfen können. Dann gibt es Momente, da möchte ich schreien oder wegrennen oder den Operationssaal auseinander nehmen. Für diese Situationen habe ich mir vorgenommen, das Unvermeidliche annehmen zu lernen. Aber es ist wirklich schwer."

„Das glaube ich Ihnen sofort. Und wie sieht es mit der Arbeitsbelastung aus, den Doppelschichten? Kann man das aushalten?"

„Ich bin, wenn ich so einen Stress habe, immer auf 180. Bleibe erstaunlicherweise auch an langen Arbeitstagen mit vielen Unfällen hoch konzentriert. Ich glaube, je mehr ich zu tun habe, desto besser für mich. Schlimm ist für mich nur die Langeweile. Und das Umschalten von Arbeit unter Hochdruck auf zeitweiligen Leerlauf. Ich bin dann immer noch so unter Dampf, dass ich unerträglich werde. Daran ist bis jetzt noch jeder Versuch einer Beziehung gescheitert." Wieder der tiefe Blick aus seinen olivgrünen, von schwarzen Wimpern umrahmten Augen, die Kathrin wirklich sehr gefielen. Sie schaute genauso intensiv zurück. Glaubte sie zumindest. Oder hatte ihr der Wein schon den Blick getrübt? Egal. Sie fühlte sich wohl.

„Aber jetzt machen Sie einen ganz entspannten Eindruck, Herr Doktor."

„Jetzt sitze ich auch mit einer aufregenden Frau zusammen. Das gibt mir mindestens so viel Adrenalin wie eine komplizierte Unterschenkelfraktur."

„Na, Sie verstehen es ja, Komplimente zu machen. Mit einer Unterschenkelfraktur hat mich wirklich noch niemand verglichen", Kathrin musste lachen. „Verstehen Sie mich nicht falsch, Frau Kommissarin. Ich genieße es, mit Ihnen zusammen zu sitzen und zu reden, und es kommt mir vor, als bräuchte ich mich vor Ihnen nicht zu verstellen. Das tut gut. Im Krankenhaus muss ich bei den Patienten der Doktor Allwissend sein, und gegenüber den Kollegen die Autoritätsperson. Hier bin ich einfach nur Ralf Seiler."

„Das ist schön, Ralf Seiler. Und was machen wir mit dem angebrochenen Abend? Ich muss heute auf alle Fälle noch tanzen gehen, den Stress der Woche abschütteln. Das geht am besten im Club 71. Da spielen die nur Musik, die vor den 80er Jahren entstanden ist, und das Publikum ist nicht mehr so blutjung. Ich jedenfalls fühle mich dort wohl."

„Gut", sagte Seiler. „Ich komme gern mit, aber nur, wenn ich Kathrin zu Ihnen sagen darf. Jetzt, wo ich nicht mehr zum Kreis der Verdächtigen gehöre, ist das doch bestimmt kein Problem mehr."

„Na gut, Ralf, dann sag Kathrin zu mir." Und sie beugte sich über den Tisch und hauchte ihm ein Küsschen auf die Bartstoppeln. Daraufhin küsste er ihre Wange. Dann strahlten sich beide an, schon mit den Spuren einer leichten Angetrunkenheit in den Augen.

Ein paar Querstraßen weiter befand sich der Club 71. Er war in den Räumen eines alten, kleinen Klinikgebäudes eingerichtet, das jetzt leer stand und das Seiler noch aus seiner Arzt-im-Praktikum-Zeit kannte. Jetzt war in dem ehemaligen Operationssaal die Bar, und zwischen den ehemaligen Krankenzimmern waren teilweise die Wände heraus gebrochen, so dass verschiedene Räume zum Chillen um die Tanzfläche herum gruppiert waren. Überall standen alte Ledersofas, die die Clubbetreiber als Spenden erhalten hatten. Der Beleuchtungsmeister vom Theater, der selbst gern in diesem Club zu Gast war, wenn er nicht gerade Vorstellungen betreute, hatte ein geniales Lichtkonzept entwickelt. Die Atmosphäre war urgemütlich und irgendwie stilvoll. Das Publikum setzte sich vor allem aus den jung gebliebenen Intellektuellen der Stadt zusammen: Dozenten von der Uni, Ärzte, Künstler aller Couleur verbrachten hier ihre Abende. Die Leute tranken Bier und einfache Mixgetränke wie Gin-Tonic und Cola-Wodka. Der Wein war ziemlich ungenießbar. Davon hatte Kathrin jedes Mal Kopfschmerzen bekommen. In dem Raum, wo getanzt wurde, war in einer Ecke eine Galerie gebaut worden, auf der immer zwei DJs mit ihren Plattenspielern und den riesigen Plattenkoffern standen. In diesen Club ging Kathrin auch allein, denn man traf immer Bekannte. Sechs Euro Eintritt waren in Ordnung. Stempel auf die Hand. „Ich komm mir vor wie ein markiertes Tier", rief Seiler ihr ins Ohr. Und ab ging es ins schwüle, hitzige Getümmel. Die Tanzfläche war schon voll und weil gerade die „Sex Pistols" liefen, gab Kathrin nur schnell ihre Jacke ab und zerrte Seiler gleich mit auf die Tanzfläche, wo sie ausgelassen herumsprangen.

Der Arzt bewegte sich gut, locker, mit viel Rhythmusgefühl. Jetzt, in T-Shirt und Jeans, sah Kathrin, was er für eine gute Figur hatte. Sie tanzten mindestens sechs Lieder, holten sich dann Gin-Tonic und setzten sich auf eines der Sofas. Seiler rutschte dicht an sie heran und strich ihr eine Haarsträhne aus der Stirn. „Ich hätte nicht gedacht, dass der Abend noch so schön wird", sagte er. „Ich auch nicht", antwortete sie. Dann küsste er sie, erst auf die Wange, dann auf den Mund. Kathrin ließ es geschehen. Sie war angetrunken. Und als das Lied „Wilde Horses" von den Stones gespielt wurde, tanzten die beiden eng umschlungen wie ein frisch verliebtes Paar. „Der nächste Gin-Tonic geht auf mich", sagte Seiler. Und Kathrin schlürfte den nächsten großen Cocktail, den Seiler offenbar mit einer doppelten Portion Gin bestellt hatte. Sie tanzten, kuschelten, küssten und tranken, und irgendwann nahm Kathrin alles nur noch wie durch einen Schleier wahr.

Samstag, 15. Oktober

Er hatte die ganze Nacht sein Zimmer nicht verlassen. Nicht einmal durch das Schlüsselloch hatte er geschaut. Als der Drang zu pinkeln zu groß wurde, nahm er wieder ein leeres Saftpaket. Aus dem Nebenzimmer drang kein Laut. Kein Schnarchen, kein Stöhnen, kein knarzendes Sofa, kein Schlurfen über den Fußboden, auch keine rollenden Flaschen. Und am Morgen keine Rufe: Rooooonny. Bist du da? Es war einfach nur still. Totenstill.

Als die Sonne in sein Zimmer schien, hielt Ronald Schramm es nicht mehr aus. Er zog sich an und öffnete leise die Tür zum Nebenzimmer. Seine Mutter lag in ihrem dreckigen Bettungetüm auf dem Sofa. Von weitem sah es aus, als ob sie schliefe. Langsam, auf Zehenspitzen schlich er sich nahe heran. Sie hatte die Augen geschlossen und lag ganz still auf dem Rücken. Kein Atemzug hob ihren Brustkorb. Offenbar war sie ganz friedlich eingeschlafen. Was will man mehr? Eigentlich ein gutes Werk, dachte Ronny. Man könnte denken, dass sie eines natürlichen Todes gestorben ist. Aber wenn sie genauer untersucht werden würde, wäre die Ursache, der Schlafmittelcocktail, sehr schnell herauszufinden. Wenn es soweit war, würde er die Tat nicht leugnen. Er würde ins Gefängnis gehen und schon irgendwie damit klar kommen.

Immer noch ging von seiner Mutter dieser üble Geruch aus, diese Mischung aus ungewaschenem Menschen und Alkohol. Seltsam. Er fühlte sich ganz leer. Nur ein dumpfer Druck lag auf seinem Kopf. Er spürte keine Trauer, keine Erleichterung, gar nichts spürte er.

Nachdem er rund 10 Minuten so dagestanden und auf seine tote Mutter gestarrt hatte, kam wieder Leben in Ronny. Er musste einen Arzt anrufen, unbedingt, bevor der Verwesungsprozess einsetzte. Er ging in die Küche. Am Kühlschrank hing ein Zettel mit den wichtigsten Telefonnummern, auch der von Doktor Hollatz, dem Hausarzt, der ihn und seine Mutter schon kannte, seit sie in dem kleinen Dorf lebten. Es war schon kurz nach zehn Uhr vormittags. Da war ein Anruf wohl vertretbar.

Doktor Hollatz war selbst am Apparat und versprach, sofort zu kommen. Zehn Minuten später klingelte er an der Wohnungstür. „Tach Ronny, mein Junge." Für einen Arzt war er ziemlich dick. Sein Kopf, sein Körper, seine Hände waren kugelrund. Das lag bestimmt daran, dass ihm die Patienten aus den umliegenden Dörfern gern Lebensmittel als Dankeschön für die Behandlung mitbrachten. Selbstgemästete Gänse, Enten und Hühner, Wurst aus eigener Herstellung, Brot, Obst und Gemüse.

„Ehrlich gesagt wundert mich das gar nicht, dass der Körper deiner Mutter das nicht mehr mitmacht. Was die getrunken hat! Nimm's mir nicht übel, wenn ich das so sage. Du kennst mich, ich nehm' kein Blatt vor den Mund. Na komm, lass sie mich mal anschauen."

Er stapfte auf seinen kurzen Beinen ins Wohnzimmer. „Herrjeh, was für ein Gestank. Mein Gott, sie sieht ja noch viel schlimmer aus, als ich sie in Erinnerung habe, und das war schon nicht schön. Sie war schon lange nicht mehr in meiner Praxis, hat sich einfach aufgegeben und sich buchstäblich zu Tode gesoffen. Wieviel hat sie getrunken, Ronny?"

„Mindestens eine Flasche Korn, manchmal auch mehr und sechs bis acht Flaschen Bier", druckste Ronny herum. „Na komm, lass mal gut sein, mein Junge", sagte Hollatz. „Ich weiß, dass du dich um sie gekümmert hast, dass sie überhaupt noch etwas isst. Was ist nur aus ihr geworden! Sie war mal das schönste Mädchen im Dorf. Jeder hat sich nach ihr umgedreht. Und dann: Arbeit weg, Geld weg, Würde weg, Lebenssinn weg. Um aus diesem Teufelskreis herauszukommen, hättet ihr woanders hingehen müssen. Aber das kann auch nicht der Sinn der Wende sein, dass hier alle abhauen. Bloß gut, dass ich bald im Ruhestand bin. In meiner Praxis sind fast nur noch alte Leute, die auch langsam wegsterben, und die Jüngeren, die hier im Ort sind, enden zur Hälfte so wie deine Mutter. Ich glaube, es gibt hier mehr Alkoholiker am Kiosk als Leute, die früh zur Arbeit gehen. Apropos Arbeit: Ist bei dir alles gut? Bist du noch in der KFZ-Bude? Ja? Na dann ist es ja gut. Kannst stolz auf dich sein, mein Junge, dass du dich nicht mit unterkriegen lassen hast. Was meinst du, wie oft ich das sehe, dass die Kinder genauso träge und traurig vor sich hin leben, wie die Eltern: Fernsehen und fettes Futter, das ist alles. Oh Mann, ich rede und rede. Gib mir mal die Tasche, mein Junge."

Er fischte ein Stethoskop aus seinem Arztköfferchen und horchte den Körper ab. Dann schob er die Augenlider hoch und leuchtete mit einem Lämpchen hinein. „Exitus, kein Zweifel. Herzversagen, auch kein Zweifel. Bei dem Lebenswandel, kein Wunder."

Und er nahm den Totenschein, füllte ihn aus, ohne irgendeinen Verdacht zu hegen, dass etwas nicht mit rechten Dingen zugegangen war. „Ich schick dir Bernd vorbei, meinen Schwager. Du weißt ja, der ist Bestattungsunternehmer. Noch ein krisenfester Job, so lange jedenfalls, bis sie alle weggestorben sind. Aber das wird Bernd nicht mehr erleben. Der macht dir 'nen guten Preis, mein Junge. Habt ihr ein bisschen Geld für so einen Fall."

Ja, Ronny hatte Geld. Genug. Von seinem Lohn gab er kaum etwas aus, er hatte nur die Alkoholsucht seiner Mutter etwas bezuschusst.

Er war einfach fassungslos über das, was eben passiert war. Er hatte seine Mutter umgebracht, sich eines schlimmen Verbrechens schuldig gemacht. Sogar vorsätzlich. Und der Arzt schrieb einfach, sie sei an Herzversagen gestorben. Niemand würde ihn dafür belangen. Aber er konnte keine Erleichterung spüren. Ihm wurde eng um die Brust. Er musste raus. Er würde draußen auf den Bestatter warten.

*

Kathrin erwachte mit dröhnenden Kopfschmerzen und einem ekelhaften pelzigen Geschmack auf der Zunge und blickte in zwei olivgrüne Augen. „Guten Morgen, du Schöne", sagte Ralf Seiler und strahlte. Sein Kopf befand sich schräg über ihrem, aufgestützt auf einem nackten Arm. „Bist du schon lange wach?", fragte Kathrin. Sie hatte das Gefühl, die Zunge würde an ihrem Gaumen festkleben. Schnell hielt sie sich eine Hand vor den Mund, um den Arzt nicht mit einem schlechten Atemgemisch aus Alkohol, Knoblauch und einer langen Nacht zu verschrecken.

Mit der anderen Hand tastete sie an ihrem nackten Körper herunter. Verdammt! Wie hatte es nur so weit kommen können? Es war überhaupt nicht ihre Art, gleich am ersten Abend mit einem Mann ins Bett zu hüpfen. Und sie brauchte ganz dringend ein Glas Wasser. Aber sie konnte doch unmöglich so aufstehen und durch die Wohnung laufen.

„Hast du eine Ahnung, wie wir hierhergekommen sind?", fragte sie ihn.

„Zu Fuß. Hand in Hand und im leichten Schleuderschritt", sagte er lachend. „Sag bloß, du weißt das nicht mehr. Wir hatten so einen schönen Abend… und eine ganz wunderbare Nacht", flüsterte er ihr ins Ohr und küsste ihre Wange.

„Und eine ganz wunderbare Nacht, verstehe", sagte sie konsterniert. Und langsam kehrte die Erinnerung wieder. Die eng umschlungenen Tanzrunden im Club 71, die sie auch noch zu den schnellen Liedern hinlegten. Küsse, Streicheln, der Weg zu ihr nach Hause. Der Kaffee, den sie noch zusammen in ihrer Wohnung trinken wollten, und den sie nicht tranken, weil sie sich gleich hinter der Wohnungstür gegenseitig die Kleidung herunterrissen. Es war so klischeehaft abgelaufen, wie in einem schlechten Film, und doch war es so.

Michael – hämmerte es in ihrem Kopf, und zu dem rasenden Kopfschmerz gesellte sich jetzt noch ein schlechtes Gewissen.

„Hast du keinen Haarwurzelkatarrh?", fragte sie ihn.

„Bitte was?"

„Haarwurzelkatarrh. Das sind alkoholbedingte Kopfschmerzen."

„Nein, habe ich nicht. Mir geht es richtig gut", sagte er und streichelte ihr Gesicht.

Michael. Das konnte doch nicht wahr sein. Sie hatte diesem Mann gegenüber keinerlei Verpflichtungen und trotzdem schlich er sich in ihr Hirn und sorgte dafür, dass sie sich schlecht fühlte. Dabei lag er jetzt neben seiner Frau in einem bequemen Hotelbett. Wenigstens hatte sie es ihm heimgezahlt.

Aber diesen Gedanken fand sie wiederum gegenüber Ralf Seiler nicht gerecht. Es war ein schöner Abend und wohl auch eine tolle Nacht.

„Du, Ralf, nimm's mir nicht übel. Ich bin ganz schön durcheinander. Es ist normalerweise nicht meine Art, so Hals über Kopf mit Männern in die Federn zu springen."

„Ich hoffe, du bereust es nicht. Das Leben ist viel zu kurz, als dass man seine Zeit mit einem schlechten Gewissen vergeudet. Es ist so gekommen. Was daraus wird, wissen weder du noch ich. Wenn uns die Sehnsucht nacheinander umtreibt, rufen wir uns an. Versprochen?"

„Versprochen. Aber ..."

„Psst", sagte er und legte sanft seinen Zeigefinger auf ihren Mund. „Du musst mir nichts erklären. Ich muss dir nichts erklären. Ich weiß nur, dass ich dich irgendwie sehr mag. Schon als du in die Klinik kamst, um mich zu vernehmen, warst du mir sehr sympathisch. Dass wir uns so schnell unter diesen Umständen wiedersehen, hätte ich auch nicht geahnt. Lass uns doch einfach sehen, was daraus wird."

„In Ordnung."

„Ich werde jetzt gehen. Wir müssen nicht zusammen frühstücken. Aber darf ich bei dir duschen?"

„Ja sicher, Handtücher sind in dem Schrank links und Duschbad findest du im Bad. Das Fitness-Duschbad hat, glaube ich, auch für Männer einen akzeptablen Duft. In der Schublade unter dem Spiegel findest du auch noch eine frische Zahnbürste."

„Na bestens." Er küsste sie noch einmal auf die Wange, schwang sich aus dem Bett und ging splitterfasernackt ins Bad. Er sah wirklich gut aus. Vom Kopf bis zu den Füßen durchtrainiert, ohne allzu muskulös zu sein. Sie kroch unter die Decke und machte noch einmal die Augen zu. „Wie konnte ich nur?", sagte sie leise vor sich hin. Aber Ralf hatte recht. Wozu ein schlechtes Gewissen? Sie hatte sich vor niemandem zu rechtfertigen.

Aber warum geisterte Michael permanent durch ihre Gedanken? Warum verursachte ihr allein das Denken an ihn so große Bauchschmerzen? Unter ihrer Dusche stand einer der bestaussehenden und offenbar auch intelligentesten Männer der Stadt, und sie dachte nur an ihren unentschlossenen Liebhaber, der sie seit zwei Jahren hinhielt.

Frisch duftend kam Ralf Seiler noch einmal in ihr Zimmer, um sich zu verabschieden. „Tschüss, Kathrin und hoffentlich auf ein baldiges Wiedersehen. Ich würde mich freuen. Und falls du mich privat nicht mehr treffen willst, ich würde es gern erfahren, wenn ihr den Mörder von Eva geschnappt habt." Er streichelte über ihre zerzausten Haare, gab ihr einen Kuss auf die Stirn und ging.

Kathrin quälte sich aus dem Bett und rannte fast zum Kühlschrank. Sie trank in großen Schlucken das Wasser aus der Flasche und löste zwei

Kopfschmerztabletten in einem Glas Leitungswasser auf. Dann stellte sie sich vor den großen Spiegel in ihrem Schlafzimmer und schaute sich an. Schlank und rank war sie, mit einem leicht gewölbten Bauch. Ihre Brüste hätte sie lieber ein bisschen kleiner, ihren Po dafür lieber ein bisschen weiblicher. Aber welche Frau war schon mit sich zufrieden? Sie kannte keine. Hartnäckig kämpfte sie mit ihrem Lauftraining und dem Yoga gegen den Verfall, gegen die Erschlaffung der Muskeln an Armen und Schenkeln, die sofort begann, wenn sie über eine Woche nicht trainierte. Aber ewig würde sie das Altern nicht aufhalten können. Wie es aussah, würde sie dann keinen Mann an ihrer Seite haben, der gemeinsam mit ihr alt werden wollte. Der ihre Falten lieben würde, ihre Polster und Dellen. Und wahrscheinlich würde sie auch keine Kinder haben, obwohl sie sich die wünschte. Würde in zehn Jahren eine frustrierte Mittvierzigerin sein, von der der Berliner Fotograf gesprochen hatte. Unabhängig und frei, aber unglücklich.

„Genug in den Spiegel geschaut", ermunterte sie sich selbst. Das Wetter war schön, die Sonne strahlte in ihre Wohnung. Sie trank das Wasser mit den aufgelösten Kopfschmerztabletten, duschte lange und sehr heiß, bis sie in ihrem Bad vor lauter Dampf nichts mehr sehen konnte. Sie zog sich an, ging zum Bäcker, kaufte zwei Roggenbrötchen und die Zeitung. Der Kaffee musste heute besonders stark sein. Aber vom Brötchen bekam sie nur zwei Happen herunter. Sie hatte keinen Appetit. Irgendetwas saß ihr im Magen oder auf dem Herzen. So ging es ihr immer, wenn sie die Liebe und das Leben ganz intensiv spürte.

Raus wollte sie, raus, den Wind im Gesicht genießen. Sie nahm sich ihr Fahrrad und beschloss, über die Dörfer ans Meer zu fahren. Sportjacke an, Fahrradhelm auf und los ging's. Sie hatte mächtig Gegenwind, was sie sehr freute, weil sie sich so anstrengen musste. Schon hatte sie die Stadtgrenze hinter sich gelassen und kam in dieses Dorf, das sie nur das verlorene Dorf nannte.

Seit die Milchviehanlage geschlossen wurde, lag der Ort im Sterben – wenige Kilometer von der mittelgroßen prosperierenden Stadt entfernt, in der sie wirklich gern lebte. Und wenige Kilometer vor den Badeorten der Ostsee, in denen die Touristen, die von Jahr zu Jahr zahlreicher strömten, für Wohlstand sorgten. In diesem Geisterdorf waren die Wohnblöcke am Straßenrand bis auf wenige Mieter leer. Viele Scheiben waren zerschlagen. An der Ecke der Straße stand eine Traube von grauen Gestalten um einen Kiosk herum – die Trinker des Ortes. Der Einkaufsmarkt daneben hatte dicht gemacht. Auf der Bordsteinkante saß ein junger Mann, den Kopf auf die Arme gestützt, die wiederum auf den Knien lagen. Fast hätte sie ihn angefahren.

„Hallo", sie hielt und sprach ihn an. „Geht es Ihnen nicht gut, kann ich Ihnen helfen?"

Der Mann war ungefähr so alt wie sie, hatte schmutzig- blonde halblange strähnige Haare, ein eingefallenes Gesicht und helle todtraurige Augen. Er schaute sie an. Für einen kurzen Moment hellte sich sein Gesicht auf. Dann nahm es wieder den gleichen trostlosen Ausdruck an.

„Nein. Sie können mir nicht helfen. Meine Mutter ist gerade gestorben. Ich warte nur auf den Bestatter."

„Oh, das tut mir leid. Mein herzliches Beileid. Tja, wenn ich nichts für Sie tun kann, fahre ich mal weiter. Alles Gute, trotz allem."

Mein Gott, was rede ich für einen Blödsinn, dachte sie. Alles Gute – so ein Quatsch. Die Begegnung mit dem traurigen Mann hatte das Bild von dem verlorenen Dorf so richtig rund gemacht.

Weg hier, nur schnell weg. Ans Meer. Durchatmen. Nachdenken.

Sonntag, 16. Oktober

Zum Aufräumen hatte er einfach keine Kraft gehabt. Nachdem der Bestattungsunternehmer seine Mutter abgeholt hatte, legte er sich in seinem Zimmer aufs Bett. Ob er geschlafen oder die ganze Zeit gegrübelt hatte, wusste er nicht. Seine Gedanken drehten sich im Kreis. Zwei Menschen hatte er nun auf dem Gewissen. War es so leicht, einen anderen ins Jenseits zu befördern? Bei seiner Mutter war es ganz einfach, und er spürte nicht den Hauch von Mitleid. Eigentlich hatte er sie erlöst. Was hatte sie für ein Leben geführt? Und zu was für einem trostlosen Dasein war er ihretwegen verdammt? Jetzt war sie weg. In ungefähr einer Woche würde sie beerdigt werden. Solange würde er sich krank melden. Das müssten seine Kollegen verstehen. Der Tod der Mutter ist schließlich nicht so einfach zu verkraften – normalerweise. Er aber war ein Mutter-Mörder, ein mehrfacher Frauenmörder.

Er sprang auf, rannte ins Badezimmer und starrte in den Spiegel mit den rostigen Ecken. Sieht so ein Mörder aus?

Wie sollte er da nur wieder herauskommen? Irgendwann würden sie ihn finden. Und dann würden sie ihn wegen der Krankenschwester drankriegen. Das war das Letzte, das Allerletzte. Eine unschuldige Frau, die zwei kleine Kinder hinterlassen hatte. Dafür würde es keine Nachsicht geben.

Er ließ sich eiskaltes Wasser über die Hände laufen, wusch sein Gesicht. Seine Gedanken wurden einfach nicht klar. Die Schuld drückte, legte sich schwer wie Blei über seinen Kopf. Sollte er zur Polizei gehen, die

Tötung seiner Mutter zugeben und dafür ins Gefängnis abwandern? Wie viele Jahre würde er dafür bekommen? Wie würden sie ihn behandeln? Jeder, der seine Mutter kannte, und der wusste, wie sie seine eigene Entwicklung behindert hatte, würde ihn verstehen. Er könnte es auch so darstellen, dass er sie von ihren Leiden erlösen wollte, dass sie ihn darum gebeten hatte. Aber würde es damit gelingen, das andere Verbrechen zu verschleiern? Oder würde er erst recht auf sich aufmerksam machen? Die Polizei mit der Nase darauf stoßen, was für ein kranker Typ er war. Könnte er überhaupt lügen, wenn er in den Händen der Polizei wäre? Vielleicht hatten die in der alten Försterei Spuren von ihm gefunden, Fingerabdrücke oder Haare? Nein, nur das nicht. Er war kein Sexmonster und kein Schwein. Als solches würde er sich nie und nimmer überführen lassen.

Also stillhalten und warten? Wie lange? Bis er verrückt wurde vor Angst?

Vielleicht sollte er einfach abhauen, sich irgendwo anders einen Job suchen. Nochmal ganz von vorn anfangen. Aber wo sollte er hin? Wo würden sie einen wie ihn akzeptieren? Er hatte Angst vor anderen Menschen, vor anderen Städten, vor jeder Veränderung. Aber was sollte er hier? Fast allein in diesem riesigen Wohnblock, in dem kaum noch jemand lebte. Früher oder später musste er da raus.

Er wollte wieder in sein Zimmer, ins Bett, die Decke über den Kopf ziehen, nichts hören und nichts sehen. Im Wohnzimmer lag noch der Gestank von seiner Mutter in der Luft. Er riss das Fenster auf, nahm das

Bettzeug und trug es hinaus in die Mülltonne. Dann sammelte er die leeren Flaschen ein und trug sie in den Container. Niemand war auf der Straße. Der Kiosk hatte sonntags geschlossen. Die Säufer hatten sich mit ihrem Wochenendvorrat nach Hause verzogen.

*

Der Blick auf den Wecker verriet Kathrin, dass es 9.30 Uhr war und sie normalerweise jetzt die Turnschuhe anziehen würde um eine richtig große Runde zu joggen. Aber ihr fehlte jegliche Energie. Völlig in Gedanken war sie gestern stundenlang am Meer herumgelaufen, hatte sich den Wind ins Gesicht pusten lassen. Sie war wütend auf sich. Statt sich auf den Fall zu konzentrieren, stürzte sie sich in irgendwelche Abenteuer und verstopfte ihr Hirn mit Grübeleien über gleich zwei Männer. Wenn Michael davon erfahren würde, wäre ihre Beziehung sofort zu Ende, dessen war sie sich sicher.

Ihr Handy surrte kurz. Eine SMS von Ralf. „Guten Morgen, Du Schöne. Wollte nur noch mal sagen, ich bereue nichts. Wenn dir danach ist, melde dich einfach. Ich würde mich freuen."

Erschöpft legte sie das Handy wieder beiseite und verkroch sich unter der Bettdecke. Das war ihr alles so unendlich peinlich. Nein, sie würde sich jetzt nicht von einer Affäre in die nächste stürzen. Unter anderen Umständen hätte sie sich vielleicht sogar in den Arzt verliebt. Aber der verdammte Michael ließ sie nicht aus seiner Umklammerung.

Vielleicht hänge ich nur so sehr an ihm, weil ich ihn nicht wirklich haben kann, dachte sie bei sich. Möglicherweise bin ich ja süchtig nach dieser unglücklichen Liebe, nach der Sehnsucht. Es ist so herrlich bitter süß. Und ich muss mich nicht wirklich vor dem Alltag fürchten.

Wollte sie das überhaupt, einen Mann, der immer da ist, der von ihr Rechenschaft verlangt, der erwartet, dass sie Kompromisse macht und einen Teil ihres Lebens aufgibt?

Aber wenn sie daran dachte, dass Michael jetzt mit seiner Familie zusammen frühstückte, krampfte sich ihr Herz zusammen.

Sie hatte keinen Appetit. Sie hatte keine Lust auf Sport. Aufs Lesen konnte sie sich nicht konzentrieren.

Vielleicht sollte sie die Zeit bis zum „Tatort" damit verbringen, noch einmal alle Fakten des Falls durchzugehen. Eine Woche war es jetzt her, dass sie Eva Zimmermann gefunden hatten. Und noch hatten sie kaum eine Spur.

Montag, 17. Oktober

Gerd Senf konnte sein Grinsen kaum unterdrücken. Fröhlich pfeifend ging er durchs Präsidium und begrüßte überschwänglich die Kollegen. Die Frage, ob er ein schönes Wochenende hatte, war eigentlich überflüssig. Trotzdem erkundigte sich Kathrin mit einem Zwinkern. „Und was für ein gutes Wochenende", antwortete ihr Kollege. „Meine Erwartungen nach den Telefonaten sind noch übertroffen worden. Silvia ist genau mein Typ, sie ist lieb und sehr hübsch. Und ich gefalle ihr anscheinend auch. Wir sind in Warnemünde am Strand spazieren gegangen und haben geredet und geredet. Es war keine Minute peinlich oder langweilig. Wenn es klappt, kommen sie alle zusammen nächstes Wochenende hierher, und ich lerne ihre Jungs kennen."

„Glückwunsch", sagte Kathrin und meinte es ehrlich. Wie sehr sich ihr Kollege doch verändert hatte. Wo war der Zynismus geblieben? Stattdessen die wandelnde Freundlichkeit, die sogar Fred Deike ein unsicheres Lächeln ins Gesicht zauberte, als Senf ihm fröhlich zurief: „Morgen, Chef! Alle wieder gesund bei euch?"

Deike trommelte seine Mannschaft zusammen, um die Ermittlungen im Fall Eva Zimmermann zusammenzutragen. Ein Mann, der Frauen anfährt, drei Autos. Aber es gab in jüngster Zeit weder in ihrer Stadt noch in der näheren Umgebung Hinweise auf Diebstähle von Golf II, Toyota oder Skoda. „Und wenn er immer von weiter her kommt, in unsere Stadt, in der ihn keiner kennt? Vielleicht haben wir deshalb auch keine brauchbaren Hinweise auf das Phantombild bekommen", warf Kathrin in die Runde.

„Ich bin schon beim Überprüfen, ob diese drei Fahrzeuge irgendwo in Deutschland entwendet wurden. Bis jetzt keine Spur", sagte Peter Schmieder entnervt.

„Wo können wir anfangen zu suchen? Diese drei Frauen haben keinerlei Beziehung zueinander. Sie sind sich nie wissentlich begegnet, haben keine Gemeinsamkeiten, mit Ausnahme der Tatsache, dass sie ganz nett anzusehen sind und dass sie allein auf einsamen Wegen unterwegs waren.

Hatte die Eva Zimmermann eigentlich auch Kopfhörer auf den Ohren? Das haben doch die beiden anderen gesagt, dass sie deshalb das Auto nicht gehört haben", meinte Deike. „Fragst du mal nach, Kathrin? Du hast doch zu ihrem Mann den besten Kontakt."

„Aus meiner Sicht spricht der Fakt, dass die drei Frauen eher zufällig um die jeweilige Zeit auf diesen Wegen unterwegs waren, dafür, dass unser Täter nicht von außerhalb kommt", mutmaßte Senf. „Es sieht mir so aus, als ob er von Zeit zu Zeit auf die Jagd geht und wenn sich gerade eine günstige Gelegenheit ergibt, zuschlägt."

„Du hast recht", stimmte Kathrin ihm zu. „Und seit dem Mord an der Krankenschwester gibt es keine Hinweise mehr, dass er seine Masche weitergeführt hat. Wahrscheinlich hat ihn dieser nicht geplante Vorfall so aus der Bahn geworfen, dass er erst einmal inne hält."

„Was mag das für ein komischer Typ sein?", fragte Deike.

„Ganz sicher gestört", entgegnete Schmieder. „Einer, der auf keinen Fall ein normales Liebesleben hat. Aber was ist heute schon normal?"

„Wir suchen wahrscheinlich einen ziemlich verklemmten Mittdreißiger, der entweder ein Supertalent hat, unbemerkt Autos auszuborgen oder der leicht an verschiedene Autos herankommt", meinte Senf.

„Ich glaube, es wird zu schwer, das Pferd so aufzuzäumen", meinte Schmieder. „Wenn wir davon ausgehen, dass der Täter doch aus unserer Gegend kommt. Vielleicht sollten wir alle roten Golf II auf Spuren des Unfalls untersuchen lassen. Es müssten doch noch Minipartikel von der Krankenschwester daran zu finden sein. Soll ich das koordinieren?"

„Gut. Eine andere Idee habe ich auch erst einmal nicht", sagte Deike. „Und Kathrin, du fragst bei dem Mann von der Zimmermann nach den Kopfhörern."

*

Paul Zimmermann sah immer noch schlimm aus und konnte nicht arbeiten. Seine Kinder waren bei ihren Großeltern. Er roch schon am frühen Morgen nach Alkohol. Der Schorf von seinem Herpes bröckelte langsam ab und ließ darunter eine leuchtend rosa neue Hautschicht erkennen. „Geben Sie mir noch ein paar Tage Zeit. Ich fange mich schon wieder. Muss ich ja wegen der Kinder. Und irgendwann muss ich auch wieder arbeiten", sagte er um Entschuldigung bittend.

„Haben Sie neue Erkenntnisse, Frau Unglaub?" „Haben Sie das Schwein gefasst?"

„Nein, es tut mir leid. Ich kann nicht wirklich mit großen Ermittlungserfolgen aufwarten. Wir suchen nach der Nadel im Heuhaufen. Wir glauben zu ahnen, dass es keine Beziehungstat war und dass Ihre Frau sehr zufällig das Opfer geworden ist. Aber das macht es uns nicht gerade leicht. Es fällt sehr schwer, einen Ansatz für die Tat zu finden. Obwohl wir uns nur vorstellen können, dass es sich um einen sozial gestörten Mann handeln muss. Zumindest schließen wir das aus dem, was uns zwei andere Frauen beschrieben haben, die fast in eine ähnliche Situation geraten sind wie Ihre Eva." Als Kathrin den Namen seiner Frau erwähnte, füllten sich Paul Zimmermanns Augen schlagartig mit Tränen. Deshalb sprach sie schnell weiter: „Aber wir haben eine Frage an Sie. Deshalb bin ich hier."

„Na dann fragen Sie", sagte Paul Zimmermann, der ununterbrochen aus seiner Wodkaflasche trank, mit schwerer Zunge.

„Hatte Ihre Frau einen I-Pod oder einen MP3-Player, wenn sie zu Fuß unterwegs war? Die anderen Frauen haben uns nämlich erzählt, dass sie Kopfhörer im Ohr hatten und deshalb das herannahende Auto nicht gehört haben."

„Ja, den hatte sie, einen ziemlich neuen MP3-Player, orange. Den hat sie sich zum Geburtstag gewünscht, und ich habe ihn ihr mit ihrer Lieblingsmusik bespielt. Wenn sie morgens aus dem Haus ging, hat sie die Musik angemacht und wenn sie mit der Arbeit fertig war, sicher auch. Das gibt ihr Schwung für den Tag, sagte sie immer." „Wir haben bei ihrer Leiche keinen MP3-Player gefunden. Auch am vermutlichen Tatort haben wir nichts entdeckt. Vielleicht hat der Täter ihn eingesteckt."

„Hätte ich ihr das Ding bloß nie geschenkt. Ich habe schon mal gelesen, dass ein Mädchen von einer Straßenbahn überrollt wurde, weil sie die nicht gehört hat, als sie die Musik anhatte. Ohne dieses Ding hätte der Typ sie gar nicht anfahren können, dann hätte sie das Auto bemerkt. Ich bin so ein Idiot."

„Jetzt geben Sie sich doch bitte nicht die Schuld. Haben Sie hier irgendwo die Gebrauchsanweisung für den MP3-Player? Wir müssen noch einmal einen Zeugenaufruf starten, ob jemand den gesehen hat. Und tun Sie mir bitte einen Gefallen. Ihr Wässerchen ist fast leer. Ich gehe jetzt in den kleinen Laden an der Ecke, kaufe Ihnen Mineralwasser, Käse, Wurst und Brot. Fangen Sie doch bitte an, sich nicht nur Ihrem Schmerz hinzugeben, sondern auch für Ihre Kinder da zu sein. Ihren Schwiegereltern fällt es sicher auch schwer, dass sie jetzt funktionieren müssen."

Paul Zimmermann wankte zum Waschbecken, goss den Rest des Wodkas in den Ausguss und ließ sich schwer auf den Küchenstuhl fallen. Kathrin Unglaub nahm einen Wohnungsschlüssel und ging die paar Meter in den Laden. Sie kaufte drei große Flaschen Mineralwasser, abgepackten Käse, Wurst und ein frisches Brot. Als sie zurück in die Wohnung kam, lag Paul Zimmermann mit dem Kopf auf dem Küchentisch und schlief. Sie stellte die Sachen auf den Schrank und ging leise ins Arbeitszimmer, um nach der Gebrauchsanweisung zu suchen. An der Pinnwand in dem kleinen, ehemals gemütlichen Raum, in dem keine einzige Grünpflanze überlebt hatte, hingen Fotos der glücklichen Familie. Vater, Mutter und zwei Kinder. Bilder aus dem Urlaub und vom nahe gelegenen Meer. Niemals mehr würde Paul Zimmermann richtig froh werden, das wusste Kathrin. Auch die beiden Jungs würden die Trauer ein Leben lang mit sich herumschleppen.

In einem aufgeräumten Regal mit Aktenordnern fand Kathrin auch einen Ordner mit Gebrauchsanweisungen. Die Anleitung für den MP3-Player lag gleich in der zweiten Klarsichtfolie. Zum Glück war sie mit einem Foto eines Gerätes in Orange versehen. Das müssten sie nur einscannen und an die Presse schicken.

Leise zog sie die Wohnungstür hinter sich zu. Sie hoffte, dass Paul Zimmermann mit seinen Alkoholexzessen aufhören würde. Aber sie konnte nur an seine Vernunft appellieren, ihn nicht kontrollieren oder bei ihm bleiben. Dazu fehlten ihr die Zeit und auch die Kraft.

Auf dem Weg ins Präsidium rief sie Schlothammer an, um zu fragen, ob er am Abend noch mal bei Paul Zimmermann vorbeigehen könnte.

Er klang müde am Handy. Ihr Anruf hatte ihn geweckt, denn er war erst gegen Morgen ins Bett gekommen. Diesmal aber nicht, weil ihn die Schicksale anderer wach hielten, sondern weil er es selbst verlernt hatte, zu schlafen. Einfach nur zu schlafen. Sie verabredeten sich für ein gemeinsames Abendbier im „Blumenladen".

„Hoffentlich ist mein Herr Doktor nicht da", sagte sie zu sich. „Habe ich jetzt wirklich m e i n Herr Doktor gedacht?"

Im Präsidium erfuhr sie, dass Schmieder ungefähr ein Drittel der Fahrzeuge untersucht hatte. Auch den Golf der vorwitzigen Journalistin, die versucht hatte, ihnen Details über die Ermittlungen zu entlocken. Bisher gab es keine Spur

„Das ist eine karrieregeile Ziege, die konstruiert sich was, wenn wir sie nicht füttern", echauffierte sich Schmieder. Es war offensichtlich, dass er diese Person nicht leiden konnte.

„Dann werden wir die Redaktion mal mit Neuigkeiten versorgen und über die Zeitung um Mithilfe bitten. Wer kann uns etwas zum Verbleib eines orangefarbenen MP3-Players sagen? Ohne den ging Eva Zimmermann nämlich nie aus dem Haus, und ihr Mann ist sich sicher, dass sie auch auf dem Weg vom Krankenhaus zum Kindergarten Kopfhörer in den Ohren hatte. Zu Fuß gehen und Musik hören, waren bei ihr eins. Da wir das Gerät aber nicht gefunden haben, liegt die Vermutung nahe, dass der Täter es hat."

*

Erst gegen 11 Uhr konnte sich Ronald Schramm aufraffen, in seiner Werkstatt anzurufen. „Tach, Meister. Ich kann erst mal nicht kommen. Meine Mutter ist am Wochenende gestorben. Es ging ihr zwar schlecht. Aber dass sie jetzt tot ist, geht mir schon an die Nieren."

Ronny wunderte sich, wie leicht ihm diese Lügen über die Lippen gingen. War er vielleicht doch der perfekte Kriminelle?

Und sein Meister ging ihm auf den Leim.

„Mein herzliches Beileid. Nimm dir so viel Zeit, wie du brauchst. Es ist gerade ziemlich ruhig in der Werkstatt. Die Arbeit schaffen wir schon. Woran ist sie denn so plötzlich gestorben?"

„Herzversagen, meint der Arzt. Als ich Samstagmorgen aufgewacht bin, lag sie in ihrem Zimmer und hat nicht mehr geatmet."

„Naja, ist vielleicht ein gnädiger Tod. Besser als wenn man sich jahrelang mit so 'ner Scheiß-Krankheit quälen muss. Geh mal davon aus, dass es ihr jetzt besser geht. Und nun, nimm's mir nicht übel, dass ich das so sage, ist sie nicht mehr so ein Klotz an deinem Bein. Jetzt kannst du in die Stadt ziehen, dir 'n Mädel suchen oder abends mit uns 'n Bier trinken gehen. Melde dich mal in der Woche. Alles Gute, und ich sag den Jungs Bescheid."

Ronny hatte kein schlechtes Gewissen wegen seiner Lügen. Und er glaubte am Ende sogar selbst, was er erzählte. Dass sein Meister so freundlich zu ihm war, tat ihm gut.

Plötzlich verspürte er einen leichten Anflug von Hunger. Er hatte ja auch gestern den ganzen Tag nichts gegessen und den Tag nur grübelnd und vor sich hin dösend verbracht. Der Kühlschrank war leer. Er musste schnell zum Kiosk. Eine Dose Würstchen, ein paar Bier und zwei Brötchen, das würde erst einmal reichen.

Am Kiosk standen sie schon wieder, die Säufer des Dorfes. Dietmar, der letzte Lover seiner Mutter, pöbelte ihn an: „Eh Ronny, was machst du denn hier? Haben sie dich jetzt auch rausgeschmissen aus deiner Autobude? Oder kaufst du für deine Mutter ein?"

„Die ist vorgestern gestorben."

„Was, deine Mutter ist tot?" Dietmar war sichtlich erschrocken. „Wie das denn? Ich war doch gerade erst bei ihr, wir haben uns einen schönen Abend gemacht."

„Halt bloß die Schnauze, von wegen einen schönen Abend", brauste Ronny auf.

„Was haste denn? Was hab ich denn gesagt? Dürfen wir Alten uns das nicht auch gut gehen lassen?"

„Lass ihn in Ruhe", sagte einer aus der Gruppe. „Sie war zwar 'ne alte Schnapsdrossel und 'ne Nutte. Aber sie war immerhin seine Mutter. Und früher hatte sie den geilsten Arsch der Welt."

Ronny sah Rot und verpasste dem Mann, den er nur vom Sehen kannte, seine Faust. Der fiel auf den Boden und die Trinker stürzten sich auf Ronny, um ihn festzuhalten.

„He, he, he", brüllte der Kiosk-Besitzer. „Ich ruf gleich die Polizei, wenn ihr euch hier schlagen wollt. Sag, was du haben möchtest, Junge, und dann verschwinde. Ich habe keine Lust auf Ärger."

„Eine Büchse Würstchen, zwei Brötchen, zwei Bier und 'ne Zeitung. Die sollen einfach meine Mutter in Ruhe lassen. Okay, sie hatte ein großes Herz. Aber als Nutte lasse ich sie nicht beschimpfen."

„Ist schon gut. Hier hast du deine Sachen und es hat niemand so gemeint. Komm wieder runter. Wann wird sie denn beerdigt? Da kommen wir alle hin."

„Nee, lass man. Ich glaube, sie würde es auch lieber haben, wenn sie ganz still und leise unter die Erde kommt."

Diese Szene am Kiosk erinnerte ihn an eine Situation, als er 12 oder 13 Jahre alt war. Da hatte er sich auch mit einem Jungen geprügelt, der behauptete, seine Mutter würde jeden im Dorf ranlassen. Klar wusste er, dass es stimmte. Aber sagen durfte es noch lange niemand. Und so schüchtern er sonst auch war, in diesem Moment hatte ihn eine derartige Wut gepackt, dass er den anderen auf den Boden niederrang und würgte. Erst als ein Lehrer dazwischen ging, blieb der andere schwer atmend am Boden liegen. Seitdem hat sich niemand mehr an ihn herangetraut oder in seinem Beisein seine Mutter beschimpft. Doch von diesem Tag an sah er seine Mutter auch mit anderen Augen, fing an sich zu ekeln und durchs Schlüsselloch ihr Treiben zu beobachten. Fast jeden Tag.

Bevor er die Würstchen öffnete, blätterte er rasch die Zeitung durch. Keine Notiz zum Fall. Sie schienen nichts zu wissen. Entspannt öffnete er ein Bier.

Dienstag, 18. Oktober

Dafür stockte ihm am nächsten Morgen fast der Atem, als er die Zeitung las. Die Polizei bat um Mithilfe. Und da war es, ein Foto von diesem MP3-Player, den er seit dem Tag des Unglücks mit sich herumschleppte. Er lag in seiner Arbeitstasche, fast hatte er ihn vergessen. Sich die Musik anzuhören, hatte er nie gewagt. Gezeigt hatte er das Ding auch niemandem.

Für einen Moment wurde ihm schwarz vor den Augen, und das Gedankenkarussell, das ihn eine Nacht lang in Ruhe gelassen hatte, setzte sich wieder in Gang. Es konnte nur noch eine Frage von wenigen Tagen sein, bis sie ihm auf die Schliche kamen.

Doch wer sollte von dem MP3-Player wissen? Fieberhaft überlegt Ronny, ob den irgendjemand in seiner Tasche gesehen haben könnte. Uwe traute er das zu, dass der ganz ungeniert in fremden Sachen herumkramt. Doch der hätte ihn sicherlich angesprochen, wenn er ihn gefunden hätte. Oder er wäre provokant damit durch die Werkstatt getanzt. Was sollte er tun? Er musste das Ding loswerden, ganz schnell und unbemerkt. Er würde zum Meer fahren. Jetzt gleich mit dem Fahrrad und das Ding hineinschmeißen. Für einen Moment war die Versuchung groß, die Kopfhörer aufzusetzen und zu hören, was die Krankenschwester für Musik gehört hatte. Aber das brachte er nicht fertig. Schnell stopfte er das schmale Wunderwerk der Technik in seine Hosentasche und wollte sein Rad aus dem Keller holen. Als er so schnell aufsprang, wurde ihm schon wieder schlecht. Er hatte noch nichts gegessen und getrunken. Ein paar Schlucke aus dem Wasserhahn mussten erst einmal genügen.

Als er mit dem Fahrrad vor die Haustür trat, riefen die Trinker schon wieder zu ihm herüber: „He Ronny, haste dich wieder eingekriegt? Komm doch rüber zu uns. Trink einen. Bist doch einer von uns."

Er tat so, als ob er das nicht hören würde. Einer von ihnen? Nein, er war keiner von ihnen. Das da waren nur arme Schweine, die sich langsam aber sicher zu Tode soffen und ihr Leben nicht mehr auf die Reihe bekamen. Er war kein armes Schwein. Er war ein Mörder – ein Gewaltverbrecher, gemeingefährlich. Wenn die wüssten, dachte er.

Er bekam sein Leben auch nicht mehr in den Griff, aber weil er eine unschuldige Frau getötet hatte. Seine Mutter zählte nicht. Das hatte keiner gemerkt, und die vermisste niemand. Aber die Krankenschwester!!! Wie sollte er jemals wieder in die Normalität zurückkehren, seiner Arbeit nachgehen, ohne Angst davor entdeckt zu werden?

Er ließ die Trinker unbeachtet stehen und strampelte gegen den Wind auf dem Fahrrad die Dorfstraße entlang. Dann ging es über Feldwege in Richtung Bodden. Der Wind zauste in den Blättern. Die Luft roch schon ein wenig nach Meer. Früher hatten ihn manchmal die anderen aus seiner Klasse auf ihren Touren zum Wasser mitgenommen, wenn die Lehrerin mal wieder an seine Mitschüler appelliert hatte, dass sie ihn doch bitte nicht ausschließen sollten. Dann war er glücklich. Aber lange hielt das Glücklichsein nie an. Denn nicht nur die Klassenkameraden wollten eigentlich nicht wirklich mit ihm zusammen sein. Auch deren Eltern

rümpften abschätzig die Nase, wenn sie hörten, dass der Sohn der Dorf-
nutte auch noch seine Freizeit mit ihnen verbrachte. Er war schlechter
Umgang. Von einem wie ihm musste man sich fernhalten. Auch wenn
seine Schulleistungen ganz passabel waren, es reichte, dass er fast immer
zu klein gewordene Kleidungsstücke und Socken mit Löchern trug, und
dass seine Mutter, so hübsch sie damals auch war, sich mit Männern
herumtrieb – wie die anderen Eltern sagten.

Er war und blieb in der ganzen Schulzeit ein Außenseiter und war
schrecklich allein.

In der Lehre als KFZ-Mechaniker wusste niemand von seiner Mutter,
denn die Jungs kamen aus dem ganzen Kreis und der Stadt. Aber das
jahrelange Alleinsein hatte ihn so schüchtern, so kontaktscheu gemacht,
dass es ihm auch da nicht gelang, sich mit jemandem anzufreunden oder
locker mit den anderen umzugehen.

Ronny sah das alles ganz klar. Auch dafür war letztlich seine Mutter
verantwortlich, sagte er sich.

Das Wellenrauschen und Möwenkreischen waren schon zu hören. Noch
ein paar Meter Straße durch das idyllische Fischerdorf, dann kam der
Strand. Die Seebrücke ragte weit genug in den Bodden, der irgendwo
hinterm Horizont in die Ostsee überging, hinein. Aus der linken Hosentasche zog er einen Plastikbeutel, aus der rechten den MP3-Player. Dann
begab er sich auf die Suche nach schweren Steinen, damit dieses Beweis-
stück, das ihn überführen könnte, auch sicher in den Fluten verschwand
und niemals wieder auftauchte. Nachdem er die Tüte mit drei Steinen

gefüllt hatte, verschloss er sie mit einem festen Knoten. Dann schlenderte er langsam in Richtung Seebrücke. Immer wieder kamen ihm Menschen entgegen, eine Gruppe mit Nordic-Walkern, einige Paare, Hundebesitzer. Eine junge Mutter saß im Sand und baute mit ihrer kleinen Tochter eine Burg. Offenbar waren noch viele Urlauber in der Nachsaison in dem kleinen Dorf an der See. Auch auf der Brücke war er nicht allein. Ganz vorn fotografierte ein junger Mann ein fröhliches Mädchen. Sie stellte sich in Positur und lachte, er drückte ab, dann lief sie zu ihm und ließ sich das Bild zeigen. Noch einmal und noch einmal. Das Ganze dauerte unendlich lange. Und immer wieder kamen Menschen. Es gab keinen Moment des Alleinseins, in dem er unbemerkt den belastenden Beutel loswerden konnte. Nach einer halben Stunde schlenderte er mit der Tüte in der Hand wieder zurück.

Inzwischen hatte er Hunger. Wie immer standen die Fischerfrauen mit ihrem kleinen Imbiss in der Nähe der Seebrücke. Es gab Brötchen mit Backfisch, Matjes, Brathering oder Räuchermakrele. Er kaufte ein Backfischbrötchen und eine Cola und setzte sich auf eine Bank im nahegelegenen Seglerhafen. Die Tüte legte er neben sich. Ein paar Boote schaukelten im Wind, sogar Dänen und Schweden waren darunter. Wenn er doch nur so ein Boot besteigen und in ein anderes Leben segeln könnte. Aber ging das überhaupt?

Nie würde er die ängstlichen Augen der Krankenschwester vergessen, als er ihr die Kehle zudrückte. Nie den Geruch des angebrannten Fleisches, nie den Gestank seiner Mutter in ihren letzten Lebensjahren. Es war ihm nicht gelungen, aus den Umständen, die ihn geprägt hatten, zu fliehen. Er war das Ergebnis des vermasselten Lebens und würde es immer sein, egal, wo auf dieser Welt er sich befinden würde. Es würde ihm niemals gelingen, mit einem gewinnenden Lächeln auf andere zuzugehen. Wo er auch hinkäme, er würde immer einsam sein, ängstlich und unsicher.

Ronny merkte nicht, wie ihm die Tränen über die Wangen liefen.

„Kann ich helfen? Fehlt dir wat, min Jung?" Eine alte Frau hatte sich neben ihn auf die Bank gesetzt und schaute ihn freundlich aus strahlenden blauen Augen im braungebrannten Gesicht an.

„Nein, Sie können mir nicht helfen."

„Warum bist du denn so traurig an so einem schönen Tag? Die Sonne scheint, der Wind weht. Der Fisch schmeckt."

„Meine Mutter ist gestorben. Deshalb bin ich so traurig. Ich muss mich ein wenig ablenken." Schon wieder diese Lüge.

„Deine Mutter ist gestorben? Dann versteh ich, dass du dich nicht freuen kannst. Wie alt ist sie denn geworden?"

„52."

„So jung? War sie krank?"

„Ja, sie war sehr krank."

„Das tut mir leid. Kann ich dir irgendwas Gutes tun?", die alte Frau blickte ihn unverwandt freundlich an. Sie musste viel gelacht haben im Leben, denn ihre Augen waren von einem feinen Gespinst aus Fältchen eingerahmt.

„Ne, lassen Sie mal. Ich komm schon klar."

„Weißt du, min Jung, ich bin schon 75 und jetzt auch allein. Mein Mann ist zwei Jahre tot. Der ist bis zuletzt Fischer gewesen. Im Morgengrauen ging es immer raus. Meine Kinder wollten so ein Leben nicht. Die wohnen jetzt weit weg, in Baden-Württemberg. Mein Sohn arbeitet bei Audi, meine Tochter bei 'nem Rechtsanwalt."

„Ganz schön weit weg."

„Ja, ich sehe sie zweimal im Jahr. Zu Weihnachten und einmal im Sommer kommen sie beide hierher. Ist ganz schön schwer, auch wegen der Enkel. Ich sehe sie gar nicht aufwachsen. Neulich hatte ich den großen Sohn meiner Tochter am Telefon, da habe ich seine Stimme nicht mehr erkannt. Die war mit einem Mal so tief."

„Und warum gehen Sie nicht zu Ihren Kindern?" Ronny wusste gar nicht, wie ihm geschah. Die alte Frau war so freundlich zu ihm, wie er es sonst kaum erlebte.

„Mich kriegen keine zehn Pferde hier weg. Ohne den Wind, ohne das Meer und die Weite kann ich nicht leben. Ich habe meine Kinder schon besucht da im Südwesten. Aber das ist so weit von jedem Meer entfernt. Ich habe das Gefühl, ich bekomme da nicht richtig Luft. Aber was soll man machen. Die Kinder verdienen dort gutes Geld und haben sichere Arbeitsplätze. Das zählt heutzutage mehr als frische Luft und Meeresrauschen. Schade nur, dass es hier immer mehr den Bach heruntergeht, dass so viele junge Leute das Land verlassen. Na ein paar sind ja noch hier, nicht wahr?" Aufmunternd schaute die alte Frau Ronny an. „Ja, ich habe einen ganz guten Job hier und solange meine Mutter krank war,

konnte ich auch nicht weg. Es war kein anderer da, der sich um sie kümmern konnte." Und das war nicht mal gelogen.

„Sag mal, min Jung. Hast du Lust auf ein frisches Stück Apfelkuchen?
Ich hatte so einen Appetit darauf, dass ich mir heute früh einen gebacken
habe, aber allein schaff ich den nie und nimmer. Ich wohne nicht weit
weg, gleich in dem Häuschen neben dem Hafenmeisteramt, in dem weißen mit dem Schilfdach."

Da konnte Ronny nicht widerstehen. Apfelkuchen. Und so eine freundliche alte Dame, die sauber duftete und so herzliche Augen hatte. Er
stand auf und folgte ihr wie ein kleiner Junge seiner Oma. Die zuge-
schnürte Tüte mit dem MP3-Player und den Steinen vergaß er auf der
Bank.

*

Im Präsidium meldeten sich nur wenige Leute, die etwas zum MP3-
Player zu sagen hatten. „Wieder eine Spur, die im Sande verläuft,
fürchte ich", meinte Peter Schmieder in der nachmittäglichen Beratung.
Es gab vier aufmerksame Bürger, die in der letzten Zeit bei ihren Mit-
menschen ein neues Gerät bemerkt hatten. Aber alle, denen Kathrin und
Gerd Senf einen Besuch abstatteten, konnten anhand von Quittungen
nachweisen, dass sie den Player selbst gekauft oder von jemandem samt
Garantieurkunde geschenkt bekommen hatten. Eine war die Frau von
einem Autohausbesitzer, die das Gerät von ihrem Mann für ihr Jogging-
training bekommen hatte. Sie arbeitete halbtags und eine Kollegin aus

ihrer Boutique hatte flüsternd angerufen. Auf diese beiden waren Kathrin und Senf einigermaßen gespannt – ein Autohausbesitzer hatte immerhin unkompliziert Zugang zu Autos. Aber das Gerät war nagelneu, und die Quittung wurde sorgfältig aufbewahrt.

Kathrin hasste diese Besuche bei unbescholtenen Bürgern, die auf diese Weise plötzlich mit einem Verbrechen in Zusammenhang gebracht wurden, mit dem sie nichts zu tun hatten. Der guten Laune von Gerd Senf konnten die ins Leere laufenden Ermittlungen nichts anhaben. Er hatte auch gestern Abend wieder mit seiner neuen Flamme telefoniert und freute sich schon wieder aufs nächste Wochenende. Federnden Schrittes und mit einem breiten Grinsen im Gesicht war er unterwegs. Damit nahm er auch den Nörglern den Wind aus den Segeln, die schon anfangen wollten, etwas von „Unverschämtheit" zu lamentieren. „Tut uns leid, wir müssen jeder Spur nachgehen, Sie wollen doch auch, dass der Täter gefasst wird", blieb Senf freundlich aber bestimmt und versöhnte die aufgebracht oder ängstlich reagierenden Menschen wieder. Kathrin fehlte an diesem Tag ein wenig die Energie. Natürlich war es gestern Abend mehr als ein Bier gewesen, und das Gespräch mit Schlothammer endete erst kurz vor Mitternacht. Erst hatte er sich seinen ganzen Kummer von der Seele geredet. Eine Lösung, wie er aus der ständigen Anspannung herauskommen sollte, fiel ihm aber auch nicht ein. Als Polizeiseelsorger war man eben immer unter extremen Bedingungen im Einsatz. Dass auf absehbare Zeit eine zweite Stelle eingerichtet werden würde, war bei den knappen Geldern, über die das Land verfügte, nicht zu erwarten. Andererseits wollte er auch nicht zurück in eine Gemeinde. Die Zahl der Gläubigen sank rapide, immer mehr Pfarrstellen wurden zusammengelegt. Es gab fast nur noch Sterbefälle, kaum noch Taufen. Und diese Gleichförmigkeit des Gemeindelebens wollte er auch nicht mehr erleben. Aber es quälte ihn die Sehnsucht nach seinem halbwüchsigen Sohn. Seine Ex-Frau enthielt ihm den Jungen nicht vor, aber er hatte kaum Zeit für ihn. Wie oft musste er ihn schon enttäuschen, weil er einen versprochenen Kinobesuch oder eine Radtour kurzfristig absagte. Dabei hatte er das Gefühl, gerade jetzt wichtig zu sein. Die Signale, die von seiner Frau kamen, waren alarmierend – den ersten Bierrausch hatte der Junge schon hinter sich, mit 13! Auf dem Dorf sind die Jugendlichen der unterschiedlichen Altersgruppen zusammen, und keiner sagt was, wenn ein Minderjähriger zum Bier greift. Auch in der Schule hatte er mächtig nachgelassen. Gut, das haben alle seine Kinder in der Pubertät gemacht. Aber sie hatten ein stabiles Elternhaus – zumindest nach außen hin. Alle drei waren auf einem guten Weg. Einer studierte Biologie, der zweite Theologie, und seine Tochter studierte Kunst. Sie hatte wirklich Talent. Ein Bild von ihr, ein Selbstbildnis, hing in seiner neuen Wohnung über dem Sofa. Und eine zwei Meter große Installation eines in sich verzogenen Holzkreuzes, das fast wirkte, als würde es zerfließen, stand ebenfalls in seinem Wohnzimmer. Er fand diese Arbeit für eine Zwanzigjährige sehr reif, fühlte sich ertappt mit diesem aus der Fassung geratenen Kreuz. So sah es in ihm aus. Seine Tochter hatte es im Sommer bei einem Bildhauerworkshop gemacht und ihm wortlos geschenkt. Sie durchschaute ihn. Der Kleine war ein richtiger Nachkömmling. Wurde gehätschelt und behütet, wie es mit dem Jüngsten eben ist. Und nun bekam er die ganze Härte des Lebens zu spüren. Aber sollte er, Friedrich Schlothammer, zu seiner Frau wieder zurückkehren, damit der Kleine sich wieder fängt und unter vermeintlich heilen Bedingungen aufwächst?

„Nein", antwortete Kathrin ihm auf seinen Monolog. „Das sollst du nicht, denn das wäre Betrug an deiner Frau und deinem Sohn. Ihr nehmt euch alle die Chance, neu anzufangen."

„Aber darf man so an sich selbst denken? Und ich bin doch jetzt auch nicht glücklich. Ich mache mir Vorwürfe."

„Du musst versuchen, für deinen Sohn da zu sein, ohne wieder in dein altes Leben zurückzukehren. Zu deiner Frau darfst du nur zurück, wenn du sie liebst."

„Aber wie viele Menschen bleiben nur aus Pflichtgefühl zusammen? Wie viele arrangieren sich mit einem Partner, vielleicht auch nur, um nicht allein zu sein."

„Ich weiß", seufzte Kathrin. „Aber du und ich, wir würden so ein Leben nie wollen. Bei mir dreht sich gerade auch alles im Kreis. Ich liebe Michael so sehr, dass es schmerzt. Verfluche ihn aber gleichzeitig, weil er so feige ist und seine Frau nicht verlassen kann. Meine Vernunft sagt mir, ich sollte ihn einfach sausen lassen. Und dann habe ich mich noch mit einem anderen eingelassen, einem wirklich attraktiven Oberarzt aus der Unfallchirurgie. Und stell dir vor, ich habe ein schlechtes Gewissen. Das ist doch bekloppt."

„Meinst du den Seiler?"

„Ja, woher weißt du das?"

„Na es gibt nur einen attraktiven Oberarzt auf der Unfallstation. Der andere hat zwar auch goldene Hände, aber er ist bestimmt einen Kopf kleiner als du und so breit wie lang."

„Und was hältst du von dem Doktor Seiler?"

„Das ist ein guter Typ. Ich hatte schon ein paar Mal mit dem zu tun, wenn ich zu Unfällen musste und dann hinterher mit den Angehörigen der Opfer im Krankenhaus gewartet habe. Seiler behält die Nerven, ist absolut souverän und ziemlich uneitel. Obwohl man dies wegen seines guten Aussehens nicht vermuten würde."

„Ist der nicht hinter jeder Krankenschwester her? Bei Eva Zimmermann hat er zugegeben, dass er sie sehr süß fand und gegen eine Affäre nichts einzuwenden gehabt hätte. Wir hatten ihn kurz auf dem Kieker, weil er einen roten Golf II fährt und eng mit ihr zusammengearbeitet hat."

„Ach was, der flirtet einfach gern. Und das könnte man dann missverstehen, dass er alles, was weiblich ist, anbaggert. Ich glaube das nicht. Ich halte den für einen ziemlich ernsthaften Typen. Aber was willst du jetzt tun mit deinen zwei Männern?"

„Ich weiß es nicht. Michael zermürbt mich. Und trotzdem kann ich mich nicht in einen anderen verlieben. Ich lass es einfach auf mich zukommen. Am besten, wir wechseln das Thema."

„Wie kommt ihr mit euerm Fall voran? Habt ihr schon eine heiße Spur? Paul Zimmermann fragt mich, wann immer ich bei ihm vorbeischaue."

„Das ist noch so ein blödes Thema. Wir haben keine wirkliche Spur, drehen uns im Kreis, bekommen auch auf unsere Aufrufe über die Medien immer nur Hinweise, die in die Irre führen. Wir glauben aber, dass der Täter hier aus der Gegend kommt und nicht von weiter her anreist, um Frauen anzufahren. Dummerweise haben auch die ganzen Untersuchungen der Autos nichts gebracht. An keiner einzigen Stoßstange an einem der roten Golf II haben wir Spuren von der Krankenschwester gefunden. Das wiederum lässt vielleicht doch vermuten, dass der Täter von außerhalb kommt. Wir suchen nach der Nadel im Heuhaufen." Kathrin nahm einen großen Schluck Bier und schaute traurig drein. „Der Mann ist wahrscheinlich im wirklichen Leben absolut unauffällig und steckt insgeheim voller Komplexe. Wer hat es nötig, sich Frauen auf diese Weise zu nähern?"

„Einer, der auf normalem Wege keinen Kontakt zu ihnen findet, weil er so schüchtern ist oder so hässlich. Anscheinend will er nicht einmal Sex mit ihnen, sondern einfach nur Nähe."

Die Gespräche mit Friedrich Schlothammer hatten Kathrin gut getan. Sie halfen, den Gedankenwirrwarr, der ihr Gehirn verstopfte, ein bisschen zu strukturieren. Aber sie hatte das Gefühl, dass sie ihren Alkoholkonsum unbedingt einschränken müsste. Die drei Bier gestern Abend waren definitiv zu viel. Sie war heute einfach nicht fit nach dem gestrigen langen Abend mit ihrem guten Freund.

*

So wohl wie in Gegenwart dieser freundlichen alten Frau hatte sich Ronny schon lange nicht mehr gefühlt. Alles in ihrer Umgebung war so anheimelnd. Im kleinen Vorgarten blühten Astern in allen Farben, ihr

Häuschen war sauber, und es duftete nach Apfelkuchen. Im Wohnzimmer standen ein geblümtes Sofa und zwei schwere Ohrensessel aus dem gleichen Stoff. Ein Sträußchen Astern und eine halb herunter gebrannte Kerze schmückten den runden Tisch, der mit einem gestärkten weißen Tischtuch bedeckt war. Daneben lagen ein Block mit Kreuzworträtseln, ein Kugelschreiber und eine Lesebrille.

„Tee oder Kaffee?", fragte die alte Frau, die Erna Meyer hieß, wie das Namenschild verriet. „Haben Sie auch Kakao?", entgegnete Ronny.

„Kakao, selbstverständlich habe ich den. Setzt dich hin, ich bin gleich fertig."

Ronny ließ sich auf das leicht durchgesessene Sofa fallen. Warum hatte er keine Mutter gehabt, die Apfelkuchen backt und die Wohnung sauber hält? Die sich auch mal für seine Probleme interessiert. Seine Mutter hatte nicht gefragt, warum er nie Freunde hatte oder später keine Freundin.

Erna Meyer kam mit einem Pott Kaffee und einem Pott Kakao in die gute Stube. Dann huschte sie auf ihren leicht nach außen gekrümmten, dünnen Beinen wieder in die Küche und holte einen runden Apfelkuchen und frische Schlagsahne. „Der Kuchen ist nach einem schwedischen Rezept, schließlich waren wir hier mal schwedisch. Außerdem mag ich die Menschen dort. Schweden war das erste westliche Land, das ich nach der Wende besucht habe. So, und nun lass es dir schmecken."

Sie tat ihm ein dickes Stück Kuchen auf, mit saftigen Apfelstücken, Mandeln, Zimt und Zucker. „Sahne?"

„Ja bitte", er füllte sich zwei große Löffel Sahne auf den Kuchen.

„Ich nehme auch welche. Und noch Sahne in den Kaffee. Es gibt nichts Besseres."

Schon wieder traten Ronny die Tränen in die Augen. So wohlig wurde ihm ums Herz im Haus dieser lieben, alten Frau und mit ihrem vorzüglichen Kuchen.

Wenn sie wüsste, dass sie mit einem zweifachen Mörder …

Ob sie Angst vor ihm hätte? Diese Frau müsste nie Angst vor ihm haben, niemals.

„Nun weine man nicht, min Jung. Deiner Mutter geht es da, wo sie jetzt ist, bestimmt viel besser. Der liebe Gott hat sie zu sich geholt. Hast du noch einen Vater oder Geschwister?"

Ronny schüttelte stumm den Kopf.

„Aber Freunde hast du doch ganz sicher."

Da nickte er zögernd.

„Noch ein Stück Kuchen?"

Seine Augen leuchteten kurz auf und er hielt ihr den Teller hin.

Plötzlich wurde ihm siedend heiß. Der Beutel mit dem MP3-Player! Wie von der Tarantel gestochen, sprang er auf. Das Stück Kuchen fiel auf die Tischdecke.

„Verzeihen Sie, Frau Meyer. Ich muss ganz schnell los. Ich habe ganz vergessen, dass ich noch einen Termin habe." Er rannte los, doch die Bank war leer.

Gegen 16 Uhr kam ein Anruf, der Kathrin elektrisierte.

„In der Zeitung hat gestanden, dass Sie einen orangefarbenen MP3-Player suchen. Mein Sohn hat einen gefunden, in einem Plastikbeutel mit lauter Steinen darin."

Kathrin und Gerd Senf fuhren sofort los. Der Anruf kam aus dem kleinen Fischerdorf vor den Toren der Stadt, in dem Kathrin so gern am Strand spazieren ging oder frischen Fisch aß. Sie fuhren zu einem roten Backsteinhaus, in dem sich ein Laden für Segel- und Surfausrüstungen befand. Eine sportliche Frau mit kurzen, dunklen Haaren erwartete sie schon. „Als ich heute Nachmittag am Zimmer meines Sohnes vorbeiging, hörte ich plötzlich so komische Musik, ein Lied aus meiner Jugend: „Als ich fortging" von Karussell, ich weiß nicht, ob Sie das kennen."

„Natürlich kennen wir das", riefen Kathrin und Gerd Senf wie aus einem Mund.

„Dass unsere Generation das kennt und mag, ist ja normal. Aber bei meinem Sohn, der ist 13 Jahre alt, kommt sonst andere Musik aus dem Zimmer. Also ging ich hinein und fragte ihn, woher er das Lied hat. Da zeigte der mir den orangefarbenen MP3-Player, den er an seine Stereo-Anlage angeschlossen hatte, weil er sich die Kopfhörer nicht in die Ohren stecken wollte. Er hat ihn gefunden, auf einer Bank hier im Seglerhafen."

„Können wir bitte mit Ihrem Sohn sprechen?"

„Ja, ich rufe ihn. Sie ging auf die Terrasse und rief in den Garten: „Janik, komm doch mal bitte."

Ein unwilliges „Ja, gleich", war die Antwort. „Nicht gleich, sondern sofort. Die Polizei möchte dich sprechen."

Sofort kam ein braungebrannter, schlanker Junge angesprungen. Er hatte die Augen und die Haarfarbe seiner Mutter.

„Hallo, Janik", sagte Kathrin freundlich. „Wir sind wegen des MP3-Players hier, den du heute im Hafen gefunden hast. Kannst du uns die Situation mal beschreiben."

„Hm, ja also", druckste er herum und guckte unsicher zu seiner Mutter. „Nun sag schon, dass du nach der Schule mit Benny bei dem Eisladen mit dem Softeis warst und dann zu der Bank gegangen bist, um das Eis aufzuessen, bevor du nach Hause kommst. Denkst du, ich weiß das nicht?", sagte Janiks Mutter lachend. „Ich habe es eigentlich nicht gern, dass er sich vor dem Mittagessen den Bauch mit Süßigkeiten vollschlägt. Aber wenn er trotzdem noch seine Portion Spinat mit Rührei isst und nicht dick und rund wird, von mir aus. Ich liebe dieses Eis ja auch", sagte sie zu den beiden Kommissaren.

„Ja", sagte Janik. Als wir zu dieser Bank kamen, lag da eine weiße Plastiktüte, die keinem gehörte. Wir wollten sie zum Hafenmeister bringen, vielleicht hatte einer der Segler sie dort vergessen. Aber vorher wollten wir noch mal reinschauen. Die Tüte war so merkwürdig zugeknotet und sehr schwer. Wir waren einfach neugierig."

„Und dann habt ihr die Tüte aufgeknotet", ermunterte Kathrin den pfiffigen Jungen zum Weiterreden.

„Ja, und da drin waren Steine und der MP3-Player. Wir fanden das komisch. Dann dachten wir, vielleicht hat einer von den Touristen die Steine gesammelt, die Leute suchen hier ja immer Muscheln und Steinzeug. Aber dass der seinen MP3-Player da rein gepackt hat, der von den

Steinen ganz zerkratzt wird, das fanden wir echt schräg. Wer so mit seinem MP3-Player umgeht, der kann den gar nicht richtig schätzen. Das Gerät ist doch noch ziemlich neu. Bennys große Schwester hat gerade so einen bekommen, aber in blau. Wir haben beschlossen, das Ding zu behalten. Wir wollten erst mal hören, was für Musik drauf ist und wenn uns die nicht gefällt, hätten wir unsere eigene Mucke drauf gespielt. Benny weiß, wie das geht. Der muss das auch immer für seine große Schwester tun."

„Und wo ist Benny jetzt?"

„Der ist nach Hause gegangen, weil er immer da sein muss, wenn seine Mutter aus der Schule kommt. Die ist Lehrerin. Dann macht er Hausaufgaben, und danach treffen wir uns meist noch. Aber heute hat er Training. Seesport."

„Seesport? Was ist das denn?", fragte Kathrin.

„Segeln, Surfen, Schwimmen – eben alles, was mit Wasser zu tun hat."

„Schöner Sport", sagte Kathrin, ehrlich begeistert. „Kannst du dich noch erinnern, auf welcher Bank ihr gesessen habt?" „Klaro, wir sitzen immer auf der gleichen. Es ist die zweite im Hafen, wenn man aus Richtung Seebrücke kommt. Auf der Rückenlehne stehen unsere Anfangsbuchstaben B. und J. – mit einer Lupe eingebrannt."

Dafür erntete er einen missbilligenden Blick von seiner Mutter.

„Gut, vielen Dank. Wir müssen euer Fundstück jetzt leider mitnehmen. Möglicherweise kann es uns in einem Mordfall weiterhelfen", sagte Gerd Senf und bat den Jungen den MP3-Player zu holen.

„In einem Mordfall? Krass. Sagen Sie mir Bescheid, wenn das Gerät geholfen hat, den Fall zu klären. Ich will vielleicht später selbst zur Polizei", rief er und rannte in sein Zimmer.

Wenig später kam er mit dem ziemlich zerkratzten Player wieder herunter. „Und die Tüte und die Steine?"

„Die liegen in unserer Mülltonne. Was sollten wir denn damit?"

„Verstehe", sagte Kathrin. „Nun erst mal auf Wiedersehen, und vielen Dank für den Anruf." Sie zog sich Einweghandschuhe an, angelte die Plastiktüte wieder aus dem Müll und verstaute sie im Asservatenbeutel.

„Ich glaube nicht, dass es ein Steinesammler war, sondern eher jemand, der Ballast in die Tüte legt, damit sie schneller sinkt. Lass uns mal zur Bank gehen und nachsehen, ob wir noch andere Spuren finden oder jemanden treffen, der etwas beobachtet hat. Da drüben ist der Eisladen. Ich frag mal nach."

„Auf der Bank sitzen den ganzen Tag Leute. Tut mir leid, da ist mir niemand besonders aufgefallen", antwortete die freundliche Frau im Eisladen. Sie war so wohlgenähert, als würde sie ständig selbst von dem guten Eis naschen. Immer wenn Kathrin hier draußen war, kam sie selbst an diesem Eisladen nicht vorbei. Auch diesmal konnte sie nicht widerstehen und nahm zwei Portionen Vanille-Schoko für sich und ihren Kollegen.

„Vielleicht fragen Sie mal beim Hafenmeister nach", rief die Eisverkäuferin ihr noch hinterher. „Der dreht immer seine Runden im Hafen und achtet darauf, ob ihm etwas komisch vorkommt."

„Danke, das mache ich", rief Kathrin und ließ sich das Eis auf der Zunge zergehen. Ein Genuss. Gerd Senf nahm dankend die andere Portion und schlürfte genüsslich die Spitze ab. „Das ist wirklich das beste Eis weit und breit, so cremig und nicht so süß."

Der Hafenmeister sah aus, wie man sich einen alten Seebären vorstellt: Kapitänsmütze, Pfeife im Mund, blau-weiß gestreifter Ringelpullover, helle Leinenhose und Sandalen mit trotz der Oktoberkälte nackten Füßen. „Knudsen", stellte er sich vor. „Was will denn die Kripo von mir?"
„Wir wollen Sie nur fragen, ob Ihnen heute auf der Bank da hinten, der vorletzten vor der Seebrücke, jemand aufgefallen ist. Wir suchen einen Mann, zwischen 30 und 35 Jahre alt, der diesen weißen Plastikbeutel da liegen lassen hat", sagte Kathrin, denn der Hafenmeister sah nur ihr ins Gesicht und tat so, als wäre ihr Kollege gar nicht da.
„Wieso, hat der was angestellt?"
„Wissen wir noch nicht. Könnte aber sein", sagte Senf.

„Also auf der Bank haben viele gesessen. Natürlich auch viele Fremde, denn es kommen immer noch Touristen. Schließlich ist es hier im Herbst auch schön. An einen jungen Mann mit Plastiktüte kann ich mich nicht erinnern. Nur an einen Typen, der sich lange mit Oma Meyer unterhalten hat und dann mit zu ihr nach Hause gegangen ist. Den kannte ich nicht. Ich hatte so 'n bisschen ein Auge drauf, weil ich das ziemlich leichtfertig von Oma Meyer fand, dass sie den Fremden mit zu sich genommen hat. Man hört ja heute so viel von irgendwelchen Betrügern, die alte Leute beklauen. Aber er ist schon wieder weg und Oma Meyer geht es gut, die wirtschaftet gerade in ihrem Garten nebenan."

„Können Sie den Mann beschreiben?", hakte Senf nach.

„Nicht genau. Das ist nicht meine Stärke, wissen Sie. Boote muss ich nur einmal sehen und ich merke mir jede Kleinigkeit. Aber Menschen? Ein bisschen anders sieht es mit jungen Frauen aus", sagte er und grinste Kathrin an.

„Versuchen Sie es doch bitte trotzdem", bat Kathrin freundlich.

„Jeans, eine olivgrüne Jacke, Turnschuhe, dünne Haare ziemlich lang und fransig, dunkelblond. Vom Gesicht habe ich nicht viel gesehen. Ich glaube, besonders kräftig war der Mann nicht. Aber eine Plastiktüte habe ich nicht bei ihm gesehen."

„Na, gut. Vielleicht ist er das auch gar nicht. Wir gehen mal zu Oma Meyer und fragen bei ihr nach. Vielen Dank und auf Wiedersehen", verabschiedete sich Gerd Senf und Kathrin winkte.

Die alte Dame hackte Unkraut zwischen ihren Astern. „Schau mal, was für eine Farbenpracht." Kathrin war begeistert und fühlte sich gleich an den Garten ihrer Eltern erinnert, den vor allem ihre Mutter mit sehr viel Sinn für natürliche Schönheit pflegte.

„Hallo, Frau Meyer. Kathrin Unglaub und Gerd Senf von der Kriminalpolizei. Dürfen wir Ihnen ein paar Fragen stellen?"

„Ach Gott nein, Kriminalpolizei. Ist etwas passiert?" Ihr freundliches Gesicht wurde gleich ganz ängstlich.

„Nein, nein. Beruhigen Sie sich. Wir suchen den Besitzer dieser Plastik-tüte, die auf der Bank in der Hafenpromenade gelegen hat, auf der Sie heute mit dem jungen Mann gesessen haben. Hatte der zufällig eine Tüte bei sich?", fragte Senf ganz vorsichtig und hielt der alten Dame den As-servatenbeutel unter die Nase.

„Der arme junge Mann. Der war so traurig und tat mir leid. Der saß auf der Bank und hat geweint, weil seine Mutter gestorben war. Die Tüte? Daran kann ich mich nicht erinnern."

„Seine Mutter ist gestorben? Komisch, ich habe gestern auch einen jun-gen Mann gesehen, dessen Mutter gestorben war. Er saß auf dem Bord-stein und hat auf den Bestatter gewartet. So ein Dünner, Blasser", sagte Kathrin.

„Ja, dünn und blass war der auch", bestätigte Erna Meyer. „Ich habe ihn mit zu mir genommen, weil ich ihn sehr bedauert habe. Dem liefen die Tränen nur so übers Gesicht. Ich hatte gerade einen frischen Apfelku-chen gebacken. Davon hat er ein Stück gegessen und Kakao getrunken. Aber an diese Tüte kann ich mich beim besten Willen nicht erinnern. Die hatte er nicht bei sich, als er bei mir war, ganz sicher."

„Wissen Sie, wie er heißt und woher er kommt?", hakte Senf nach.

„Nein, danach habe ich gar nicht gefragt. Wir haben uns einfach so un-terhalten. Namen vergesse ich ohnehin ganz schnell wieder. Er sah ein-fach mitleiderregend aus. Der Kuchen hat ihm sehr gut geschmeckt. Ei-gentlich wollte er noch ein zweites Stück, aber dann ist er plötzlich ganz eilig aufgebrochen. Der kann bestimmt keiner Maus etwas zuleide tun. So was sehe ich."

„Trotzdem ist es ganz schön leichtsinnig von Ihnen, einfach einen Fremden mit zu sich nach Hause zu nehmen", sagte Kathrin.

„Das mache ich normalerweise auch nicht", entgegnete Erna Meyer.

„Aber dieser Junge, der hätte Ihnen auch leidgetan, der wirkte so gottverlassen. Dem wollte ich einfach etwas Gutes tun."

„Na gut, Frau Meyer. Dann werden wir mal gehen. Wenn Ihnen noch etwas einfällt, melden Sie sich bitte bei uns."

Kathrin Unglaub und Gerd Senf zogen noch weiter von Haus zu Haus, aber niemand konnte sich erinnern, einen Mann mit Plastiktüte auf der Bank gesehen zu haben.

„Vielleicht war es doch der Typ, den Oma Meyer mit zu sich genommen hat. Möglicherweise ist er deshalb so hastig aufgebrochen, weil ihm eingefallen ist, dass er die Tüte auf der Bank liegen lassen hat", meinte Senf.

„Das kann sein. Aber wie kommen wir an den Mann heran? Es wäre schon ein großer Zufall, wenn das der gleiche ist, den ich vor zwei Tagen getroffen habe."

„Aber einen Versuch ist es wert, komm lass uns auf dem Rückweg da vorbeifahren."

Die Fahrt in das vergessene Dorf dauerte mit dem Auto nicht einmal zehn Minuten. Der trostlose Eindruck, den die fast leerstehenden Wohnblocks vermittelten, wurde durch die Gruppe verwahrloster Männer, die sich um den Kiosk scharten, noch verstärkt.

„Komm, lass uns da mal anhalten und nachfragen", meinte Senf.

Die beiden stiegen aus dem Auto und gingen auf die Männer zu. „Guten Tag, können Sie uns weiterhelfen?", fragte Kathrin freundlich.

Sie blickten in vom Alkohol entstellte Gesichter, in Augen, aus denen jeder Funken Lebenslust verschwunden war.

„Wer sind Sie überhaupt?", lallte ein hagerer Mann mit dreckigen Jeans, einem fleckigen Hemd und speckigen Haaren. Eine Bier- und Schnapsfahne kam aus seinem Mund.

„Unglaub und Senf – Kriminalpolizei."

„Kriminalpollizzzzei? Wir ham nichts gemacht."

„Wir suchen einen jungen Mann, dessen Mutter gerade gestorben ist. Gibt es hier so einen, kennen Sie den?", fragte Kathrin.

„Das muss Ronny sein, aber der hat auch nichts gemacht. Was wollen Sie denn von dem? Der ist ganz schön durch den Wind wegen der alten Nut..., äh, wegen seiner Mutter. Dabei sollte der froh sein, dass er die Alte los ist."

„Jürgen! Hör auf. Über Tote soll man nicht schlecht reden", herrschte ihn ein älterer Mann mit vor Dreck starrender Kleidung an.

„Ist doch wahr", maulte Jürgen.

„Wissen Sie denn, wo der Herr Ronny wohnt?", fragte Gerd Senf.

„Ja, in dem Block da drüben im zweiten Stock. Das ist eigentlich die einzige Wohnung in dem Aufgang, in der noch jemand ist. Alles andere ist leer. Schramm heißt er. Ronald Schramm."

„Haben Sie den mal mit einem orangefarbenen MP3-Player gesehen?

„Einem watt? Kenn ich nich. Was soll das sein?"

„So ein kleines Gerät, mit dem man Musik hören kann mit kleinen Kopfhörern", versuchte Kathrin dem Mann namens Jürgen begreiflich zu machen.

„Ne, so was hat der Ronny nicht. Dafür gibt der sein Geld nicht aus, glaub ich. Aber fragen Sie ihn doch selbst. Der ist bestimmt zu Hause, weil er seit dem Tod seiner Mutter gerade nicht arbeitet."

„Vielen Dank", riefen Kathrin und Senf wie aus einem Munde.

Die Tür des Blocks hatte eine zersprungene Scheibe. Die Rabatten vor dem Haus, die früher mal mit kleinen Blumenbeeten und einer Hecke recht gepflegt ausgesehen haben mussten, waren nun verunkrautet und voller Unrat. Das Sicherheitsschloss der Eingangstür hielt nicht mehr. Im Hausflur roch es übel. Aus den Briefkästen ohne Namenschilder quollen kostenlose Zeitungen und Werbeprospekte. Nur an einem Briefkasten stand noch ein Name: Schramm. „Hier sind wir richtig", sagt Gerd Senf und stakste die Treppe hinauf.

„Schramm." Auf Kathrins Klingeln rührte sich nichts hinter der Tür. „Da müssen wir wohl noch mal wiederkommen", sagte sie.

*

Ronald Schramm stand unter Schock, als er die Bank leer vorfand. Was, wenn jemand ihn mit der Tüte gesehen hatte? Irgendjemand musste sie gefunden und mitgenommen haben. Wenn derjenige nur nicht den Aufruf der Polizei gelesen hat. Wie benebelt war er mit seinem Fahrrad nach

Hause gestrampelt. Er wollte in sein Bett, sich die Decke über den Kopf ziehen. Die Männer am Kiosk hatten nicht bemerkt, wie er wieder ins Dorf kam. Sie hatten sich gerade lautstark gestritten. Schnell hatte er sein Rad in den Keller neben die Kosmetikkisten seiner Mutter gestellt, deren Haltbarkeitsdatum längst abgelaufen war, und war unbemerkt in der Wohnung verschwunden. Der Mief war immer noch nicht raus. Und gerade als er ein Fenster zum Lüften öffnen wollte, sah er zwei Fremde beim Kiosk stehen und sich mit den Trinkern unterhalten. Die Frau hatte er schon mal gesehen, als er draußen auf der Straße auf den Bestatter gewartet hatte. Sie war sehr freundlich zu ihm gewesen und hatte gefragt, ob sie ihm helfen könne. Vorsichtig lugte er aus dem Fenster und sah, wie Jürgen mit ausgetrecktem Arm in seine Richtung zeigte. Nach einer Weile gingen die Frau und ein langer, dünner Mann auf seinen Hauseingang zu. Und dann klingelte es. Ronny hielt die Luft an und rührte sich nicht. Hatten sie ihn jetzt gefunden?

Kathrin Unglaub und Gerd Senf gingen noch einmal zum Kiosk. „Können Sie sich bei uns melden, wenn Herr Schramm wieder auftaucht", baten sie den Kioskbesitzer und schlossen die Trinkerrunde mit ein. „Hat er was angestellt?", wollte Jürgen wissen. „Nein, wir suchen ihn als Zeugen", wiegelte Kathrin ab. „Na gut, wenn er nur als Zeuge gesucht wird, dann melden wir uns", versprach der Kioskbesitzer.

„Was für ein trauriges Dorf", sagte Senf, als sie wieder im Auto saßen. „Von den ehemals über 1000 Einwohnern ist kaum einer mehr da."

„Solche Geisterdörfer gibt es einige in der Gegend", entgegnete Kathrin. „Die ehemals von der Landwirtschaft geprägten Orte sterben und stattdessen bilden sich rund um die Städte dicke Speckgürtel."

„Ja, ich wohne ja auch in so einem Speckgürtel mit lauter Leuten, die es nach der Wende geschafft haben. Universitätsprofessoren, Zeitungsredakteure, Ärzte und einige Arbeiter, die zusammen mit den Gehältern ihrer Frauen ein ganz gutes Einkommen haben und sich jetzt den Traum vom eigenen Häuschen erfüllen. Zu DDR-Zeiten kam man doch kaum an die Baumaterialien oder an die Grundstücke heran."

„Das sind diejenigen, die jetzt auf der Sonnenseite stehen. Aber hier in diesem Dorf gibt es keine Arbeit mehr. Die Milchviehanlage hat dicht gemacht. Alles, was jung und kräftig genug war, ist weggezogen. Vor allem die jungen Frauen. Damit hat auch der Kindergarten geschlossen, die kleine Grundschule, die Kaufhalle. Eigentlich könnte man einen großen Bagger holen und alles zusammenschieben", sagte Kathrin.

„Und was willst du mit den netten Jungs vom Kiosk machen?"

„Die kommen in das neue Heim für nicht therapierbare Alkoholiker, das in dem Fischerdorf, wo wir gerade waren, gebaut wird."

„Ehrlich?", fragte Senf entgeistert.

„Das habe ich kürzlich gelesen. Da kommen Leute hin, die schon viele Entziehungskuren hinter sich haben und trotzdem nicht loskommen vom Suff. Viele sind körperlich so kaputt, dass es nicht mehr reversibel ist. In dem Heim unternehmen sie jetzt den Versuch, sie unter ärztlicher

Aufsicht gemäßigt Alkohol trinken zu lassen, für eine vernünftige Er-
nährung zu sorgen und sie ins Arbeitsleben zu integrieren. Die Männer
halten das Dorf sauber und pflegen auch die Grünanlagen. Auch ein
paar Frauen sind darunter. Das sei unterm Strich preiswerter und viel
sinnvoller für die Gesellschaft, als die Säufer irgendwo vor sich hin ve-
getieren zu lassen und sie in regelmäßigen Abständen auf Entzug zu setzen, stand in dem Artikel."

„Das klingt aber mal spannend", meinte Senf, der gut gelaunt in den
Feierabend fuhr. Denn es wartete ein Telefonat mit seiner neuen Liebe.

Kathrin hatte noch keine Ahnung, wie sie den Abend verbringen würde.
Dieser Junge, der da neulich so traurig auf dem Bordstein saß, geisterte
ihr durch den Kopf. Sollte der etwas mit dem Tod von Eva Zimmermann
zu tun haben? Sie konnte sich das kaum vorstellen, so schwach und
hilflos wie der ausgesehen hatte.

*

Sie hatten ihn gefunden. Soviel war sicher? Sollte er raus zum Kiosk gehen und die Säufer fragen, was die Frau und der Mann von ihm wollten?
Die waren ganz bestimmt von der Polizei. Eine andere Erklärung konnte
es nicht geben. Oder sollte er irgendwohin abhauen? Nach Berlin vielleicht? Im Kopf von Ronald Schramm herrschte ein einziges Chaos. Nur
einer Sache war er sich sicher. Er wollte nicht als Sexmonster bezeichnet
werden. Bei dem Gedanken daran, dass er wie ein Vergewaltiger behandelt werden würde und die Polizei ihn beschuldigen würde, so dreckige

Dinge zu tun, wie er sie durch sein Schlüsselloch beobachtet hatte, wurde ihm speiübel. Alles, nur das nicht. Vielleicht sollte er sich lieber der Polizei stellen und den Mord an seiner Mutter gestehen.

Plötzlich kam ihm eine Idee. Er würde ins Gefängnis gehen und seine Strafe absitzen. Aber nicht als Sexmonster und auch nicht als Muttermörder.

*

Zu Hause angekommen, klingelte Kathrins Handy. Michael. Sie ging dran. „Hallo, ich wollte nur mal deine Stimme hören. Geht es dir gut?", fragte er vorsichtig.

„Ja, mir geht es hervorragend und ich hoffe, du genießt den Urlaub im Kreis deiner Familie", antwortete sie süffisant. „Kathrin, versteh mich doch. Ich kann nicht so einfach aus meiner Familie ausbrechen."

„Verstehe ich vollkommen. Aber dann lass mich bitte in Ruhe, damit ich wenigstens die Chance habe, neu anzufangen."

„Wie, neu anfangen?"

„Meinst du, du bist der einzige Mann auf der Welt? Auch andere Mütter haben schöne Söhne. Und übrigens bin ich gerade dabei, mich in einen anderen zu verlieben."

„Wie bitte?", schrie er ins Telefon. „Kathrin, du kannst dich doch nicht plötzlich in einen anderen verlieben. Du liebst mich doch und ich liebe dich."

„Also doch, Michael", hörte Kathrin plötzlich eine Frauenstimme aus dem Hintergrund rufen. „Ich habe es geahnt!"

„Es ist alles ganz anders", rief Michael in Richtung seiner Frau und unterbrach abrupt das Telefonat.

„Feigling", sagte Kathrin in die Stille hinein, steckte sich ihre dunkelblonde Mähne hoch, zog Lidstrich und Lippenstift nach, warf sich schwungvoll den neuen Schal um den Hals, schnappte sich ihre Lederjacke, zog ihre Boots an und marschierte in Richtung „Blumenladen". Eigentlich hatte sie zu Hause bleiben wollen, bei Tee und ihrem geliebten John Irving. Aber heute, das spürte sie, würde sie sich nicht aufs Lesen konzentrieren können.

Sie sah Ralf Seiler sofort, als sie die Tür zum „Blumenladen" öffnete. Er saß allein an einem kleinen Tisch und hatte den Eingang der Kneipe im Blick. Mit einem strahlenden Lächeln schaute er ihr entgegen und sprang sofort auf, als er sie sah. „Ich habe so gehofft, dass du kommst", sagte er. Auch Kathrin freute sich sehr, ihn zu sehen. Er küsste sie auf die Stirn. Sie fand es schön, dass es kein belangloser Wangenkuss, aber auch kein besitzergreifender Kuss auf den Mund war. Sie setzte sich zu ihm und atmete erst einmal tief durch.

„Was darf ich dir bringen?" Jimmy war sofort bei ihr.

„Einen Grauburgunder, ein Wasser und eine Kleinigkeit zu essen." „Einen Salat oder soll ich dir ein paar Antipasti und Brot zusammenstellen?" „Die Antipasti sind gut. Hast du schon gegessen?", fragte sie Ralf.

„Ja, aber für die eine oder andere Olive und getrocknete Tomate habe ich noch Platz", rief der Arzt gutgelaunt.

„Na, wie war dein Tag?", fragte sie ihn. Er griff nach ihrer Hand und schaute ihr in die Augen.

„Gut", sagte er mit liebevollem Lächeln. „Seit Freitagabend geht es mir gut, weil ich gemerkt habe, dass ich mich noch verlieben kann."

Kathrin war völlig verblüfft von seiner Offenheit. Was war das nur für ein Tag? Innerhalb einer halben Stunde gaben ihr gleich zwei Männer zu verstehen, dass sie verliebt in sie waren. Sie lächelte.

„Sogar meinen Kollegen ist aufgefallen, was für eine gute Laune ich habe. Und die Patienten erst. Die wollen bestimmt gar nicht mehr nach Hause bei so einem netten Oberarzt."

„Wie schön", sagte Kathrin. Mehr fiel ihr beim besten Willen nicht ein. Sie war erschöpft von dem Telefonat mit Michael und eigentlich nicht bereit für eine neue Beziehung. Aber sie genoss die warme Hand von Ralf, der zart ihren Handrücken streichelte.

„Ich muss aber zugeben, dass ich in den letzten Stunden immer unsicherer wurde, weil ich nichts von dir gehört habe", redete er munter weiter.

„Deshalb musste ich heute hierher, und ich habe einfach gehofft, dass wir uns sehen. Warum hast du dich denn nicht gemeldet?"

„Ach, weißt du, der Fall Eva Zimmermann raubt mir die Energie", wich sie ihm aus. Dachte dann aber, dass er ein Recht auf die Wahrheit hätte, weil er so offen war. „Und dann gibt es da noch ..."

„So ihr Lieben, hier kommt die doppelte Portion Antipasti und zweimal der Grauburgunder", unterbrach Jimmy genau im richtigen Moment das Gespräch. „Und ich glaube, da gesellt sich gleich noch jemand zu euch", sagte er und guckte bedeutungsvoll zur Tür. Dort stand Friedrich Schlothammer, schaute sich suchend um und kam dann freudestrahlend an ihren Tisch. „Darf ich?"

„Selbstverständlich", rief Kathrin erleichtert. Und Ralf Seiler entfernte mit nicht ganz so glücklichem Gesicht seine Jacke von dem dritten Stuhl am Tisch. „Ein Bier, wie immer?" fragte Jimmy den Neuankömmling, wartete die Antwort aber gar nicht ab, sondern ging sofort zum Zapfhahn.

„Na, wo kommst du her?", fragte Kathrin.

„Ausnahmsweise war ich mal nicht dienstlich unterwegs, sondern ich war zu Hause bei meiner Frau und meinem Sohn. Ich bin irgendwie ganz froh. Meine Frau will wieder anfangen zu arbeiten. Du weißt ja, Kathrin, sie ist Biologin. Jetzt haben sie ihr an der Uni eine Stelle an der Schnittstelle zwischen Biologie und Geschichte angeboten, um die ganzen großartigen Forschungen, die hier über Jahrhunderte geleistet wurden, aufzuarbeiten und zu würdigen. Das ist eine tolle Stelle, denn in die Wissenschaft zurück kann sie nach so vielen Jahren nicht mehr. Aber diese Arbeit würde sie wirklich interessieren. Ich wusste gar nicht, dass sie sich um einen Neuanfang kümmert. Ich finde es toll, denn ich glaube, dieses Einerlei und ihr Hausfrauendasein haben unserer Liebe jede Würze genommen."

„Das freut mich", sagte Kathrin. „Vielleicht ist bei euch ja doch noch nicht alles verloren."

„Nein, meine Frau hatte erstmals wieder seit langem ein Leuchten in den Augen", entgegnete Friedrich Schlothammer und guckte ganz entrückt.

„Hast du Hunger?", fragte Kathrin fürsorglich. „Dann lang zu!" Schlothammer ließ sich nicht zweimal bitten und belegte ein Stück Ciabatta mit Salami und in Knoblauchöl eingelegten getrockneten Tomaten. Auch Ralf Seiler aß mit gutem Appetit. Kathrin war bereits nach zwei Oliven und einer Artischocke satt. Sie war froh, dass sie sich auf diese Weise um eine Erklärung herumdrücken konnte.

„Was macht dein Fall?", fragte Schlothammer.

„So richtig vorangekommen sind wir nicht, aber vielleicht haben wir jetzt ein Ende des Wollknäuels gefunden", sagte sie. „Der MP3-Player. Ein Junge im alten Fischerdorf hat ihn auf einer Bank gefunden und wahrscheinlich hat ihn ein Mann, der gerade seine Mutter verloren hat, auf einer Bank liegen lassen. Ich habe neulich jemanden getroffen, der einsam auf dem Bordstein saß und um seine Mutter trauerte. Vielleicht ist das der gleiche, und möglicherweise weiß der etwas. Ich werde mich morgen auf jeden Fall mit ihm beschäftigen. Aber ehe ich euch noch mehr Interna verrate, die ihr eigentlich nicht wissen dürft, werde ich am Grunde dieses Glases lieber nach Hause gehen."

„Soll ich dich begleiten?", fragten beide Männer wie aus einem Mund.

„Nein, nicht nötig. Ich will unterwegs noch ein bisschen nachdenken", sagte sie lächelnd, nahm einen großen Schluck, legte Geld auf den Tisch, verabschiedete sich von Ralf Seiler mit einem Kuss auf die Wange und von Friedrich Schlothammer mit einer leichten Umarmung und ging.

„Hab ich was verpasst?", fragte Schlothammer vorwitzig, denn er wusste ja, dass zwischen den beiden etwas lief.

„Ich weiß nicht recht, was ich davon halten soll", sagte Seiler. Er schaute ein bisschen unglücklich drein. „Wie gewonnen, so zerronnen. Sie wollte mir gerade erklären, warum sie mir nicht auf meine SMS antwortet."

„Und da platze ich hinein, wie der Elefant in den Porzellanladen", sagte Schlothammer bedauernd.

„Nein, nein. Es ist schon gut. Ich bin ja froh, dass ich sie überhaupt gesehen habe. Und dass sie sich mit einem Kuss von mir verabschiedet hat, ist doch ein gutes Zeichen, oder? Oh Mann, mich hat es total erwischt. Ich hätte gedacht, das passiert mir nicht mehr."

„Schön", sagte Schlothammer. „Aber lass ihr Zeit. Kathrin steckt noch mitten in einer alten Beziehung mit einem verheirateten Idioten, der sich nicht für sie trennen will, sie aber auch nicht in Ruhe lässt. Ich wäre froh, wenn sie da endlich einen Schlussstrich ziehen könnte. Alles Weitere muss sie dir aber selbst erzählen. Aber so kannst du vielleicht ihr ausweichendes Verhalten besser einschätzen."

„Mh, meinst du, Verzeihung meinen Sie, ich hab da überhaupt eine Chance?"

„Sag ruhig du - ich bin Friedrich. Ich duze dich ja auch schon die ganze Zeit. Und schließlich haben wir schon so viele schlimme Situationen miteinander überstanden, indem du dich um die körperlichen Verletzungen von Unfallopfern gekümmert hast und ich mich um die seelischen."

„Sehr gern. Ich bin Ralf. Und was meinst du nun, lohnt es sich für mich, zu kämpfen?"

„Auf jeden Fall. Du bist ein guter, ehrlicher Typ, stark und selbstbewusst. Sowas braucht Kathrin. Versuch es. Im Moment besteht wahrscheinlich die Kunst darin, ihr nahe zu kommen ohne sich aufzudrängen. Nicht ganz einfach. Aber ich würde es versuchen, denn es passiert einem nicht jeden Tag, dass man sich wirklich verlieben kann. Je älter man wird, umso schwieriger ist es, weil man immer besser hinter die Fassade der Leute schauen kann und weil man natürlich selbst auch sehr viele Macken hat, mit denen andere nicht so leicht klarkommen."

„Ja, da ist was dran", entgegnete Seiler. „Ich habe mich in den letzten Jahren nur in Affären gestürzt. Da war nie eine ernstzunehmende Beziehung dabei, geschweige denn eine Frau, bei der ich das Gefühl hatte, dass sie mich wirklich fordert."

„Dann halte Kathrin fest und versuche, sie für dich zu gewinnen. Weißt du was? Ich habe heute gemerkt, dass die Liebe zu meiner Frau in den letzten Jahren nur verschüttet war. Als sie mir heute so begeistert von ihrer neuen Perspektive erzählt hat, habe ich die Frau entdeckt, in die ich mich mal verliebt hatte. Das macht mich auch ganz glücklich."

„Schön, dann kämpfe auch du."

„Und was machen wir jetzt mit den herrlichen Antipasti. Kathrin hat ja kaum etwas zu sich genommen."

„Aufessen", sagte Seiler mit vollem Mund, denn er hatte gerade einen großen Happs Ciabatta mit Schinken abgebissen. „Ich nehme noch einen Wein. Für dich noch ein Bier?"

„Zur Feier des Tages probiere ich auch mal von dem Wein", erwiderte Schlothammer.

188

Ronny packte sein letztes Geld zusammen - er hatte noch 200 Euro Bargeld. Dann zerschnitt er seinen Personalausweis und seine Geldkarte in kleine Schnipsel und packte sie in eine Tüte. Er zog seine dicke Jacke an und verließ ohne weitere Sachen die Wohnung. Nachdem er sorgfältig abgeschlossen hatte, legte er auch den Schlüssel in die Tüte. Mit dem Fahrrad fuhr er in die Stadt und stellte es vor einer Kneipe in der Nähe des Bahnhofes ab ohne es anzuschließen. Dies war eine Studentenstadt, in der massenhaft Fahrräder gestohlen wurden. Irgendein Student, der nicht zu Fuß nach Hause gehen wollte, würde sich den Drahtesel schon schnappen, war er überzeugt. Dann lief er noch mal ein kleines Stück hinunter zum Fluss, der mitten durch die Altstadt floss. Kein Mensch war zu sehen. Er nahm die Tüte mit den zerschnittenen Dokumenten und dem Schlüssel, legte ein paar Steine hinein, knotete sie zu und warf sie mitten in den Fluss. Augenblicklich sank sie in die Tiefe. Die restlichen 500 Meter zum Bahnhof ging er zu Fuß. Der nächste Zug ist meiner, dachte er. Leipzig stand auf der Anzeigetafel. Abfahrt in fünf Minuten. Er löste ein Ticket am Fahrkartenautomaten und zahlte bar. In Leipzig würde er also untertauchen. Er war noch niemals da, kannte niemanden dort. Das war gut so.

Als er im Zug saß, wurde ihm plötzlich ganz leicht ums Herz.

*

Als Kathrin zu Hause auf ihr Handy schaute, hatte sie eine Nachricht von Michael. „Habe meiner Frau alles erzählt. Ich will die Trennung. Wir machen jetzt hier noch den Urlaub zu Ende wegen der Kinder. Wir müssen mit ihnen reden, denn die sind ja nicht blöd und merken, was los ist. Wenn wir wieder in Deutschland sind, ziehe ich aus. Ich liebe dich. M."

Kathrin hatte keine Lust zu antworten. Sie glaubte nicht, dass Michael sein Luxusleben mit der Familie aufgeben würde, um mit ihr neu anzufangen. Wahrscheinlich hatte ihm seine Frau die Hölle heiß gemacht und erst einmal auf einer Trennung bestanden. Sie schaltete den Fernseher an, um Nachrichten zu sehen, konnte sich aber nicht darauf konzentrieren.

Das Vibrieren ihres Handys verriet ihr, dass noch eine Nachricht eingegangen war. „Es war sehr schön, dich heute gesehen zu haben. Meine Wange wasche ich mir heute Abend nicht. Die Antipasti haben Friedrich und ich vollkommen aufgegessen und dabei Männergespräche geführt. Auf hoffentlich bald. Ralf."

„Gute Nacht. Träum was Schönes.", schrieb Kathrin zurück und ging auch ins Bett. Morgen war ein neuer Tag, und sie hoffte, dass Ronald Schramm ihnen irgendwie weiterhelfen konnte.

Mittwoch, 19. Oktober

Um 2.24 Uhr fuhr der Zug in den Leipziger Hauptbahnhof ein. Ronald Schramm stieg aus und fühlte sich sehr ausgeruht. Unterwegs hatte er geschlafen. Kein einziger schlimmer Gedanke hatte ihn gequält. Er hatte einen Plan, einen richtig guten, wie er fand. Auf dem Bahnhof war noch jede Menge los. Er kaufte sich einen Kaffee und ein belegtes Brötchen und setzte sich auf eine Bank um in Ruhe zu essen. Die letzte Mahlzeit in Freiheit, dachte er. Ronald Schramm beobachtete die fremden Leute, übermüdete Geschäftsmänner, die zum Taxistand hasteten, das Liebespaar auf der Bank neben ihm, das ununterbrochen Händchen hielt und sich tief in die Augen schaute. Ein leichtbekleidetes Mädchen mit schwarzumrandeten Augen kam auf ihn zu: „Na, Süßer! Hast Du heute Nacht schon was vor?" Er lächelte sie freundlich an, sagte aber kein Wort. „Eh, kannst du nicht sprechen?", fragte sie patzig. Nein, dachte er. Ich kann nicht sprechen. Und niemand wird erfahren, wer ich bin. Genüsslich steckte er sich den letzten Happen in den Mund, stand auf und ging los in Richtung Innenstadt. Hier waren nur noch wenige Leute unterwegs, es war schließlich mitten in der Woche, und die meisten mussten am nächsten Tag früh raus. Er war auf der Suche nach einem reich dekorierten Schaufenster. Und da war es auch schon, ein Juweliergeschäft mit Ringen, Ketten und teuren Uhren. Ronny Schramm nahm einen schweren Stein aus der Umrandung einer Blumenrabatte und warf ihn voller Wucht gegen die Scheibe. Diese zersprang in tausend kleine

Stücke ohne gleich herauszufallen. Sofort begann eine Alarmanlage einen ohrenbetäubenden Lärm zu machen. Er suchte noch einen großen Stein und zertrümmerte die Scheibe vollends damit. Dann griff er in die Auslage, schnappte sich wahllos Uhren, Ketten und Armreifen und stopfte sie in seine Taschen. In aller Seelenruhe füllte er sämtliche Taschen seiner Jacke und der Hose. Er bemerkte nicht, dass er seinen rechten Unterarm an einer Scherbe verletzt hatte und das Blut in den Ärmel rann. Endlich hörte er das ersehnte Geräusch. Ein Polizeifahrzeug näherte sich mit Blaulicht und Tatütata. Zwei Polizisten sprangen heraus und riefen mit gezogenen Pistolen: „Hände hoch!".

*

Kathrin Unglaub gratulierte sich im Nachhinein zu ihrer vernünftigen Entscheidung am Vorabend, frühzeitig nach Hause und ins Bett zu gehen. Frisch und ausgeschlafen sprang sie aus den Federn, zog sich die Turnschuhe an und rannte zum Flussufer. Sie bewältigte ihre Joggingstrecke mit großer Leichtigkeit und ging dabei in Gedanken die Vorhaben für diesen Tag durch. Zusammen mit Gerd Senf, der nach einem schönen Telefonat sicherlich wieder super gelaunt war, würde sie noch mal in das schreckliche Dorf fahren und nach Ronald Schramm fragen. Außerdem würden sie den Hintergrund des jungen Mannes abchecken. Sie war sich sicher, dass er es war, der den orangefarbenen MP3-Player von Eva Zimmermann in seinen Besitz gebracht hatte. Selbst wenn er nichts mit ihrem Tod zu tun haben sollte, müsste er ihnen erklären, wie er daran gekommen war. Vielleicht hatte er etwas gesehen. Sie hatte das

Gefühl, dass sie der Lösung des Falls ein ganzes Stück näher gekommen waren. Es konnte kein Zufall sein, dass er genau wie der junge Mann, der in dem Fischerdorf auf der Bank saß, gerade seine Mutter verloren hatte. Halt, präzisierte sie ihre Gedanken, natürlich konnte es ein Zufall sein. Aber besser wäre es, wenn es einen Zusammenhang gäbe.

Leichtfüßig lief sie die Stufen zu ihrer Wohnung hoch. Sie hätte noch ein paar Kilometer dranhängen können, aber dann wäre sie zu spät zur Arbeit gekommen. Eine heiße Dusche, Müsli und Kaffee zum Frühstück, und los ging es ins Kommissariat. Dort wartete schon Gerd Senf auf sie. Er hatte dem Chef bereits den Sachverhalt geschildert und sogar herausgefunden, dass Ronald Schramm Automechaniker war. Bingo!, dachte Kathrin. „Und rate mal, was ich noch recherchiert habe", frohlockte Senf. „Er hat am 9. September einen dunkelroten Golf II repariert, den Wagen von der jungen Journalistin nämlich. Schmieder ist gerade in der Werkstatt und hat angerufen. Auf seine Frage, ob es sein kann, dass Ronald Schramm sich während der Arbeitszeit mit dem Auto entfernt habe, konnte keiner der Kollegen beschwören, dass er es nicht getan hätte."

*

Widerstandslos hatte er sich von den zwei Polizisten festnehmen lassen. Alle Beweise für seine Tat lieferte Ronald Schramm quasi auf dem silbernen Tablett. Seine Taschen waren vollgestopft mit Raubgut. Unsanft schoben ihn die Männer in das Polizeiauto und brachten ihn zur Wache.

Seine Hände lagen in Handschellen. Während der Fahrt schaute er verträumt aus dem Fenster. Das also war Leipzig, die Boomtown im Osten. Schon lange wollte er mal hierher. Aber er konnte seine Mutter nicht allein lassen. Jetzt war er da und würde ein ganz neues Leben anfangen, allerdings ein ganz anderes, als er es sich früher erträumt hatte.

In der Wache wurde er in ein Büro geführt. Hier waren die Möbel noch original aus der DDR. Einer der Männer drückte ihn auf einen Stuhl vor einem Sperrholzschreibtisch. Dahinter saß ein Polizist an einem älteren Computermodell.

„Name?", fragte er unwirsch. Ronald Schramm antwortete mit einem milden Lächeln. Aber er sagte kein Wort.

„Haben Sie mich nicht verstanden?" Lächeln. Schweigen.

„Stehen Sie mal bitte auf." Ronald Schramm erhob sich. „Hören können Sie also?" Lächeln. Schweigen.

„Schaut mal bitte nach, ob er Papiere bei sich hat", forderte der Mann am Schreibtisch seine Kollegen auf. Die durchsuchten alle Taschen, fanden in einer Hosentasche noch einen versteckten Brillantring, aber keine Papiere.

„Na super. Da haben wir zwar einen Täter. Aber der redet nicht mit uns", sagte der Mann am Schreibtisch resigniert. „Bringt ihn erstmal in die Zelle. Morgen ist auch noch ein Tag. Vielleicht werden wir da schlauer."

Ronald Schramm streckte sich entspannt auf der Pritsche aus. Hier war er sicher, hier konnte ihm niemand etwas tun. Er würde seine gerechte

Strafe absitzen. Die hatte er verdient, da gab es keinen Zweifel. Aber niemand würde wissen, was er wirklich getan hatte. Sie würden ihn als Schmuckräuber mit psychischen Störungen einsperren. Aber nicht als Sexmonster. Er durfte nur sein Schweigen nicht brechen. Das war seine Strategie. Alles andere wollte er dem Zufall überlassen.

*

Auch diesmal blieb hinter der Tür mit dem Namen Schramm alles still. Die Trinkergang, die bereits morgens um 9 Uhr wieder vollzählig am Kiosk versammelt war und die erste Runde schon intus hatte, konnte Kathrin Unglaub und Gerd Senf nicht sagen, was mit Ronald Schramm war. Peter Schmieder hatte vom Chef der KFZ-Werkstatt erfahren, dass Ronny sich krank gemeldet hatte, weil er den Tod seiner Mutter verarbeiten wollte. Als die Mechaniker hörten, dass er im Zusammenhang mit der toten Krankenschwester dringend vernommen werden musste, reagierten sie erschrocken. „Ronny – das Sexmonster? Das kann ich mir nicht vorstellen. Der kann doch keiner Fliege was zuleide tun, geschweige denn einem Mädchen. Ich glaub, der war noch Jungfrau", scherzte ein junger Mann, der von den anderen Uwe gerufen wurde. Schmieder gab das seinen beiden Kollegen wortwörtlich durch.
„Vielleicht ist das ja gerade das Problem", mutmaßte Kathrin. „Mit über 30 Jahren noch unberührt. Das ist doch nicht normal."

Schmieder hatte in der Werkstatt auch nach Fotos gefragt, auf denen Ronald Schramm zu sehen sein könnte. Aber hier gab es kein brauchbares Material. Auf den Fotos mit der ganzen Belegschaft stand er immer hinter anderen versteckt und auf einem anderen, das ihn bei der Autoreparatur zeigte, war das Gesicht so sehr im Schatten, dass man keine Einzelheiten erkennen konnte.

„Legal in die Wohnung oder illegal in die Wohnung?", stellte Senf seine Kollegin vor die Wahl.

„Ich möchte wissen, ob wir dort Hinweise finden", gestand Kathrin: „Habe aber keine Lust auf Ärger mit Deike."

„So marode wie die Tür ist, bekommen wir die ohne Gewalteinwirkung auf, wenn wir uns nur leicht dagegen lehnen. Ich würde das auch mit Gefahr in Verzug begründen. Wenn der wirklich etwas mit dem Tod von Eva Zimmermann zu tun hat, dann ist der vielleicht suizidgefährdet. Vielleicht hat er sich auch etwas angetan. Los, lass uns reingehen. Ich denke, wir können das rechtfertigen."

Die Tür öffnete sich fast wie von selbst. In der Wohnung stank es fürchterlich. Nach Alkohol, Krankheit, Müll und altem Schweiß. Das Mobiliar war jahrzehntealt und taugte nur noch für den Sperrmüll. Im größeren Raum, der wohl gleichzeitig als Wohnzimmer und Schlafraum gedient haben musste, war das verschlissene Sofa noch ausgezogen. Dahinter lag ein kleines Zimmer, ein sogenannter gefangener Raum, den man nur durchs große Zimmer betreten konnte. Dies musste offensichtlich das „Kinderzimmer" gewesen sein. Ein altes DDR-Jugendbett stand an der

Wand, außerdem gab es eine Sperrholzanbauwand mit Modellautos und Poster von Oldtimern. Unvorstellbar, dass hier ein über 30jähriger Mann leben sollte. Von dem fehlte jede Spur. Im schäbigen Kleiderschrank hingen scheinbar noch alle Kleidungsstücke, darunter mehrere Blaumänner. Fotos waren in der ganzen Wohnung nicht zu sehen. Es gab auch keine Bücher, keine CDs, nur ein paar Videokassetten. Kathrin öffnete die Schubladen in dem dunkelbraunen Ungetüm von Anbauwand im Wohnzimmer, das über die gesamte Wandbreite ging. Hier fand sie neben der Wäsche, die unordentlich in die Schubladen geworfen war, ein altes, vergilbtes Foto-Album. Darin Bilder aus den 70er und 80er Jahren. Ein Baby in den Armen einer freudestrahlenden, schönen Frau im kurzen Kleid. Die typischen Fotos aus dem Kindergarten: der kleine Junge mit einem Teddy im Arm oder einem Lastauto. Dann der etwas ältere Junge mit einer Zahnlücke und einer Schultüte, hinter ihm die immer noch attraktive Frau mit einem immer noch kurzen Kleid. Die junge Frau in Arbeitskleidung in dem Kuhstall, den es jetzt nicht mehr gab. Wieder die jährlichen Bilder des Jungen aus der Schule. Als er ungefähr 13 Jahre alt war, endeten die Aufnahmen. Aktuelle Fotos gab es nicht. Und der pubertierende Junge auf den letzten Bildern im Album konnte unmöglich mit den Phantombildern verglichen werden. Dennoch packten sie das Album ein. „Wo mag er nur sein?", fragte Gerd Senf.

„Vielleicht hat er sich etwas angetan, wenn er wirklich schuldig ist und spürt, dass wir ihm mit unseren Ermittlungen auf den Pelz rücken", mutmaßte Kathrin Unglaub. „Oder er hat sich aus dem Staub gemacht.

Ich denke, wir sollten ihn zur Fahndung ausschreiben und, weil uns nichts anderes übrig bleibt, sein Foto aus der Einwohnermeldestelle dafür verwenden."

*

Gegen 10 Uhr holten sie ihn aus seiner Zelle. Ronald Schramm hatte ein paar Stunden geschlafen - tief und traumlos. Zum Frühstück hatte er einen dünnen Kaffee bekommen und zwei Scheiben Brot, eins mit Honig und eins mit Käse. Das war in Ordnung. Nun fühlte er sich ausgeruht und stark genug, sein Spiel fortzusetzen. Nur wenn er schwieg, würde er sicher sein vor der Polizei im Norden, die ihn als Mörder einer jungen Frau suchte.

Der Mann, der ihn in den Verhörraum brachte, war freundlich. „Willst du uns nicht erzählen, wer du bist? Das erspart uns eine Menge Arbeit", sagte er aufmunternd. Aber Ronald Schramm antwortete nur mit einem entrückten Lächeln. „Warte hier, in ein paar Minuten kommt ein Arzt, der dich untersucht", sagte der Polizist und schloss die Tür hinter sich zu. Ronny schaute sich in dem kargen Raum um - ein Tisch, zwei Stühle, ein altes Aufnahmegerät, in der Ecke eine Videokamera. Er bemühte sich, sein Gesicht still zu halten, damit niemand aus seiner Mimik lesen konnte. An der Wand hing ein breiter Spiegel. Äußerlich teilnahmslos schaute Ronald Schramm da hinein. Aber innerlich war er ziemlich schockiert von dem, was er da sah. Meine eigene Mutter würde mich nicht wiedererkennen, dachte er und zuckte ein bisschen zusammen bei diesem Gedanken. Seine eigene Mutter ...

Seine Haare waren so lang wie noch nie in seinem Leben und hingen ihm strähnig bis zum Ende der Nasenspitze. Sein ehemals rundliches Kindergesicht war eingefallen und kantig geworden. Er sah dadurch viel männlicher aus als vor jenem schrecklichen Tag im September, den er am liebsten aus seinem Gedächtnis und aus seinem Leben streichen würde. Er hatte keine Ahnung, wie er mit dieser Schuld weiter existieren sollte. In diesem Moment öffnete sich die Tür und eine resolute Mittfünfzigerin im weißen Kittel kam herein. Die braun gefärbten Haare hatte sie zu einem Zopf gebunden. Im breitesten Sächsisch stellte sie sich vor: „Guten Tag. Ich bin die Frau Doktor Mohn und werde Sie jetzt untersuchen." Ronny antwortete mit seinem milden Lächeln und ließ sie gewähren, er öffnete brav den Mund, ließ sich in die Ohren schauen und den Brustkorb abhören. Plötzlich klatschte die Ärztin neben ihm in die Hände, und er zuckte zusammen.

„Das Gehör scheint zu funktionieren", kommentierte Frau Doktor Mohn. „Warum reden Sie denn nicht, mein Guter?", fragte sie und schaute ihm tief in die Augen. Ronny versuchte sich innerlich weg zu konzentrieren und den prüfenden Blick nicht zu erwidern. Er setzte wieder sein einfältiges Lächeln auf. Das schien ihm die beste Waffe gegen alle Nachforschungen zu sein. Wenn es ihm gelingen würde, diese Haltung zu verinnerlichen, dann könnte er sich damit schützen. Die Ärztin bat ihn seine Hosen herunterzuziehen. Nur mit seinem Slip bekleidet, musste er sich bücken, seinen Kopf in alle Richtungen drehen und sich mit dem Hämmerchen auf die Kniescheibe klopfen lassen. Ihre Einschätzung über seine gut funktionierenden Reflexe überhörte er geflissentlich. Stumpfsinnig wie eine Maschine erledigte er alles, was er sollte.

„Körperlich scheint alles in Ordnung zu sein. Aber im Koppe ist er wohl ein bisschen durcheinander", erklärte Frau Doktor Mohn den beiden Polizisten vor der Tür. „Er schweigt wie ein Grab, und ich glaube, ein Verhör bringt gar nichts. Er erweckt auch nicht den Eindruck, aggressiv oder gewaltbereit zu sein."

„Nein, das Gefühl hatten wir auch nicht. Sein Einbruch in das Juweliergeschäft wirkte auch überhaupt nicht geplant, eher wie ein grober Dummejungenstreich. Und irgendwie werde ich den Eindruck nicht los, dass der regelrecht darauf gewartet hat, festgenommen zu werden", sagte einer der beiden Beamten, der trotz seiner Nachtschicht noch im Dienst geblieben war, weil er wissen wollte, was ihnen da für ein Vogel ins Netz gegangen war.

„Mein Vorschlag lautet: Wir lassen ihn in die forensische Klinik überstellen, vielleicht löst sich sein Trauma, denn danach sieht es mir aus, und wir erfahren, mit wem wir es zu tun haben, und warum er so blindwütig und planlos den Laden ausgeräumt hat", schlug die Ärztin vor.

„In Ordnung. Und wir geben sein Foto an die Presse und an die Polizeistationen in Deutschland, vielleicht kennt ihn jemand."

Gegen 12 Uhr wurden zwei Fotos und zwei Suchmeldungen losgeschickt, eine aus dem Norden, die andere aus Mitteldeutschland. Aber kein Mensch wäre auf die Idee gekommen, dass es sich bei dem in

Leipzig aufgegriffenen unbekannten Schweiger und bei dem verschwundenen Ronald Schramm um ein und dieselbe Person handeln könnte. Allein die vermutete Altersangabe aus Leipzig differierte um zehn Jahre nach oben.

*

Kathrin war frustriert an diesem Abend. Sie war überzeugt, auf der richtigen Spur zu sein, und nun war dieser Kerl verschwunden. In ihr wuchs die Überzeugung, dass Ronald Schramm in Panik irgendeine Dummheit begangen, wahrscheinlich sogar Hand an sich selbst gelegt hatte. Würden sie ihn vielleicht nur noch als Leiche finden? Alle Erkenntnisse, die sie bis jetzt über ihn gewonnen hatten, deuteten darauf hin, dass es sich bei ihm um ein armes Würstchen, ein Muttersöhnchen und einen in Frauendingen komplett unerfahrenen Mann handeln musste. Kathrin vermutete hier das Motiv für sein merkwürdiges Verhalten und war sich darin mit Gerd Senf und Peter Schmieder einig.

Fred Deike spuckte Gift und Galle, dass sie keine eindeutigen Ergebnisse vorweisen konnten. Er hätte gern einen Täter hinter Schloss und Riegel präsentiert. Aber er konnte nicht leugnen, dass er seinem Team glaubte, dass ihre Spur richtig heiß war.

Nachdem sie aus dem Heimatdorf von Ronald Schramm zurück gefahren waren, hatten Kathrin Unglaub und Gerd Senf noch einmal der Autowerkstatt einen Besuch abgestattet. Die Männer dort beschrieben ihren

Kollegen als einen zwar eigenwilligen, aber sehr zuverlässigen Zeitgenossen. Nur in der letzten Zeit sei seine Arbeit etwas nachlässig gewesen, und Ronny hätte einen fahrigen, gehetzten Eindruck gemacht.

„Wenn ich es mir recht überlege, eigentlich seitdem die Krankenschwester verschwunden war", rekapitulierte Uwe Neuer, bei dem Kathrin sich ziemlich sicher war, dass die Frauen auf ihn flogen. „Dann ging es wieder eine Zeit lang, aber seit ein paar Tagen war er völlig durch den Wind. Genau genommen seit in der Zeitung stand, dass die Leiche der Krankenschwester gefunden wurde und dass damit im Zusammenhang ein roter Golf gesucht wird. Aber ganz ehrlich, von uns wäre niemals einer auf die Idee gekommen, dass Ronny etwas damit zu tun haben könnte."

Der habe sich so krankhaft vorbildlich um seine Säufermutter gekümmert, sei niemals auf ein Feierabendbier mitgegangen, sondern immer gleich nach Hause gefahren, berichteten die Kollegen. „Ganz ehrlich, wir waren froh, dass seine Mutter jetzt gestorben ist und haben gedacht, nun ist der Junge endlich frei und kann sich ein eigenes Leben aufbauen. Denn der ist garantiert kein schlechter Kerl", sagte der Werkstattchef.

Die KFZ- Mechaniker bestätigten auch, dass Ronald Schramms Weg mit dem Fahrrad in die Stadt an dem alten Forsthaus vorbeiführte, dass er den Fundort also mit Sicherheit kennen müsste. Und sie überlegten gemeinsam, wie Ronny sich in so einer Stresssituation, in der er jetzt unweigerlich sein musste, verhalten würde.

„Ich glaube, der wird panisch. Wenn der gemerkt hat, dass Sie ihm auf den Fersen sind, stellt der irgendeinen Blödsinn an", mutmaßte Uwe Neuer und machte ein besorgtes Gesicht.

Kathrin Unglaub und Gerd Senf erfuhren auch, dass Ronald Schramm mit Ausnahme seiner Mutter keinen Menschen auf der Welt hatte, keine Freunde und keine Verwandten.

Peter Schmieder hatte Doktor Günter Hollatz aufgesucht, den Arzt, der den Totenschein der Mutter ausgestellt hatte. Der hatte gerade Feierabend und genoss ein dickes Stück Käsetorte und einen Pott Kaffee. „Wollen Sie auch ein Stück Kuchen? Den hat mir eine Patientin gebacken", erklärte er genüsslich schmatzend. Auch wenn es ihm schwerfiel, widerstand Peter Schmieder der Verlockung. „Ich komme wegen Familie Schramm. Ronald Schramm und seiner Mutter. Sie haben vor ein paar Tagen den Totenschein ausgestellt."

„Ja, totgesoffen hat sie sich. Das war nur noch eine Frage der Zeit. Das ist eine ganz tragische Geschichte mit dieser Familie. Ronny kenne ich schon, da war er noch ein Baby. Zuerst war alles gut, aber dann hat seine Mutter, die ein hübsches Mädchen war, es wild mit den Männern getrieben. Und der Junge wurde dafür von allen anderen geschnitten. Wir hätten es ganz ehrlich auch nicht gern gesehen, wenn unsere Gören mit ihm gespielt hätten. Das ist blöd, ich weiß, aber so sind wir Menschen nun mal."

*

Ronald Schramm fühlte sich wohl wie schon lange nicht mehr in seinem Leben. Die Klinik war hell und sauber mit freundlichen, in warmen Farben gestrichenen Räumen. Eine ältere Schwester mit kurzen, grauen Haaren führte ihn in ein Zimmer, in dem nur ein Bett stand, dazu ein Schreibtisch, ein Stuhl und ein schmaler Schrank. Auf dem Regal neben dem Bett befand sich ein Radio. Den Fernseher hatte sie ihm im Vorbeigehen im Gemeinschaftsraum gezeigt. Ein paar Männer saßen in dem mit vielen Grünpflanzen und gemütlichen Sitzecken eingerichteten Raum und spielten Skat. Von seinem Fenster aus zeigte ihm Schwester Helga, wie auf ihrem Namensschild zu lesen war, den Sportplatz und eine Turnhalle dahinter. Bevor er die forensische Klinik betreten hatte, war Ronald Schramm von den Polizisten durch eine parkähnliche Anlage geführt worden, in deren Mitte das moderne Gebäude lag. Gleich nach dem Betreten des Hauses, das durch einen Zahlencode gesichert war, hatten ihm die Männer die Handschellen abgenommen. Ein sportlicher Mann im weißen Kittel hatte ihn empfangen und in einen Behandlungsraum geführt.

„Guten Tag, Herr Namenlos, muss ich wohl sagen." Aber es klang kein bisschen vorwurfsvoll. „Ich bin Herr Doktor Sonntag, Ihr behandelnder Arzt. Niemand weiß, wer Sie sind, und im Moment sind Sie offenbar auch noch nicht bereit, es jemandem zu sagen", fuhr er fort und schaute ihm dabei offen und ohne Vorbehalte ins Gesicht.

Es wird nicht leicht, diesem Mann zu widerstehen, dachte Ronald Schramm. Er versuchte, sein törichtes Lächeln aufzusetzen und durch den Arzt hindurchzuschauen.

„Wahrscheinlich haben Sie etwas Schlimmes erlebt, das Sie zu dieser Kurzschlusshandlung mit dem Einbruch getrieben und Ihre Sprache verstummen lassen hat. Wir werden uns Zeit für Sie nehmen und in Ruhe versuchen herauszufinden, was mit Ihnen los ist. Aber erst einmal ruhen Sie sich aus."

Diese Freundlichkeit war kaum zu ertragen. So etwas hatte Ronald Schramm noch nie erlebt. Nicht in der Schule, in der er den Lehrern ganz genau ansehen konnte, was sie von ihm und besonders von seiner Mutter hielten. Auch nicht in der Ausbildung in seiner KFZ-Bude oder später im Job. Die Jungs waren zwar nicht verkehrt, aber der Umgangston war sehr rau.

 Doch, erinnerte sich Ronny, vor ein paar Tagen, war das wirklich gestern? Da hatte er bei der netten alten Dame im Wohnzimmer gesessen und den besten Apfelkuchen seines Lebens gegessen. Hätte er so eine Oma gehabt, sein Leben wäre ganz anders verlaufen. Aber seine Großeltern hatte er nie kennengelernt. Die waren schon tot, bevor er auf die Welt kam - Autounfall.

„Schwester Helga bringt Sie jetzt in Ihr Zimmer. Raus aus der Klinik dürfen Sie nicht, aber Sie können sich im Park, auf dem Sportplatz und in der Turnhalle aufhalten und selbstverständlich die Gemeinschaftsräume nutzen. Hier gibt es viele Männer wie Sie. Leute, die aus irgendeinem Grund, für den sie nichts können, auf die schiefe Bahn geraten sind. Wir machen ihnen hier keine Vorwürfe, sondern wir versuchen ihnen zu helfen. Und nun, herzlich willkommen."

Sollte es so einfach sein? Aus Gründen, für die er nichts konnte, auf die schiefe Bahn geraten? Und auf was für eine schiefe Bahn! Nein, so unschuldig, wie man hier dachte, war er nicht. Er musste um jeden Preis so lange wie möglich seine Maskerade aufrechterhalten. Lächeln und Schweigen.

Nachdem Schwester Helga sein Zimmer verlassen hatte, legte er sich hin und schlief augenblicklich ein. In so einem blütenreinen Bettzeug hatte er schon lange nicht mehr gelegen.

Donnerstag, 20. Oktober

Es fühlte sich an wie ein Kater, wie ein riesengroßer sinnloser Kopfschmerz. Kathrin Unglaub, Gerd Senf, Peter Schmieder und sogar Fred
Deike waren überzeugt, dass sie dem Täter auf der Spur waren. Ronald
Schramm war ihr Mann. Aber nun war er weg, und sie kamen nicht weiter. Dass er verschwunden war, bestätigte sie nur in ihrer Vermutung.
Allerdings war jetzt guter Rat teuer. Das alte Foto aus der Meldestelle
war an alle Polizeireviere der Republik geschickt worden. Von nir-
gendwo hatten sie einen Hinweis erhalten. Kathrin musste auch zugeben, dass der Gesuchte nicht mehr allzu viel Ähnlichkeit mit dem traurigen jungen Mann hatte, den sie auf der Bordsteinkante sitzen sah.
Sollte die Vermutung stimmen, dass er sich aus Panik oder aus Schuld-
gefühlen etwas angetan hatte, müssten sie jetzt die Umgebung nach seiner Leiche absuchen. Aber niemand würde wegen dieses vagen Ver-
dachts so einen Großeinsatz genehmigen. Denn es war auch möglich,
dass er sich irgendwo versteckt hielt.
Es war jetzt 9 Uhr. In zwei Stunden war eine Pressekonferenz geplant.
Wie sollten sie sich verhalten? Deike plädierte für das Prinzip „Hinhal-
ten". Aber Peter Schmieder und Kathrin Unglaub schlugen vor, bei der
Wahrheit zu bleiben und die Medien um Hilfe bei der Suche nach
Ronald Schramm zu bitten. Die Frage war nur, ob man ihn als Verdächtigen oder als Zeugen suchen sollte.
„Als Zeugen", sagte Kathrin. „Denn wenn wir uns irren sollten, würden
wir einen Unschuldigen in Verruf bringen." Sie einigten sich auf eine

Strategie. Fred Deike würde die Anmoderation übernehmen, Kathrin würde so feinfühlig und zurückhaltend wie möglich die Details ergänzen.

„Kommt jemand mit in die Kantine?", schaute sich Kathrin nach einem Verbündeten um. „Da bin ich doch immer dabei", beeilte sich Gerd Senf. Von Christel liebevoll dekorierte Brötchen und saftige Roggenbrotscheiben warteten auf die Frühstücker. Kathrin entschied sich für eine dicke Scheibe Brot mit selbstgemachtem Kräuterquark und Gurkenscheiben. Dazu wählte sie einen großen Pott Kaffee Schwarz. Gerd Senf entschied sich für eine Portion Früchtequark und einen Milchkaffee. „Wir müssen uns sehr konzentrieren, dass wir bei der Pressekonferenz nichts Falsches sagen. Die Presse darf nicht zu voreiligen Schlussfolgerungen kommen."

„Wahrscheinlich liegt das nicht ganz in unserer Hand, was die mit den Informationen machen. Das wissen wir doch", antwortete Gerd Senf.

„Aber wir geben unser Bestes", entgegnete Kathrin. Und nach einem wortlosen Moment, in dem sie sich im Nichts festguckte und gedankenverloren einen Schluck aus ihrer Kaffeetasse nahm, fuhr sie fort: „Ich habe bei diesem Ronald Schramm ein ganz komisches Gefühl. Ich halte den für ein armes Würstchen. Und wenn er unser Täter ist, glaube ich, dass die Umstände seines verkorksten Lebens ihn so weit gebracht haben. Deshalb möchte ich ihn der Presse nicht zum Fraß vorwerfen."

„Wenn sich aber herausstellt, dass er das war, dann wird es schwer. Schließlich hat er eine junge Mutter und von allen geliebte Frau getötet. Egal aus welchem Grund. Das Mitleid wird ausschließlich der kleinen

Familie gehören. Mir geht es, ehrlich gesagt, nicht anders", sagte Senf ganz nüchtern.

„Ja, das wird so kommen. Trotzdem ist es an uns, genau abzuwägen, welche Informationen wir herausgeben. Ich hoffe nur, dass unser Chef sich heute mal von seiner sensiblen Seite zeigt." Kathrin war skeptisch und wusste, dass sie dies nicht in der Hand hatten. Es konnte auch gut passieren, dass Fred Deike sich angesichts des zu erwartenden Medienaufgebots einfach nur wichtigmachen wollte.

„Lass uns mal kurz über etwas anderes reden", versuchte sie ihre Aufregung in den Griff zu bekommen. „Was macht die Liebe?" Im selben Moment fing das Gesicht von Gerd Senf an zu leuchten. „Wir telefonieren jeden Abend, und ich habe das Gefühl, dass wir uns schon lange kennen. Wir reden über alles, und die Themen gehen uns nicht aus. Eigentlich müssen wir uns nach zwei Stunden immer zwingen, aufzuhören. Sie muss ja noch früher raus als ich. Aber es ist schön. Sie hat mir sogar gesagt, dass sie sich vorstellen könnte, noch ein Kind zu bekommen. Denn, ehrlich gesagt, war das immer in meinem Hinterkopf als eventueller Grund, weshalb es schief gehen könnte. Denn zwei fremde Kinder groß zu ziehen ist gut und schön, aber ich hätte sehr gern auch noch ein eigenes."

„Das kann ich gut verstehen. Aber vielleicht klappt es ja."

„Am nächsten Wochenende sehen wir uns, und ich freue mich schon wie verrückt."

Wenn er doch nur immer so wäre, dachte Kathrin in diesem Moment. Dann wäre Gerd Senf ein ausgesprochen netter Kollege. Und alles, was sie an ihm früher so ärgerlich fand, schien nicht mehr da zu sein. Was so ein bisschen Glück und Hoffnung doch ausmachten, und wie das die Menschen verwandelt, überlegte sie weiter. Wie es mit ihrem ganz persönlichen Glück weitergehen sollte, wusste sie nicht. Die SMS von Michael hatte sie ignoriert. Sie wollte keine Beteuerungen mehr. Und sie musste sich eingestehen, dass Doktor Ralf Seiler ganz schön von ihrem Denken Besitz ergriffen hatte. Seine gestrige Frage, ob sie den Abend noch mit einem Bier ausklingen lassen wollten, hatte sie zwar mit der Bitte um Verständnis wegen des Falls abgelehnt. Aber sie hatte ihm noch eine liebe Nachricht geschickt. „Glaube mir, ich säße jetzt gern mit dir zusammen, aber ich bin heute nicht in der Verfassung."

„Macht nichts", hatte er geantwortet. „Wir haben Zeit."

*

Ronald Schramm wurde von den herbstlichen Sonnenstrahlen, die sein gelb gestrichenes Zimmer in der Klinik noch freundlicher leuchten ließen, geweckt. Er schaute auf die Radio-Uhr. 7.14 Uhr war es. Er ging unter die Dusche. Eine saubere Dusche ganz für sich allein. Die Klinik stellte ein preiswertes Duschgel und zwei Handtücher, auch eine Zahnpasta und eine Zahnbürste sowie einen einfachen elektrischen Rasierapparat. Er trat unter die Dusche und drehte den Temperaturknopf auf 40 Grad. Zu Hause hatte er immer den Badeofen anheizen müssen, um sich warm abbrausen oder baden zu können.

Zu Hause. Was für ein Gedanke. Das war so weit weg. Am liebsten würde er alles, was damit zusammenhing, aus seinem Gedächtnis streichen. Ob er die Chance hätte, noch einmal ganz von vorn anzufangen? Ohne die zwei Toten, die schwer auf seinem Gewissen lasteten? Ohne die vermasselte Kindheit und Jugend, die ihn schließlich so weit gebracht hatte?

Er hatte keine Ahnung, wie so etwas gehen sollte. Jetzt galt es erst einmal, diesen Tag zu überstehen. Sie durften nicht herausfinden, wer er war. Vielleicht würde er eines Tages ein neues Leben geschenkt bekommen. Einen neuen Namen, eine neue Geschichte. Aber wahrscheinlich war es naiv, daran zu glauben.

In diesem Moment klopfte es an der Tür. Gerade noch in der letzten Sekunde konnte er ein „Herein" unterdrücken. Er stellte sich, inzwischen wieder mit seinen alten Sachen bekleidet, mit dem Gesicht zur Tür und wartete, was passieren würde. Ein junger Pfleger kam herein. „Hallo und guten Tag", rief er gut gelaunt. „Ich bin Murat."

Murat sah ausgesprochen gepflegt aus. Das Styling seiner Haare, die pechschwarz und akkurat geschnitten waren, musste sehr aufwändig sein, dachte Ronald Schramm.

„Möchten Sie im Zimmer frühstücken oder im Gemeinschaftsraum?", fragte Murat. „Bei Neuankömmlingen sind wir großzügig und überlassen ihnen die Wahl. Aber nach ein paar Tagen ist das Essen im Gemeinschaftsraum Pflicht. Genauer gesagt nach einem Tag, also morgen. Wie wäre es, wenn Sie sich gleich daran gewöhnen?"

Ronald setzte wieder seinen freundlich einfältigen Blick auf und gab keine Antwort. „Na gut, ich bringe Ihnen Ihr Frühstück erst einmal aufs Zimmer. Aber im Gemeinschaftsraum hätten Sie auch eine Zeitung. Die Leipziger Zeitung hat die Klinik abonniert, und die große bunte Klatschzeitung stiftet unsere Reinigungskraft, nachdem sie die ausgelesen hat. Nein? Na dann eben nicht."

Der junge Murat war wirklich sehr nett. Und Ronald Schramm musste sich eingestehen, dass sein Schweigen sehr schwer durchzuhalten sein würde. Wie sollte er diese ganzen freundlichen Menschen, die ihn mit so viel Respekt behandelten, bloß ignorieren?

Ein Gedankenblitz schoss ihm durchs Hirn. Wie wäre es, wenn er in eine paar Tagen wieder mit dem Sprechen beginnen und stattdessen einen Gedächtnisverlust simulieren würde? Gar nicht schlecht! Darüber musste er intensiver nachdenken, wenn er wieder allein war. Aber das würde mit Sicherheit auch nicht leicht werden.

Murat kam wieder in sein Zimmer und brachte ihm einen Teller mit zwei Scheiben Brot, Marmelade und Schmelzkäse und einen kleinen Becher mit Pflaumenjoghurt - dem Aufdruck nach eine Saisonspezialität. Außerdem gab es eine Tasse Kaffee und eine Flasche Wasser. Luxus!

„Ich bringe Ihnen gleich neue Kleidung. Dann können Sie Ihre alten Sachen in die Wäsche geben. Wir haben einen Haufen Hosen, Hemden und Pullover da. Die entsprechen nicht gerade der neuesten Mode, erfüllen aber ihren Zweck. Da können Sie sich Kleidungsstücke für ungefähr eine Woche heraussuchen, damit Sie hier nicht immer in den gleichen Klamotten herumlaufen müssen. Soweit ich weiß, hatten Sie ja nichts mit?"

Den fragenden Blick des jungen Pflegers beantwortete Ronald Schramm wieder mit seinem Psycholächeln, wie er es für sich nannte.

„Außerdem wollte ich Ihnen sagen, dass jeder Einwohner unserer Einrichtung selbst für die Ordnung in seinem Zimmer verantwortlich ist. Also für die Grundreinigung. Bett machen, keinen Dreck rumliegen lassen und so weiter. Zweimal in der Woche wird gründlich geputzt. Das machen bei uns die Profis. Alles klärchen?"

Ronald Schramm hätte den jungen Mann gern gefragt, woher er so gut Deutsch konnte. Er sprach komplett akzentfrei. Wahrscheinlich war er hier geboren. Mit Türken, er glaubte zumindest, dass Murat selbst oder seine Vorfahren aus der Türkei stammten, hatte er oben im Norden bisher wenige Erfahrungen gemacht. Da waren es mehr Russen und Polen, die dort ihr Glück versuchten. Und niemandem die Arbeit wegnahmen, davon war Ronald Schramm überzeugt. Er konnte die dumpfen Naziparolen, die besonders die Trinker in seinem Dorf immer wieder von sich gaben, nicht verstehen. Dass die keine Arbeit hatten, war ihre Schuld. Wer nur säuft und sich nicht zwingt, etwas zu tun, der geht unter und landet am Kiosk. Auch bei ihnen, im Armenhaus der Bundesrepublik, gab es Arbeit, wenn man nur wollte. Auch seine Mutter hätte sicher etwas gefunden, wenn sie nach dem Ende im Kuhstall vielleicht umgeschult hätte und sich nicht von dem Vertreter diese Massen an Kosmetikprodukten aufschwatzen lassen hätte, mit denen sie damals gehofft hatte, eine gute Mark zu verdienen. Altenpflegerin hätte sie werden können oder vielleicht Reinigungskraft in einem Hotel. Die schossen wie Pilze aus dem Boden nach der Wende. Aber dann hätte sie ihr Dorf im Hinterland verlassen müssen. Das hätte Kraft und Energie gekostet, wäre aber ihrer beider Rettung gewesen.

„He, träumen Sie? Haben Sie verstanden, was ich Ihnen gerade erzählt habe? Also wiederhole ich: Einmal in der Woche helfen Sie in der Küche beim Abwaschen der großen Töpfe. Das geht reihum. Und an einem anderen Tag werden Sie im Garten eingeteilt, zum Unkrautjäten oder zum Umgraben der Beete. Was gerade so anliegt. Heute um 11 Uhr will Sie der Chef noch mal sehen." Ronald lächelte vor sich hin.

„Na, ich glaube, Sie haben mich verstanden. Jetzt erst einmal guten Appetit", rief Murat im Rausgehen und schenkte Ronald Schramm zum Abschied noch ein Grinsen.

*

Trotz des kurzfristig angesetzten Termins platze der Konferenzraum im Polizeikommissariat fast aus allen Nähten. Alle waren sie da und einige Medien sogar von weiter her. Die Regionalzeitungen aus der Umgebung, die Anzeigenblätter. Die staatlichen und die privaten Radio- und Fernsehstationen, die Nachrichtenagenturen, sogar die kirchliche. Und die Zeitung mit den großen, fetten Lettern, von der ein Reporter und ein Fotograf extra aus der Landeshauptstadt angereist waren. Mehrere Kamerateams hatten sich aufgebaut, und ein kleiner Wald von Mikrofonen stand auf dem Tisch. Kathrin flößte dies Respekt ein. Deike fühlte sich wohl. Die Pressesprecherin der Polizeidirektion begrüßte die Journalisten und verteilte Pressemitteilungen, die gleich gierig gelesen und mit

Unterstreichungen versehen wurden. Die beiden Agenturjournalisten hatten ihre Laptops schon aufgeklappt und die ersten Informationen verarbeitet. Kathrin fand die Pressemitteilung in Ordnung, sehr sachlich. Ihr Chef sonnte sich in dem großen Medieninteresse. Er würde heute mit Sicherheit den ganzen Abend vor dem Fernseher sitzen und gucken, ob er sich irgendwo auf der Mattscheibe entdeckte. Mit einem lauten Räuspern vor dem Mikrofon zog er die Aufmerksamkeit auf sich. „Guten Tag, meine sehr verehrten Damen und Herren. Wir haben Sie heute zu uns gebeten, um Sie über den Stand der Ermittlungen im Fall Eva Zimmermann, der uns allen sehr nahe geht, zu informieren. Darüber hinaus möchten wir Sie um Ihre Mithilfe bitten, damit wir eine heiße Spur, die wir inzwischen haben, noch intensiver verfolgen können. Meine Kollegin Kathrin Unglaub hat jetzt die Einzelheiten für Sie."

Konzentration und Zurückhaltung, ermahnte sich Kathrin innerlich, bevor sie mit einem souveränen Lächeln das Mikrofon an ihre Position zog. Kurz schilderte sie den Tathergang, wie er ihnen bisher bekannt war und wie ihn auch die Pressesprecherin kurz zusammengefasst hatte. Dann fuhr sie fort: „Eine zentrale Rolle in unseren Ermittlungen spielt ein orangefarbener MP3-Player, den Eva Zimmermann am Tag ihrer Ermordung bei sich trug, und dessen Kopfhörer sie wahrscheinlich in den Ohren hatte, als sie vom Täter angefahren wurde. Sie erinnern sich, mit Ihrer Hilfe haben wir danach gesucht und sind dank Ihnen tatsächlich fündig geworden. Ein Mann hatte ihn bei sich und ihn auf einer Bank im Fischerort liegenlassen. Dort wurde er von zwei Jungen gefunden, deren

Eltern sich bei uns gemeldet haben. Dank der Beschreibung dieses jungen Mannes und nach Schilderung verschiedener Umstände, die sich um seine Person herum zugetragen haben, können wir ihn ziemlich sicher identifizieren. „Können Sie nicht genauer werden?", rief der Reporter des großen Boulevardblattes dazwischen.

„Nein, das kann ich nicht", antwortete Kathrin Unglaub ruhig. „War er es, oder war es nicht? Und warum haben Sie ihn nicht festgenommen?", versuchte der Reporter die Stimmung wieder anzuheizen.

„Wir wissen nicht, was dieser Mann tatsächlich mit dem Mord zu tun hat. Es kann sein, dass er darin verwickelt ist. Es kann aber auch sein, dass er durch irgendeinen Zufall, den wir nicht kennen, an den MP3-Player herangekommen ist und in Panik geriet, als er von dem Aufruf in der Presse gelesen hat. Fakt ist, obwohl wir seinen Namen kennen, ist er im Moment wie vom Erdboden verschwunden. Wir suchen ihn. Aber ich möchte ausdrücklich betonen, wir suchen ihn als Zeugen."

„Wer ist das? Wie heißt dieser Mann? Wo arbeitet er?", rief ein Journalist, den Kathrin vom Sehen kannte. Er war Rundfunkjournalist bei einem Privatsender. „Das darf ich Ihnen nicht sagen, alle relevanten Informationen und den vorformulierten Suchaufruf finden Sie in der Pressemitteilung. Ich möchte Sie dringend bitten, sich daran zu halten und nicht zu spekulieren. Das kann Folgen haben, die Sie und ich nicht verantworten können, wenn wir einen vielleicht Unschuldigen an den Pranger stellen", appellierte sie an die Medienvertreter.

„Eins ist klar", baute sich der Boulevardblattmann jetzt zu seiner vollen Größe auf. „Sie erzählen uns hier nicht alles, was Sie wissen. Sie wollen einen Mann schützen, von dem Sie glauben, dass er die Frau umgebracht hat, und wenn man alle Fakten zusammennimmt, dann kommt man um diese Schlussfolgerung wohl nicht herum. Stattdessen speisen Sie uns mit vorformulierten Suchmeldungen ab. Dass ich nicht lache. An die Bevölkerung, die unschuldigen Frauen, die ihres Lebens nicht sicher sein können, denken Sie wohl nicht? Nur um einen extrem verdächtigen Mann zu schützen."

„Verdächtig ist aber nicht überführt. Und so lange wir keine Beweise haben, gilt die Unschuldsvermutung. Das trifft auch für Sie als Medienvertreter zu. Und ich kann Sie nur bitten, sich Ihrer Verantwortung bewusst zu sein und keine Hetze zu beginnen."

„Ist die Tatsache, dass er verschwunden ist, nicht Schuldeingeständnis genug?", fragte jetzt eine junge Frau, jene Journalistin, deren roter Golf wahrscheinlich das Tatfahrzeug war. Sie hatten den Innenraum des Wagens noch nicht auf Spuren von Eva Zimmermann untersuchen lassen, müssten es aber bald tun. Da an der Stoßstange zunächst keine Hinweise auf den Unfall gefunden wurden, hatten sie sich nicht weiter mit diesem Auto befasst. Und unter welchem Vorwand sollten sie es der Journalistin wegnehmen, ohne dass sie etwas mitbekam? Sie würde ihr Wissen doch sofort wieder ausschlachten, und das wäre in diesem Moment gefährlich. Aber sobald sie an den KFZ-Mechaniker Ronald Schramm herankamen, von dessen Täterschaft Kathrin mehr als überzeugt war, dessen Schuld sie aber nicht einzuschätzen wusste, würden sie das Auto zur Untersuchung abholen.

„Meinen Sie, dass dies ein Schuldeingeständnis ist? Wenn wir schon so wild am Spekulieren sind, es könnte doch auch sein, dass der Täter den MP3- Finder als Zeugen aus dem Weg schaffen wollte. Dies ist ebenso denkbar, wie unzählige andere Möglichkeiten. Deshalb seien Sie vorsichtig."

„Vielen Dank erst einmal, meine Damen und Herren", beendete Fred Deike die Pressekonferenz und die Journalistenschar verließ den Raum. Da trat die junge Journalistin an Kathrin heran: „Kann es sein, dass dieser Mann, den Sie suchen, KFZ-Mechaniker ist und aus diesem Grund an die verschiedenen Autos herankommt, die Sie eingangs beschrieben haben, Frau Unglaub?" Kathrin schwieg einen Moment. „Dazu kann und darf ich Ihnen momentan nichts sagen."

„Keine Antwort ist auch eine Antwort", sagte die ehrgeizige Volontärin. „Ich habe sogar für einen Moment geglaubt, dass mein Auto eventuell das Tatfahrzeug gewesen sein könnte, weil es an dem Tag in der Werkstatt war. Ich mochte damit nicht mehr fahren, ich habe es verkauft und habe jetzt einen neuen VW Polo."

„An wen haben Sie denn verkauft?", fragte Kathrin Unglaub vielleicht eine Spur zu aufgeregt. „Das geht Sie gar nichts an, es sei denn, mein Auto war wirklich in die Tat verwickelt. In diesem Fall gebe ich Ihnen hier die Karte eines polnischen Gebrauchtwagenhändlers meines Vertrauens." Kathrin griff zu: „Für alle Fälle, man kann ja nie wissen", sagte sie. „Tschüss, Frau Unglaub", sagte die Journalistin mit einem spitzbübischen Grinsen.

Als Kathrin wenig später aus dem Fenster schaute, sah sie die sportliche Frau mit dem vierschrötigen Typen vom Boulevardblatt zusammenstehen. Die beiden rechneten jetzt bestimmt Eins und Eins zusammen. Ihr war ein bisschen übel von dieser Vermeidungs- und Verschleierungsstrategie. Nicht sagen zu können, was man weiß, immer nur mit Halbwahrheiten zu jonglieren, das lag ihr nicht. Aber sie war damit im Recht. Solange nichts bewiesen war, musste sie Ronald Schramm schützen.

*

„Na, haben Sie sich neue Sachen ausgesucht? Zeigen Sie mal. Hm. Zwei Jeans – die eine dürfte ein bisschen weit sein, aber mit einem Gürtel hält es bestimmt", brabbelte Murat vor sich hin. „Zwei karierte Hemden, zwei Sweatshirts. Eine Wochenpackung Slips und Unterhemden, sieben Paare Socken - alle grau, ein Jogginganzug, auch grau. Damit kommen Sie erst mal zurecht, denke ich." Ronald Schramm setzte wieder sein einfältiges Lächeln auf und schwieg hartnäckig. Die Kleidung war, bis auf Unterwäsche und Socken gebraucht, aber sauber und sie roch gut. Zu Hause hatte er sich selbst um die Wäsche kümmern müssen. Weil die Waschmaschine schon lange kaputt war, hatte er die Sachen mit der Hand geschrubbt und irgendein billiges Waschmittel verwendet. Anschließend hatte er sie in dem muffigen Bad aufgehängt. Auch wenn sie trocken waren, steckte ihnen der stockige Geruch, der nie aus ihrem Bad herausging, in den Fasern. Zum Glück hatte sich nie jemand von seinen

Kollegen beschwert. Die kamen bei der Arbeit so schnell ins Schwitzen, dass sie das wahrscheinlich gar nicht wahrnahmen.

Am liebsten hätte Ronald Schramm sich bei Murat für die Kleidung und für die Freundlichkeit bedankt. Aber noch musste er schweigen.

„Der Chef möchte Sie heute noch mal sehen. In einer halben Stunde schaut er vorbei. Bis dahin können Sie ja Ihren Schrank einräumen und überlegen, ob Sie noch irgendetwas brauchen. Flaschen mit Wasser und Kannen mit Tee finden Sie übrigens den ganzen Tag draußen auf dem Teewagen im Gang. Da können Sie sich jederzeit wegnehmen, was Sie brauchen. Mittagessen gibt es um 12.30 Uhr. Ganz ehrlich, Vegetarier dürfen Sie bei uns nicht sein. Denn für die gibt es das Fleischgericht, nur ohne Fleisch, manchmal sogar mit der Sauce, die aus dem Braten gezogen wurde. Absurd. Aber von unseren Bewohnern war eigentlich noch nie jemand Vegetarier, nur zwei Schwestern sind Pflanzenfresser. Aber die bringen sich mittlerweile immer ihr Grünzeug von zu Hause mit. Mir schmeckt es hier ganz gut. Nur wenn es Schweinefleisch gibt, esse ich die vegetarische Variante. Aber weil hier mittlerweile einige Moslems untergebracht sind, hat sich der Speiseplan ganz schön geändert. Es gibt viel Hühnchen, Lamm, Rind und Fisch, aber hin und wieder auch Schweinebraten." Beim letzten Wort bekam seine Stimme einen zackigen, tiefen Ton und erinnerte an Goebbels' Sportpalastrede.

Für Geschichte hatte sich Ronald Schramm immer interessiert. Seine Mutter, die nicht müde wurde zu erzählen, wie schlecht sie selbst in der Schule gewesen war, konnte das nicht begreifen. Leider war er zu schüchtern, um in der Klasse zu zeigen, was er in diesem Fach drauf

hatte. Er saß hinten in der letzten Reihe und redete nur, wenn er angesprochen wurde. Viele Mitschüler hielten ihn deshalb für dumm und
übersahen ihn einfach. Aber in den schriftlichen Arbeiten konnte er oft
zeigen, was er alles wusste, und so schaffte er auch in den anderen Fächern einen guten Realschulabschluss, der ihm die Lehrstelle in dem
KFZ-Betrieb einbrachte. Der Arzt aus seinem Dorf, Doktor Hollatz, der
sein Auto regelmäßig in diese Werkstatt brachte, hatte sich für ihn ein-
gesetzt. Allein hätte Ronald Schramm wohl kaum den Mut gehabt, sich
selbstbewusst zu bewerben. Aber mit Autos kannte er sich aus, beschäf-
tigte sich in seiner Freizeit viel damit, und das konnte er dem Meister in
der Werkstatt schnell beweisen.

Essen also um 12.30 Uhr. Kaffeetrinken und ein Brötchen, wenn man
wollte, um 15.30 Uhr und Abendessen um 18.30 Uhr. Ronald Schramm
hatte alles verstanden, was Murat ihm erzählt hatte und versuchte, seinen Blick wieder nach innen zu lenken, um nicht aus Versehen zu antworten. Er hatte ein bisschen Angst vor dem Termin mit Chefarzt Doktor Sonntag. Auch der hatte so ein einnehmendes Wesen, dem man nur
schwer widerstehen konnte.

„Wenn Sie wollen, dann zeige ich Ihnen nachher vor Dienstschluss noch
die Sportanlagen. Vielleicht tut es Ihnen ja gut, wenn Sie sich da ein bisschen auspowern", rief Murat im Verlassen des Zimmers. „Oder wollen
Sie lieber Mittagsschlaf machen?" Lächeln. „Na, was soll's, ich komme
einfach vorbei und schau mal, wie Sie drauf sind. Bis später und viel
Spaß mit dem Chef."

Ronald Schramm verstaute langsam und sehr akkurat seine neuen Kleidungsstücke in dem einfachen Schrank aus Kiefernholz. Anschließend setzte er sich auf die Bettkante seiner ordentlich gerichteten Lagerstätte und wartete. Äußerlich war er völlig ruhig, aber seine Gedanken schlugen Purzelbaum. Er hatte sich das Schweigen nicht so schwer vorgestellt. Zu Hause oder bei der Arbeit oder früher in der Schule hatte er tagelang mit niemandem geredet. Da haben die Leute durch ihn durchgeschaut. Dass sich ihm jetzt jemand zuwandte, das überforderte ihn vollkommen. Wie reagiert man darauf? Die würden ganz sicher nicht locker lassen.

Im gleichen Moment klopfte es an der Tür, und Doktor Sonntag spähte durch den Spalt. Der Arzt war weit davon entfernt, sich einfach Zutritt zu dem Zimmer zu verschaffen. Nein, er schaute erst nach, ob dies seinem Patienten in dem Moment recht wäre.

„Na, hatten Sie eine erste gute Nacht? Haben Sie vielleicht sogar etwas geträumt? Sie wissen ja, das geht in Erfüllung."

Nein, Ronald Schramm hatte nichts geträumt. Zumindest konnte er sich nicht erinnern. Er setzte sein einfältiges Lächeln auf und schaute dem Doktor entgegen. Dieser griff sich den Stuhl vom Schreibtisch und stellte ihn mit der Lehne nach vorn vor das Bett. Er setzte sich rittlings mit gespreizten Beinen auf den Stuhl, stützte seine Unterarme auf die Rückenlehne und schaute Ronald Schramm direkt ins Gesicht.

„Haben Sie schon Ihre Sprache wiedergefunden? Nein? Nun offensichtlich ist das nicht der Fall", konstatierte Doktor Sonntag. „Inzwischen liegen die Ergebnisse Ihrer Untersuchung vor. Blutwerte, körperliche Verfassung, alles in bester Ordnung", fuhr er fort. „Drogen oder übermäßiger Alkohol scheinen also nicht Ihr Problem zu sein, sonst sähen Sie und Ihre Werte anders aus. Ihr Schweigen, oder sagen wir mal lieber, Ihr Nichtredenkönnen, muss andere Ursachen haben."

Wohl doch eher Schweigen, dachte Ronald Schramm. Denn eigentlich täte er nichts lieber, als zu reden und dem Arzt seine ganze vertrackte Geschichte zu erzählen. Dieser Mann hatte sehr freundliche Augen und einen Blick, der sagte: Ich will Sie verstehen.

„Wir wollen Sie verstehen", sagte der Arzt in diesem Moment und Ronald Schramm fuhr zusammen. Kann der Gedanken lesen?

„Aber leider können wir keine Gedanken lesen. So weit sind wir selbst mit unseren modernsten psychoanalytischen Methoden noch nicht. Ich stelle Ihnen mal vor, wie wir uns das mit Ihnen weiter denken."

Ronald Schramm vermutete, dass sein Herzschlag sich in diesem Moment beschleunigte.

„Wir glauben, dass Sie an einer mutistischen Stummheit leiden. Das heißt, Ihr Gehör und Ihre Sprachfunktionen und ganz sicher auch Ihr Verstand funktionieren. Aber irgendetwas ist Ihnen widerfahren, ein schockierendes, schlimmes Erlebnis, das Ihre Psyche so sehr belastet, dass Sie nicht mehr reden können. Ich würde mich sehr freuen, wenn Sie vielleicht mit einem Nicken oder einem Kopfschütteln antworten könnten", schlug Doktor Sonntag vor. Ronald Schramm zuckte zusammen.

„Ist Ihnen das schon zu viel? Sie zittern und schauen mich ganz erschrocken an. Naja, wir müssen nichts übereilen. So ein Schock geht oft einher mit einer Psychose oder einer Depression. Wir könnten Ihnen ein ganz leichtes Mittel verabreichen, das Sie erst einmal seelisch ins Gleichgewicht bringt. Vielleicht löst sich dann so nach und nach Ihre Blockade."

Ronald Schramm schaute den Arzt immer noch aus weidwunden Augen an.

„Oder wir könnten es in den nächsten Tagen, wenn Sie ein bisschen zur Ruhe gekommen sind, mit Hypnose versuchen. Ich habe auf diesem Gebiet sehr versierte Kollegen, denen es gelingen könnte, zu Ihrem Unterbewusstsein vorzudringen, damit wir wissen, was Sie so sehr belastet."

In ein paar Tagen hatte er gesagt, das bedeutete Zeitgewinn. Bis dahin konnte er sich eine neue Strategie überlegen. Er entspannte sich etwas.

„Wenn ich Ihre Körpersprache richtig deute, scheinen Sie gegenüber der Hypnose nicht abgeneigt zu sein", reagierte Doktor Sonntag sofort höchst erfreut. „Dann verzichten wir zunächst auf Medikamente. Ruhen Sie sich noch ein bisschen aus. Und dann gehen Sie raus, in den Gemeinschaftsraum oder machen Sie Sport. Den Männern, die hier sind, ging es allen nicht gut. Und einige von ihnen sind schon fast wieder soweit, dass sie in ein normales Leben zurückkehren können. Das Verbrechen, dessen Sie sich schuldig gemacht haben, ist ja nicht so schlimm, dass Sie befürchten müssen, ein Leben lang in Sicherheitsverwahrung zubringen zu müssen. Sie haben ja niemanden vergewaltigt oder umgebracht. Also Kopf hoch und einen schönen Tag. Ich schaue morgen wieder nach Ihnen." Mit diesen Worten verließ der Arzt das Zimmer. Die letzten Sätze hatte er mit dem Rücken zu Ronald Schramm gesprochen. Hätte er ihm in diesem Moment ins Gesicht geschaut, hätte er bemerkt, in welch desolaten Zustand sein Patient durch diese eher lapidar dahin geworfenen Worte versetzt wurde.

*

Das Radio lief den ganzen Tag nebenher im Polizeikommissariat. Die ersten Meldungen kamen bereits nach einer Stunde. Sie waren keine Spur reißerisch und die Kollegen der Mordkommission atmeten auf. Auch die ersten Online-Meldungen der Tageszeitungen waren ganz im Sinne der Polizei. Jetzt hieß es abwarten. Aber noch meldete sich niemand.

Ein freundliches Pfeifen von Kathrins Handy zeigte an, dass eine SMS eingegangen war: Hab dich gerade im Radio gehört. Was für eine angenehme Stimme. Kusssmiley Ralf.

Kathrin musste lächeln und schrieb zurück: Vielleicht können wir uns heute Abend treffen. Hätte Lust zu reden. Grinse-Smiley.

So ein Mist. Heute habe ich Bereitschaftsdienst und muss wahrscheinlich wieder Unfallopfer zusammenflicken. Tut mir leid. Da kann ich nicht tauschen. Aber ich freu mich wie verrückt, dass du Lust hast, mich zu sehen.

Und Kathrin antwortete: Es macht nichts. Dann eben morgen oder übermorgen. Wir haben schließlich Zeit.

In diesem Moment klingelte das Telefon, und ein Mann verlangte nach Peter Schmieder. Dessen Stirn zog sich im Laufe des Gesprächs immer mehr in Falten. Und seine Kommentare am Telefon ließen nichts Gutes erahnen. „Da haben Sie recht, da haben Sie wirklich Mist gebaut ... so so überrumpelt also ... Ich weiß nicht, ob Sie Ronny damit ans Messer liefern und ob es vielleicht einen Unschuldigen trifft ... Vielen Dank, dass Sie uns informiert haben, dann wissen wir wenigstens, worauf wir uns morgen einstellen müssen."

„Verdammt", rief er laut in den Raum, nachdem er aufgelegt hatte.

„Der Boulevard-Vierschrot und unsere ehrgeizige Volontärin waren in der KFZ-Werkstatt und haben die Belegschaft ausgequetscht: Ob der Mechaniker, der am 9. September den roten Golf repariert hat, jetzt zufällig verschwunden ist, und ob sie sich vorstellen können, dass er der Sexualstraftäter ist. Und die Typen haben in ihrer grenzenlosen Naivität mit den beiden geredet. Ich weiß nicht, was dabei herauskommen soll", sagte er konsterniert.

„So ein Mist. Ich hätte es wissen müssen, dass diese vom Ehrgeiz zerfressene junge Frau nicht locker lässt", schimpfte Kathrin.

„Wieso?", fragte Schmieder.

„Weil sie mich im Hinausgehen aus der Pressekonferenz gefragt hat, ob ihr Wagen, den sie inzwischen verkauft hat, eventuell das Tatfahrzeug war. Sie hat einfach messerscharf geschlussfolgert, dass dieser Mann, der ihr Auto repariert hat, als KFZ-Mechaniker auch an die anderen Fahrzeuge herangekommen sein kann, und sie hat mich damit konfrontiert."

„Warum hast du uns das nicht gesagt?", fragte Fred Deike spitz. „Weil ich an die Vernunft der Journalistin und an ihr Verantwortungsbewusstsein appelliert und inständig gebeten habe, nicht zu spekulieren."

„Verantwortungsbewusstsein ist für die doch ein Fremdwort. Du hättest uns informieren müssen", kreischte Deike. „Wenn jetzt eine Hetzjagd beginnt, dann ist das deine Schuld!" Es hätte nur noch gefehlt, dass er mit dem Fuß aufstampft, so sehr erinnerte der Chef in diesem Moment an Rumpelstilzchen.

„Moment mal!", mischte sich in diesem Moment Gerd Senf ein. „Warum Kathrins Schuld? Sie hat weder in der Pressekonferenz noch an anderer Stelle irgendwelche Dinge verraten, die die Journalisten zu ihrer Hetzjagd verwenden könnten. Dass das mutmaßliche Tatfahrzeug ausgerechnet das Fahrzeug einer überambitionierten Journalistin ist, dafür können wir nichts. Wir müssen jetzt damit leben."

„Ich rufe sofort in der Redaktion an und unterbinde die Berichterstattung", schimpfte Deike immer noch wie ein Rohrspatz. „Das wird dir nicht gelingen", redete Peter Schmieder beruhigend auf ihn ein. „Im Gegenteil. Es besteht die Gefahr, dass wir damit alles nur noch schlimmer machen. Lass es geschehen und uns überlegen, wie wir damit umgehen, wenn Ronald Schramm wahrscheinlich morgen in zwei Zeitungen zum Täter erklärt wird."

„Und einen Vorteil hat das Ganze. Wir können jetzt ganz schnell den roten Golf II untersuchen und die Technik herausfinden lassen, ob das wirklich das Tatfahrzeug war."

„Na gut", sagte Deike schon wieder etwas ruhiger. „Kathrin, du findest heraus, wo das Auto ist, und Peter, du trommelst deine Jungs zusammen und untersuchst es."

Zum Glück sprachen die polnischen Gebrauchtwagenhändler in der Nähe der deutschen Grenze alle Deutsch. Das war eine wichtige Grundlage ihrer Geschäftemacherei. Kathrin Unglaub zog sich in ihr Büro zurück und wählte die Nummer eines Piotr Małachowski, dessen Name auf der Visitenkarte verzeichnet war. Sie erfuhr von ihm, dass das Auto zwar bereits verkauft, aber noch auf seinem Hof in Swinemünde war, um es für den nächsten Besitzer in Schuss zu bringen. „Sofort aufhören mit allem, was Sie an dem Auto vornehmen wollen", rief Kathrin in den Hörer. „Wir müssen es erst untersuchen."

„Wurde eine Leiche damit transportiert?", fragte Małachowski und amüsierte sich köstlich über seinen vermeintlichen Witz.

„Vielleicht", sagte Kathrin knapp und hörte, wie sich der Autohändler an seinem eigenen Lachen verschluckte.

„Oh. Mh. Dann muss ich wohl noch einen Aufschlag auf den Verkaufspreis nehmen", fand Małachowski seinen Humor sehr schnell wieder.

„Das ist Ihre Sache", entgegnete Kathrin. „Auf jeden Fall müssen Sie sofort alles stehen und liegen lassen und jeden aufhalten, der das Auto auch nur berühren will. In ungefähr anderthalb Stunden sind unsere Kriminaltechniker bei Ihnen. Wundern Sie sich nicht. Sie kommen mit Blaulicht."

„Hauptsache, das wirkt sich nicht geschäftsschädigend aus", sagte der Autohändler zum Abschied.

*

Er krümmte sich auf seinem Bett und hatte plötzlich beißende Magenschmerzen. Natürlich hatte er einer Frau Gewalt angetan und sie auch noch getötet. Und dann hatte er auch noch seine Mutter umgebracht. Es gab für ihn keine Milde. Als es an der Tür klopfte und Murat hineinschaute, richtete er sich schnell auf und suchte wieder Zuflucht zu seinem blödsinnigen Grinsen. „Was ist?", fragte der Pfleger. „Lust auf eine kleine Erkundung des Geländes?"

Reiß dich zusammen, dachte Ronald Schramm. Er stand auf, zog sich Schuhe und Jacke an und verließ mit Murat das Zimmer. Als sie am Gemeinschaftsraum vorbeikamen, saßen da wieder die Männer in kleinen Gruppen und spielten Karten oder Brettspiele. Alles sah sehr friedlich aus. Kein Gedanke daran, dass die alle etwas auf dem Kerbholz hatten. Am liebsten hätte er Murat gefragt, was die anderen für Straftaten begangen hatten. Und als ob der das geahnt hätte, erzählte der junge Mann: „Vor den Männern hier müssen Sie keine Angst haben. Das sind keine Mörder oder Vergewaltiger und auch keine Pädophilen. Manchen fehlt es ein bisschen an Verstand, andere haben schwierige persönliche Phasen durchgestanden oder waren krank und sind dadurch auf die schiefe Bahn geraten. Aber es sind alles keine Kapitalverbrecher, also eher so kleine Lichter wie Sie. Aber wenn Sie sich mit denen unterhalten, vorausgesetzt, Sie finden Ihre Sprache wieder, dann erzählen die Ihnen das bestimmt alles selbst."

Männer also, die in einer schwierigen persönlichen Phase auf die schiefe Bahn geraten waren. Ist nicht sein ganzes Leben schwierig gewesen? Was hatte er denn für eine Chance, dachte Ronald Schramm. Aber im gleichen Moment zwang er sich, mit diesem Selbstmitleid aufzuhören. Natürlich hätte er eine Chance gehabt. Wenn er mit Beginn der Ausbildung von zu Hause weggegangen und seine Mutter sich selbst überlassen hätte. Er hätte sich eine kleine Wohnung in der Stadt suchen können, das Geld hätte dicke dafür gereicht. Vielleicht hätte er irgendwann die schrecklichen Phantasien von seiner Mutter und ihren Männern, die ihn ständig überkamen, wenn er in seinem kleinen Zimmerchen zu Hause hockte, vergessen können. Aber hätte und könnte halfen ihm jetzt nicht mehr weiter. Das Unglück war geschehen. Und er hatte noch keinen wirklichen Plan, wie er aus der Bredouille herauskommen sollte. Das Schweigen war auf Dauer keine Lösung. Eine gespielte Amnesie stellte er sich einfacher vor. Vielleicht könnte er schon morgen damit anfangen. Er musste auf alle Fälle verhindern, dass sie ihn tatsächlich in eine Hypnose versetzten. Denn dann wäre er überhaupt nicht mehr Herr seiner Gedanken, und wer weiß, was er da ausplaudern würde. Eine Amnesie vorzutäuschen war ganz bestimmt auch nicht leicht. Wenn er nur Zugang zu einem Computer bekäme, um sich im Internet schlau zu machen, aber die waren auf der Station tabu.

Unterdessen waren die beiden im Park angekommen. Der war durch hohe Sicherheitstore begrenzt, eigentlich der einzige Hinweis, dass er sich in einer Verwahrungseinrichtung befand. Im Park konnte man sich frei bewegen. Einige Patienten spielten Fußball, andere joggten ihre Runden. „Wenn Sie Sport machen wollen, kann ich Ihnen noch Turnschuhe und Sportkleidung bringen", versicherte Murat. „Wenn Sie mich fragen, ich würde Ihnen das empfehlen. Sport hilft am besten gegen jede

Art von seelischem Schmerz. Auch gegen Liebeskummer, den hatte ich nämlich gerade. Mein Freund", Murat warf einen kleinen Seitenblick auf seinen Patienten, um zu sehen, wie er darauf reagierte, „der hat mich verlassen". Ronald Schramm reagierte keineswegs geschockt. Eigentlich war er sehr tolerant, was das Liebesleben anderer Menschen betraf. Ob Vielweiberei oder Homosexualität, das war ihm egal. Nur er selbst hatte diesen Knacks, wenn er an Fleischeslust und wilde Umarmungen dachte.

„Mein Ex-Freund ist Schauspieler am Theater, da war ich ihm vielleicht nicht gut genug. Aber wahrscheinlich habe ich mich nicht genügend zu ihm bekannt. Meine Familie weiß nicht, dass ich auf Männer stehe, und nur ganz wenige Freunde wissen das. Ein schwuler Türke, das geht in den Augen meiner meisten Landsleute gar nicht. Aber Stück für Stück stehe ich dazu. Bei meinem nächsten Freund, das habe ich mir vorgenommen, erzähle ich meiner Familie davon, und wenn die mich verstoßen, dann muss ich damit klarkommen. Warum erzähle ich Ihnen das eigentlich alles? Vermutlich, weil Sie nicht reden und ich das Gefühl habe, dass mein Geheimnis bei Ihnen gut aufgehoben ist. In der Klinik wissen auch nicht viele davon. Aber hier ist es, glaube ich, kein Problem."

Ronald Schramm musste sogar ein bisschen in sich hinein lächeln, weil der junge, ausgesprochen hübsche Pfleger so vertrauensselig war. Aber Murat bemerkte das nicht und ging mit ihm weiter zur Sporthalle. Die war nicht riesig, aber ziemlich modern.

„Die Halle wurde gerade saniert", erklärte Murat. „Hier links ist unsere Mucki-Bude." Und da quälten sich auch ein paar Bewohner der Einrichtung mit Hanteln und an Geräten. Das wäre nichts für ihn, war Ronald Schramm sich ziemlich sicher. Im Nebenraum standen Crosstrainer, Stepper, Fahrräder und Laufbänder – dafür konnte er sich schon mehr begeistern. Der größte Raum war so groß wie ein Handballfeld.

„Hier spielen wir Handball, Volleyball oder Badminton. Sie können sich auch für eine Mannschaft oder ein Training anmelden. Ich gebe Ihnen mal den Zettel mit den Übungszeiten mit. Oder Sie können ganz individuell im Kraft- oder im Konditionsraum trainieren, von morgens um 7 Uhr bis abends 21 Uhr ist die Sporthalle offen. Überlegen Sie es sich."

Dann gingen Sie zurück ins Gebäude und Murat führte ihn zum Gemeinschaftsraum. „Hier ist auch ein Bücherregal, wenn Sie gerne lesen möchten. Und hier liegen die Zeitungen aus. Einmal wurde übrigens schon über unsere Einrichtung geschrieben, weil wir so vorbildlich sind und so gut mit unseren Bewohnern umgehen. Alles klar? Ich habe jetzt nämlich Feierabend. Und denken Sie daran, Sie sind jetzt der Hüter meines Geheimnisses. Tschüss bis morgen."

Ronald Schramm lächelte zum Abschied und setzte sich dann in einen Sessel neben dem Bücherregal. Darin standen neben Romanen auch dicke Bildbände über Geschichte und Naturwissenschaften. Er griff sich einen über die Entstehung des Lebens auf der Erde heraus. Die anderen Männer schauten kurz zu ihm herüber, einige hoben die Hand zum

Gruß oder nickten ihm zu. Aber sie ließen ihn in Ruhe. Als Doktor Sonntag am Gemeinschaftsraum vorbeiging, lächelte der Arzt ihm freundlich zu.

Freitag, 21. Oktober

Kathrin Unglaub wachte mit dem sicheren Gefühl auf, dass der Tag ihnen zumindest in Sachen Auto und damit auch in Bezug auf die Täterschaft von Ronald Schramm Klarheit bringen würde.

Aber ihr war auch richtig übel, weil sie sich vor dem Blick in die Zeitung fürchtete. Die Joggingrunde ließ sie heute ausfallen, dafür fehlte ihr die Ruhe. Stattdessen führte sie ihr Weg zum Bäcker, wo man auch das berüchtigte Boulevardblatt kaufen konnte. Gleich auf der ersten Seite prangte in fetten Lettern die Schlagzeile: Ist der KFZ-Mechaniker das Sexmonster? Weiter ging es auf Seite 3. Kathrin Unglaub kaufte die Zeitung und ein großes Roggenbrötchen und ging nach Hause. Aus dem Briefkasten zog sie die Lokalzeitung, in der die Erkenntnisse der Volontärin nicht ganz so reißerisch aber offenbar auch ziemlich spekulativ gleich auf der ersten Seite ausgebreitet wurden. Sie stellte die Espressokanne auf den Herd, erwärmte sich Milch, holte Butter und Käse aus dem Kühlschrank und Honig vom Regal, bestrich die Brötchenhälften, atmete tief durch und wartete, bis die Espressokanne durch ihr Blubbern verriet, dass der Kaffee fertig war. Sie schüttete die tiefbraune, stark duftende Flüssigkeit in eine große Tasse, verzichtete darauf, die Milch aufzuschäumen und goss diese einfach aufgewärmt in den Kaffee. Ein Biss vom Käsebrötchen und dann schlug sie die Seite 3 der Boulevard-Zeitung auf. Fotos von Eva Zimmermann und vom Fundort waren abgebildet. Dazu die Überschrift: Heiße Spur im Mordfall an der Krankenschwester Eva Zimmermann. Alles würde daraufhin deuten, dass

Ronald S., ein KFZ-Mechaniker aus der Stadt, der Täter sei. Dann die Geschichte, die der Journalist von der Lokalzeitungsvolontärin hatte, dass Ronald S. den roten Golf II, das wahrscheinliche Tatfahrzeug, an dem Tag repariert hatte und damit unbemerkt während der Arbeitszeit vom Gelände der Werkstatt verschwunden war. Die Polizei sei ihm durch einen orangefarbenen MP3-Player, der im Besitz der Krankenschwester war, auf die Spur gekommen. Dass Ronald S. verschwunden war, wertete der Journalist als klares Schuldeingeständnis. Es folgte der von der Polizei ausgegebene Suchaufruf mit einer Personenbeschreibung. Und das Boulevard-Blatt hatte es sich nicht nehmen lassen, noch ein paar Zitate der Arbeitskollegen von Ronald Schramm mit einzufügen. Die erzählten recht freimütig über die offensichtliche Abartigkeit des Kollegen, der nie eine Freundin oder Frau hatte. Dass in so einem ein Sexmonster schlummert, konnten sie sich jetzt, im Gegensatz zu ihren ersten Äußerungen gegenüber der Polizei, vorstellen.

Die Volontärin der Lokalzeitung hatte offenbar großzügig ihr Wissen mit dem Boulevard-Kollegen geteilt. Eigentlich eine Seltenheit in Zeiten, da Journalisten um Informationsvorteile kämpften und ihr Exklusiv-Wissen hüteten wie einen Goldschatz, um dann als einzige damit aufzutrumpfen. Die Geschichten ähnelten sich, nur dass die Volontärin eine etwas feinere Sprache benutzte. Begriffe wie Sexmonster tauchten bei ihr nicht auf. Dafür ließ sie nicht einen Zweifel aufkommen, dass es sich bei Ronald S. um den Täter handeln musste. Ihren Beitrag, der über eine ganze Seite ging, illustrierten drei Fotos. Die Redaktion hatte sich auch für den Fundort, für ein Porträt der Krankenschwester und für ein Foto des roten Golf II entschieden, das wahrscheinlich aus dem Privatbesitz der Volontärin stammte.

Durchatmen. Abbeißen, abwechselnd von der Hälfte mit Käse und mit Honig. Dazu heißen starken Kaffee schlürfen in kleinen Schlucken. Das war jetzt also der Stand der Dinge. Kathrin war sich sicher, dass die Telefone heute heiß laufen würden. Zum einen gäbe es sicherlich viele Hinweise, hoffentlich auch ein paar brauchbare. Zum anderen würden sich die anderen Medienvertreter über das Zusatzwissen der beiden Kollegen beschweren. Die Pressesprecherin musste gleich als erstes vorbereitet werden, denn die würde heute den Ärger auffangen. Drei Hotlines für Hinweise waren geschaltet. Eine war durch Deike besetzt, eine durch Senf und eine durch sie. Peter Schmieder war mit der Auswertung der Spuren aus dem Golf II beschäftigt.

Nach dem letzten Schluck Kaffee ging sie ins Bad, schminkte sich die Augen und den Mund ziemlich dezent, wurstelte ihre dunkelblonden Haare zu einem wilden Knoten zusammen, schlüpfte in Boots und Lederjacke, schnappte sich den Schlüssel und ihre schwere Ledertasche und ging zu Fuß ins Kommissariat. Sie wollte den 15minütigen Fußweg noch mal nutzen, um sich zu sammeln.

Noch ehe sie die Treppen zum Kommissariat hochstieg, lief ihr Paul Zimmermann in die Arme. Er war nur noch Haut und Knochen, die Haare hingen ihm fettig ins Gesicht, die Kruste von seinem Herpes war abgebröckelt, und darunter hatte sich eine dünne rosige Schicht gebildet, die auf groteske Weise leuchtete. Er roch ein wenig nach Schweiß, aber immerhin nicht nach Alkohol. „Meine Nachbarin hat vorhin bei mir geklingelt und gesagt, Sie hätten eine heiße Spur? Warum sagen Sie mir denn nichts?"

„Kommen Sie erst einmal mit hoch." Kathrin Unglaub fasste den Mann am Ellenbogen und führte ihn ins Gebäude. In ihrem Konferenzraum sah sie die ziemlich aufgebrachte Pressereferentin, die gerade von Deike Instruktionen erhielt, wie sie sich bei Beschimpfungen und hartnäckigen Nachfragen zu verhalten hatte. Denn eins war klar: Alle anderen Medien würden diese Geschichte jetzt auch bringen und müssten eigentlich noch ein paar Zusatzinformationen anbieten, um im Konkurrenzkampf zu bestehen. Auf ihrem Schreibtisch fand Kathrin eine Tafel von ihrer Lieblingsschokolade - 80 Prozent Kakao und Chili. „Nervennahrung" stand da groß drauf und „Viel Kraft wünschen Christel und Erwin." Sie legte ihre Jacke über den Stuhl und zog sich mit Paul Zimmermann in ein kleines Besprechungszimmer zurück.

„Wir konnten noch nicht zu Ihnen kommen, weil wir überhaupt nicht sicher sein können, dass wir am richtigen Mann dran sind. Es gibt einige Hinweise, aber noch keinen Beweis. Wir haben einen starken Verdacht, sind damit aber noch nicht an die Öffentlichkeit gegangen. Die Zeitungen haben aufgrund merkwürdiger Zufälle selbst ihre Schlussfolgerungen gezogen und eifrig spekuliert."

„Welche merkwürdigen Zufälle?", fragte Paul Zimmermann und Kathrin Unglaub sah, dass seine Hand zitterte. „Das Auto der Journalistin war an dem Tag in der Werkstatt und wurde wahrscheinlich wirklich als Tatfahrzeug benutzt. Das klären wir gerade. Ich rechne jeden Moment mit den ersten Ergebnissen."

„Dann bleibe ich hier, bis der Fall gelöst ist. Ich muss das jetzt wissen."

„Bitte tun Sie sich und uns das nicht an. Ich verspreche Ihnen, dass wir uns sofort bei Ihnen melden, wenn wir klarsehen. Hier würden Sie im Moment nur stören."

„Na gut", zeigte sich Paul Zimmermann einsichtig und trabte mit hängenden Schultern aus dem Raum. „Aber vergessen Sie mich nicht. Ich finde erst Ruhe, wenn ich alles weiß. Zumindest ein bisschen Ruhe. Und versprechen Sie mir, dass Sie persönlich bei mir vorbeikommen."

„Ja, das mache ich. Aber jetzt muss ich an die Hotline. Wir rechnen nach der Berichterstattung mit jeder Menge Menschen, die sich melden."

Fred Deike und Gerd Senf waren schon feste beim Telefonieren. Kurzer Blickkontakt zu Senf. Der zog die Stirn in Falten und schüttelte den Kopf. Das hieß, es waren bisher nur unbrauchbare Aussagen eingegangen.

Fred Deike sah auch nicht gerade enthusiastisch aus und notierte auf seinem Block lustlos ein paar Aussagen.

In dem Moment stürmte ein freudestrahlender Peter Schmieder ins Büro, der mit seinem Team die ganze Nacht durchgearbeitet hatte.

„Bingo", rief er. „Eva Zimmermann hat definitiv in diesem Auto gesessen. Wir haben Fingerabdrücke von ihr an der Fensterscheibe und Haare, die sich am Feststellrad für die Rückenlehne verfangen hatten. Die DNA-Analyse läuft und wird das Ganze bestätigen. Wir sind also auf der richtigen Spur. Jetzt müssen wir Ronald Schramm nur noch finden."

„Das sind gute Nachrichten, Peter", rief Fred Deike, der den Hörer für einen Moment aus der Hand gelegt hatte. „Viele Hinweise auf den Verbleib des Herrn Schramm haben wir aber noch nicht bekommen. Um nicht zu sagen, eigentlich gar keine sinnvollen. Warum melden sich immer nur solche Wichtigtuer?"

Gerd Senf erwähnte, dass sich die Friseurin, die auch mal angefahren wurde, noch einmal gemeldet hatte und bestätigte, dass der Gesuchte tatsächlich der Mann sein könnte, der sie damals so merkwürdig belästigt hatte.

Schon wieder klingelte sein Telefon. Nach kurzer Zeit hielt Fred Deike den Hörer weg vom Ohr und drückte auf die Lautsprechertaste. Die Trinkerfreunde aus dem Dorf hatten sich anscheinend alle um ein Handy versammelt und lallten abwechselnd hinein. Sie fragten, ob das tatsächlich ihr Ronny sein soll, der da gesucht wird, und redeten alle auf einmal: „Ronald S., KFZ- Mechaniker und die Beschreibung, das kann ja nur er sein, obwohl wir das auf keinen Fall glauben. Aber nach Hause ist er immer noch nicht gekommen, in der Wohnung brannte den ganzen Abend kein Licht. Als wir heute alle zusammen bei ihm geklingelt haben, hat er auch nicht aufgemacht. Dabei hätte er uns bestimmt reingelassen, schließlich kennen wir uns schon seit Ewigkeiten und besonders seine Mutter. Lass mich doch auch mal sprechen, nicht immer nur du, aber dass der Ronny ..."

Man konnte kaum unterscheiden, wer was sagte. Es war ein heilloses Durcheinander, und das Frühstück hatte wohl aus Bier und Schnaps bestanden. Irgendwann nahm offensichtlich einer das Handy an sich:

„Hallo, ich bin der Kioskbesitzer. Sie wissen schon. Ja also, der Ronny ist seit zwei Tagen verschwunden. Aber dass er eine Frau umgebracht haben soll, können wir uns nicht vorstellen. Wissen Sie, wie der sich immer um seine Mutter gekümmert hat? Brote geschmiert und klein geschnitten hat er für sie und dafür gesorgt, dass sie sich wenigstens ab und zu mal wäscht. Also Sie können uns sagen, was Sie wollen, wir glauben an seine Unschuld. Das wollten wir nur mal gesagt haben. Schönen Tag noch." Und dann legte er auf.

Fred Deike schüttelte sich. „Was war das denn?"

„So, es ist jetzt 10 Uhr. Der erste Ansturm an Anrufen dürfte durch sein. Kathrin, kannst Du übernehmen? Ich gehe mit Gerd mal 'nen Kaffee trinken und du, Peter, du legst dich schlafen."

Kathrin setzte sich an ihren Schreibtisch und freute sich über die Untersuchungsergebnisse der Spurensicherung. Durch die Glasscheibe zum Nachbarbüro beobachtete sie die Pressesprecherin, die heute wahrscheinlich den anstrengendsten Job hatte. Pausenlos klingelte ihr Telefon, das sie sich ausnahmsweise direkt in die Räume der Mordkommission hatte legen lassen. Wenn sie nicht am Apparat war, beantwortete sie E-Mail-Anfragen oder Beschimpfungen. Ihr Kopf war hochrot und beim Telefonieren gestikulierte sie heftig. Kathrin wollte gerade ihre Tafel Schokolade halbieren und der Kollegin die andere Hälfte bringen. Da klingelte ihr Telefon. Leipzig war am Apparat, die Klinik für Forensische Psychiatrie.

*

„Ist der KFZ-Mechaniker das Sex-Monster?" stand in riesigen Buchstaben auf der ersten Seite. In diesem Moment hatte er es nicht mehr ausgehalten. Er brüllte und schmiss die Stühle und Tische im Gemeinschaftsraum um: „Ich bin kein Sexmonster". Murat und ein anderer Pfleger kamen angerannt und hielten ihn fest. Er strampelte, bis ihn die Kräfte verließen. Er weinte und stammelte immer wieder nur diesen einen Satz. Wenig später stand auch Doktor Sonntag vor ihm. Die drei führten ihn in das Chefarztzimmer. Dort wurde er von Murat auf den Stuhl gedrückt. Der Pfleger ließ seine Hände schwer auf Ronald Schramms Schultern liegen, damit er nicht wieder aufspringen konnte. Doktor Sonntag studierte den Artikel in der Boulevardzeitung, die die Reinigungskraft heute Morgen nach ihrer Lektüre wieder großzügig für die Patienten liegen lassen hat. „Ist der KFZ-Mechaniker das Sex-Monster?" murmelte er halblaut vor sich hin, schaute auf und blickte Ronald Schramm ins Gesicht, senkte dann wieder den Blick in die Zeitung und las den ganzen Artikel. Dann blätterte er auf die Seite drei, wo der ausführliche Bericht mit der Suchmeldung und den Aussagen der Arbeitskollegen stand.

„Das also ist des Pudels Kern", murmelte der Arzt. Als alter Leipziger führte er gern einen Spruch aus Goethes Faust auf den Lippen.

„Sie verstecken sich hier, weil Sie im Norden ein wirklich schlimmes Verbrechen begangen haben", sagte er Ronald Schramm auf den Kopf zu. „Sie sind von dort geflohen und haben hier eine neue, wesentlich mildere Straftat begangen, bei der Sie sich offenbar erwischen lassen wollten, damit man Sie wegen der anderen Geschichte nicht drankriegt.

Raffiniert! Und Ihr Mutismus? Der war wahrscheinlich nur vorge-täuscht. Denn jetzt haben Sie ja Ihre Sprache wiedergefunden. Oder hat der Schock über die Schlagzeile Sie wieder in Ihre normale sprachliche Verfassung versetzt?"

Ronald Schramm saß wie ein Häufchen Unglück vor ihm. Dicke Tränen liefen ihm über die Wangen. „Ich bin kein Sexmonster", wiederholte er gebetsmühlenartig.

„Murat, bringen Sie den Mann - Ronald S. - heißt er wohl, in die Beruhi-gungszelle. Dort bleibt er, bis die Polizei ihn abholt. Ich rufe gleich mal oben im Norden an. Ich kenne die Stadt, hab da schon öfter Urlaub ge-macht."

Murat brachte Ronald Schramm in den geschlossenen Raum mit den dick gepolsterten Wänden. Eine Zwangsjacke schien nicht nötig zu sein. Der Mann hatte sich beruhigt und weinte nur noch vor sich hin. Der Pfleger schob ihn sanft in die Zelle, für Grobheiten gab es keinen Anlass. Der junge Türke konnte nicht glauben, was er da soeben miterlebt hatte. Ein Tötungsdelikt war das Letzte, was er diesem traurigen Menschen, den er irgendwie ins Herz geschlossen hatte, zugetraut hätte. Er ging zu Doktor Sonntag, der schon telefonierte, und wartete vor der Tür. Nach-dem das Telefonat beendet war, bat er um die Zeitung. Die Aussagen der Kollegen von Ronald S. machten ihn sehr traurig. Nie 'ne Freundin, immer allein, einziger Kontakt außerhalb der Arbeit 'ne alkoholkranke Mutter, um die er sich kümmerte. Dass so einer nicht ganz richtig tickt, ist doch eigentlich kein Wunder, dachte Murat. Er wusste, was es heißt, wenn man Außenseiter ist. Vielleicht fühlte er deshalb so sehr mit diesem besonderen Patienten. „Wenn er tatsächlich diese Krankenschwester umgebracht hat, dann sicher nicht mit Absicht oder aus Lust", sagte er zu seinem Chef.

„Ganz ehrlich, das glaube ich auch nicht. Ich denke, dass es besser wäre, einen Psychologen dabei zu haben, wenn die Polizei ihn vernimmt. Ich werde gleich nochmal anrufen. In einer Stunde wird er von der Leipziger Polizei abgeholt und zurück in seine Heimat gebracht."

*

„Dann hat uns also tatsächlich diese reißerische Schlagzeile weitergeholfen?" Fred Deike reagierte völlig ungläubig, als Kathrin mit glühenden Wangen in sein Büro stürmte. „Ja, Ronald Schramm hat auf diese Anschuldigung, ein Sexmonster zu sein, sehr heftig reagiert und in der forensischen Klinik randaliert. Er sei kein Sexmonster, hat er immer wieder gebrüllt. Vorher soll er tagelang geschwiegen haben. Der Arzt, Doktor Sonntag, ist sich nicht sicher, ob er seine Stummheit nur vorgetäuscht hat oder ob er tatsächlich so unter Schock stand, dass er nicht reden konnte. Ich kann es noch gar nicht glauben, dass er tatsächlich unser Täter sein soll. Aber die Beschreibung stimmt, sagt der Arzt. Und seine Reaktion auf die Schlagzeile spricht ja wohl Bände. Übrigens rät uns der Arzt, auch hier einen Psychologen mit dazu zu holen. Denn dass Ronald Schramm einen Knacks hat, dessen ist er sich ziemlich sicher."

„Wann können wir ihn hier erwarten?", fragte Deike.

„Ich denke mal, in sechs bis sieben Stunden, je nachdem, wie voll die Autobahn ist."

„Gut, dann treffen wir uns in zwanzig Minuten im Besprechungszimmer. Ruf alle zusammen. Wir überlegen uns eine Strategie, wie wir ihn ganz sicher überführen können. Und dann ist wohl heute eine Nachtschicht angesagt."

*

Die Handschellen drückten ein wenig an den Gelenken. Ronald Schramm trug noch seinen grauen Jogginganzug, den ihm die Klinik zur Verfügung gestellt hatte. Vor ihm und neben ihm saßen Polizeibeamte, die ihn wortlos auf seiner Fahrt in den Norden, an den Ort der Katastrophen, begleiteten. Er schaute aus dem Fenster und sah die Landschaft neben der Autobahn an sich vorbeifliegen. Eigentlich war er heute Morgen frohen Mutes in den Gemeinschaftsraum der Klinik gegangen. In der Geborgenheit seines Klinikzimmers hatte er sich überlegt, wie er weiter dort leben, seine Identität verschweigen und trotzdem reden konnte. Alles schien so klar, zumindest für die nächste Zeit. Und dann diese Schlagzeile. Es war, als hätte sich der Boden unter ihm aufgetan. Mit seinem unkontrollierten Aufschrei hatte er sich quasi selbst überführt. Jetzt gab es kein Zurück mehr. Er musste zu dem Mord an der Krankenschwester stehen. Und er würde es auch tun. Ob er die Tötung seiner Mutter auch noch gestehen würde, wusste er nicht. Seine Zukunft war in jedem Fall das Gefängnis. Er hatte Angst davor, was dort mit ihm passieren würde. Aber seine größte Furcht bestand darin, von den Menschen als sexsüchtiges Ungeheuer abgestempelt zu werden. Wenn er nur daran dachte, überkam ihn sofort wieder dieser Ekel, den er so oft hatte, wenn er seine Mutter und ihre Liebhaber durch sein Schlüsselloch beobachtet hatte. Oder wenn er nur die Geräusche hörte, das Stöhnen und Schreien, das Geklatsche von Fleisch auf Fleisch. Er war nicht so ein Vieh. Und er wollte, dass die Menschen das wussten.

Fast sehnte er sich danach, sein Gewissen zu erleichtern. Mit diesem Berg aus Lügen zu leben, fiel ihm genauso schwer, wie mit der Angst vor Sex klarzukommen. Er schloss die Augen. Das gleichbleibende Motorengeräusch machte ihn müde. Nach einiger Zeit wurde er wieder wach. Sein Blick aus dem Fenster zeigte ihm, dass sie gleich da waren. Die Autobahn hatten sie schon verlassen. Gerade fuhren sie auf der Landstraße an seinem Dorf vorbei. Dort standen die fast leeren Wohnblocks, in denen früher die gesamte Belegschaft des Volkseigenen Gutes gewohnt hatte. Dahin würde er wohl nie mehr zurückkehren. Auf der anderen Straßenseite sah er aus dem Augenwinkel noch den Kiosk mit seiner treuen Traube von aussortierten Menschen, die, doch das konnte Ronald Schramm nicht wissen, den ganzen Tag nur über ihn redeten und fest von seiner Unschuld überzeugt waren.

*

Da kam er nun also, ihr Täter. Zwei uniformierte Polizisten hatten ihn von den Leipziger Kollegen übernommen und führten ihn nun zum Ermittlungsteam. Gespannt schaute Kathrin auf die Tür. Was, wenn er es doch nicht war? Doch in dem Moment, als Ronald Schramm den Raum betrat, war sie sich sicher. Das war der unglückliche Mann, der auf dem Bordstein gesessen und den Tod seiner Mutter betrauert hatte. Sie spürte, dass auch er sie erkannte. Die kurze Irritation in seinem Blick, als er in die Runde der Kommissare schaute und für einen Moment bei ihr hängenblieb, war ihr trotz seiner müden Augen nicht entgangen. Peter Schmieder, der angesichts der neuen Entwicklungen nicht zu Hause im Bett geblieben war, hatte ihm aus der Kantine belegte Brötchen und Wasser mitgebracht. Er sollte sich einen Moment stärken können, und dann wollten sie ihn in den Verhörraum führen. Kathrin und Gerd Senf sollten ihn befragen. Sie hatten die forensische Psychologin Doktor Kirsten Schröder dazu gebeten, denn sie nahmen ernst, was der Leipziger Arzt ihnen über den Gemütszustand von Ronald Schramm mit auf den Weg gegeben hatte. Deike, dem das zunächst gar nicht recht war, weil er den Täter als Täter sah, ungeachtet der Umstände, die ihn dazu führten, würde von außen zuschauen. Nur widerwillig hatte er zugestimmt, die Psychologin hinzuzuziehen. Peter Schmieder würde noch vor dem Verhör das ganze erkennungsdienstliche Procedere durchführen, damit auch die letzten Beweismaterialien wie Fingerabrücke und DNA-Spuren unter Dach und Fach wären. Die Last der Indizien war bereits jetzt erdrückend und würde ausreichen, um ihn für lange Zeit ins Gefängnis zu bringen. Trotzdem wäre ein Geständnis gut und würde auch für den bevorstehenden Prozess alles erleichtern. Ronald Schramm griff nur zum Wasser und ließ die Brötchen stehen. Immer wieder ging sein Blick zu

Kathrin. Und dann sagte er einen Satz, mit dem so schnell niemand gerechnet hätte: „Ich möchte ein Geständnis ablegen. Ich möchte Ihnen", er schaute Kathrin dabei direkt in die Augen, „alles erzählen. Aber nur Ihnen."

„Wir sind hier doch nicht bei wünsch dir was", wollte Deike sofort wieder lospoltern. Doch Peter Schmieder legte ihm beruhigend die Hand auf die Schulter. „Lass das Kathrin machen", flüsterte er ihm zu. „Wir können von außen zuschauen, und außerdem wird alles aufgezeichnet."

*

Ihr würde er alles sagen können. Das spürte Ronald Schramm sofort, als er der Kommissarin in die Augen schaute. Er erinnerte sich, dass er schon einmal Kontakt zu ihr hatte. Vor ein paar Tagen erst, als er auf den Bestatter gewartet hatte. Sie war mit dem Fahrrad durch sein Dorf gefahren, hatte angehalten und gefragt, ob sie ihm helfen könne. Das hatte noch niemand für ihn getan. Sie war sehr nett und hatte ganz freundliche, warmherzige Augen. Ganz hinten in seinem Hirn überlegte er, dass sie wohl nicht die Frau seiner Träume werden könnte. Dazu war die Kommissarin zu groß und ganz sicher auch zu selbstbewusst. Aber der Frau seiner Träume wollte er ja auch nicht erzählen, von welch üblen Gedanken er gequält wurde. Die wollte er im Arm halten, mit ihr Abendbrot essen, auf dem Sofa sitzen und gemeinsam fernsehen, sie beschützen wie ein richtiger Mann es tut, ihr übers Haar streicheln und vielleicht auch irgendwann ganz vorsichtig ihre nackte Haut berühren.

Stopp. Was bildete er sich ein? Niemals mehr würde er eine Frau berühren. Seine Zukunft war das Gefängnis, vor dem er sich so sehr fürchtete. Jeder kannte die Geschichten über die perfide Unterdrückung der Schwächeren im Knast. Dass er dort nicht zu den Starken gehören würde, so wie er niemals zu den Starken gehört hatte, war ihm bewusst. Aber er musste seine Strafe annehmen. Er hatte eine junge Frau getötet, einem Mann seine geliebte Frau genommen und zwei Jungen ihre Mutter. Die Familie war zerstört, und die beiden Kinder würden ein Leben lang unter seiner Tat zu leiden haben, so wie er unter seiner Mutter gelitten hatte. Aber er hatte sich vorgenommen, mit dem Selbstmitleid aufzuhören. Jetzt war es an der Zeit, Verantwortung zu übernehmen. „Ich möchte ein Geständnis ablegen."

Samstag, 22. Oktober

Sieben Stunden lang hatte sich Ronald Schramm alles von der Seele geredet. Gegen 19 Uhr hatten Kathrin und er sich in den Verhörraum zurückgezogen. Die Kommissarin musste fast gar keine Fragen stellen. Der Mann redete und redete, und fast hatten die Kollegen draußen vor der Scheibe den Eindruck, dass er damit sein Gewissen befreite. Er gestand nicht nur die im Affekt begangene Tötung der Krankenschwester, sondern schilderte auch ausführlich die beiden vorherigen Ereignisse mit den jungen Frauen, die er vorsichtig angefahren und berührt hatte. Als Kathrin ihm die Frage stellte, warum er nicht auf normalem Wege Kontakt zu jungen Frauen suchte, stockte sein Redefluss. Er wurde zunächst merklich leiser und sagte dann: „Ich bin kein Sexmonster. Ich habe Angst vor Sex. Welche normale Frau würde sich darauf schon einlassen? Ich habe noch nie mit einer Frau geschlafen. Ich habe noch niemals eine Frau nackt gesehen, außer im Fernsehen."

„Aber warum? Was macht Ihnen so viel Angst?", hakte Kathrin vorsichtig nach.

„Können wir eine kleine Pause machen? Ich erzähle es Ihnen dann, versprochen. Und ich muss Ihnen dann auch noch einen Mord gestehen."

Kathrin holte einen uniformierten Kollegen in den Verhörraum, der mit Ronald Schramm zur Toilette ging. Anschließend trank er ein Glas Wasser und biss einen kleinen Happen vom Salami-Brötchen ab. Dann starrte er vor sich hin und wartete, dass die Kommissarin wiederkommen würde.

„Noch einen Mord?" Kathrin war schnell zu ihren Kollegen in den Nachbarraum gerannt. Keiner von ihnen war nach Hause gegangen. Alle hörten wie gebannt dem Geständnis des Mörders zu. Des Mörders? Durften sie ihn so nennen? Es war eine Paniktat, kein heimtückisch geplanter Mord, so viel war sicher. Das würden sie auch in der Pressekonferenz erzählen, die Deike für den nächsten Tag 11 Uhr anberaumt hatte, sobald das Geständnis vorlag.

„Ist noch jemand vermisst? Gibt es noch eine Leiche? Und was hat das Ganze mit den Gründen für sein eigenartiges Verhalten zu tun?", ratterte Gerd Senf aufgeregt seine Fragen herunter.

„Gebt mir einen Schluck zu trinken und zwei Kaffee. Dann geh ich wieder rein", sagte Kathrin.

Kaum hatte sie die zweite Tasse vor Ronald Schramm hingestellt und ihm aufmunternd zugelächelt, sagte der: „Ich habe meine Mutter getötet, mit Schlaftabletten, denn sie hat Schuld, dass alles so gekommen ist und dass ich Angst vor Frauen habe."

Deike ordnete unverzüglich an, die Leiche der Mutter vom Bestatter abzuholen und in die Gerichtsmedizin bringen zu lassen. Professor Eduard Lienert sollte sie sofort untersuchen.

Unterdessen erzählte Ronald Schramm von seinem Kinderzimmer, aus dem er nicht herauskam, ohne durch den Raum der Mutter zu gehen, die fast immer Herrenbesuch hatte. Mit ekelverzerrtem Gesicht berichtete er vom Schlüsselloch, das ihn magisch angezogen und zugleich maßlos abgestoßen hat. Er berichtete, wie er in die Saftkartons uriniert hatte, wenn er sein Zimmer nicht verlassen durfte, weil seine Mutter sich wieder mal die Seele aus dem Leib vögelte. Er beschrieb, wie er sich manchmal das Kissen über die Ohren gezogen hatte, um die Geräusche nicht ertragen zu müssen, aber auch, wie es ihn wieder und wieder an das Schlüsselloch gezogen hatte. Er ließ auch nicht aus, dass er, seit er denken konnte, von den anderen Leuten im Dorf gemieden wurde, weil seine Mutter es so bunt mit den Männern trieb. Er schilderte, wie sie versuchte, sich bei ihm zu entschuldigen, dass sie doch nur ein bisschen glücklich sein und einen Mann für sich und Vater für ihn finden wollte. Dass ihn manche Männer mit dreckiger Lache gefragt haben, ob seine Mutter zu Hause wäre, schon als er noch ein kleiner Junge war, auch das kam ihm jetzt wieder in den Sinn. „Einige von denen haben Sie kennengelernt, das sind jetzt die Säufer, die noch übrig geblieben sind", sagte er zu Kathrin.

„Woher wissen Sie, dass ich die kennengelernt habe", fragte sie.

„Ich war zu Hause, als Sie das erste Mal an meiner Tür geklingelt haben. Ich hatte gesehen, dass Sie mit den Männern am Kiosk geredet haben und dass die auf unsere Wohnung gezeigt haben. Da wusste ich, dass Sie mir auf den Fersen sind."

Dann kamen sie noch mal auf die letzten Tage zu sprechen. Auf das Motiv, das Leben seiner Mutter zu beenden, und auf seine Flucht nach Leipzig.

Zwei Stunden später kam auch der Anruf aus der Gerichtsmedizin und die Bestätigung, dass Frau Schramm an einer Überdosis Schlaftabletten, gemischt mit einer gehörigen Portion Alkohol, gestorben war.

Es war ein umfassendes Geständnis über die Taten. Gleichzeitig entstand das vollständige Bild eines jungen Mannes, der aufgrund der Verhältnisse, in denen er aufgewachsen war, ein völlig abnormes Sexual- und auch Sozialverhalten an den Tag legte.

„Er ist sehr reflektiert, aber auch sehr krank in seiner Seele", fasste die Psychologin Kirsten Schröder ihren ersten Eindruck zusammen. „Ich tippe darauf, dass er, wenn er verurteilt wird, dringend eine Therapie braucht, um vielleicht in ferner Zukunft ein anderes Leben führen zu können."

„Hatte er jemals eine Chance?", fragte Peter Schmieder.

„Einmal, zweimal hätte er vielleicht ausbrechen können. Aber dann hat ihn das Verantwortungsgefühl gegenüber seiner Mutter, die er wahrscheinlich trotz allem geliebt hat, wieder in sein inneres Gefängnis gebracht", meinte die Psychologin. „Trotz allem finde ich es sehr erstaunlich, wie planvoll, ja fast raffiniert, er vorging, um an die Frauen heranzukommen. Aber ein eiskalter Killer ist er nicht."

„Wie berichten wir morgen in der Pressekonferenz?", fragte Gerd Senf.

„Wenn wir in der Öffentlichkeit zu sehr nach Gründen suchen, dann stößt das sicherlich auf Unverständnis."

„Wir machen es wie beim letzten Mal", verkündete Deike. „Ich mache den Anfang, erzähle, wie es zur Verhaftung von Ronald Schramm kam und dass wir ein umfassendes Geständnis haben und Kathrin hat dann die Details."

„Welche Details?"

„Andeutungen über eine verkorkste Kindheit und Jugend, die dazu geführt haben, dass es sich hier um eine sozial gestörte Person handelt, die Probleme im Umgang mit Frauen hat. Das können wir sagen, ohne zu sehr in die Einzelheiten zu gehen. Wir müssen der Gerechtigkeit Genüge tun. Er ist und bleibt ein Mann, der zwei Frauen getötet hat. Dass es Gründe gibt, ist ein Fakt, aber es darf keine Entschuldigung sein."

„In Ordnung", sagte Kathrin. „Ich überlege mir was. Können wir das morgen, beziehungsweise heute, es ist ja schon drei Uhr, vor der Pressekonferenz noch mal zusammen durchgehen?"

„So machen wir das, Kollegen", rief Deike. „In sieben Stunden treffen wir uns wieder hier."

Sonntag, 23. Oktober

Voller Unruhe hatte Kathrin an diesem Vormittag ihren Computer hochgefahren und in die Onlineportale der Zeitungen und Sender geschaut. Sie war sich nicht sicher, wie die Medien diesen Fall jetzt reflektieren würden. Hatte ihr indirekter Appell, auch die Würde des Täters zu respektieren, gewirkt? So direkt hatte sie die Journalisten nicht aufgefordert, auf den Begriff „Sexmonster" zu verzichten. Aber sie hatte ausführlich erklärt, durch welche Umstände Ronald Schramm zu so einem merkwürdigen Menschen geworden war. Ein bisschen zu ausführlich für Deikes Geschmack. Er war für die Darstellung der Fakten und berichtete stolz von der Verhaftung und vom Geständnis. Die Tatsache, dass sich Ronald Schramm mit einem anderen Verbrechen vor seiner Schuld verstecken wollte, sorgte für viel Aufregung bei den Journalisten. So etwas hatten sie noch nicht erlebt. Dass die Presse letztlich mitgeholfen hatte, ihn zu enttarnen, führte ebenfalls zu lautstarken Äußerungen und zu Appellen seitens der Medienvertreter, ihnen doch künftig mehr anzuvertrauen. Besonders der vierschrötige Mann von der großen Boulevardzeitung, der natürlich ahnte, dass es seine Schlagzeile war, die den Täter aus der Reserve gelockt hatte, brüstete sich. Da konnte Kathrin nicht an sich halten und wies ihn, wenn auch mit freundlichen Worten, darauf hin, dass diese Schlagzeile auch einer Vorverurteilung gleichkomme und dass der Begriff „Sexmonster" keinesfalls für einen Mann gelten könne, der noch niemals in seinem Leben eine sexuelle Beziehung gehabt habe.

„Trotzdem hat die Schlagzeile ihren Zweck erfüllt", konnte sich der übergewichtige Journalist das letzte Wort nicht verkneifen.

Allen Berichten gemeinsam war die Erleichterung, dass das Verbrechen an der Krankenschwester aufgeklärt war. Die meisten waren schon allein wegen der Tatsachen spannend und trotzdem sachlich geschrieben. Dass der Täter auch noch seiner Mutter das Lebenslicht ausgeblasen hatte, wurde von den einen so hingenommen, von den anderen gehörig skandalisiert. Kathrin war es klar, dass es nur der Anfang der Berichte war. Im Rausgehen aus dem Saal, in dem die Pressekonferenz stattgefunden hatte, hörte sie, wie ein Kamerateam verabredete, in das Dorf des Täters zu fahren und dort O-Töne und ein bisschen Atmosphäre einzuholen. Auch das „Dreamteam", die Volontärin von der Lokalzeitung und der Boulevardmann, würden noch ein paar Geschichten rund um den Täter ausgraben. Das war ein Stoff, von dem die Journalisten noch ein Weilchen zehren konnten. Solange, bis die nächste Sau durchs Dorf getrieben wird, dachte Kathrin. Mit Genugtuung stellte sie fest, dass niemand mehr das Wort „Sexmonster" benutzte. Den meisten gelang es, einen Bezug zwischen dem Leben von Ronald Schramm und der dennoch verabscheuungswürdigen Tat herzustellen.

Die Kollegen waren, als sie gegen Mittag auseinandergingen, zufrieden mit dem Verlauf der Konferenz. Fred Deike freute sich auf das Mittagessen, das seine Frau gerade zubereitete. Gerd Senf war aufgeregt, weil er in ein paar Minuten seine Freundin und ihre beiden Söhne vom Bahnhof abholen würde, die heute erstmals bei ihm zu Besuch waren. Er hatte schon ein kinderfreundliches Programm mit Kino und Schwimmbad zusammengestellt.

Peter Schmieder erzählte etwas von einem ausgiebigen Mittagsschlaf und einer für morgen geplanten Fototour mit seiner Frau.

Und Kathrin?

Gleich nach der Pressekonferenz war sie zu Paul Zimmermann gegangen, um ihm zu berichten, noch bevor er alles aus den Medien erfuhr. Er bedankte sich und weinte bitterlich. Sein Gesprächsbedarf war riesig. Und immer wieder fragte er nach dem Warum? Warum ausgerechnet Eva? Und wie sollte er dies jemals seinen Kindern erklären? Aber Kathrin hatte den Eindruck, dass er sich auf dem Weg befand, sein Leben wieder in die Hand zu nehmen. Die Wohnung wirkte aufgeräumt und der Geruch nach Alkohol hatte sich gänzlich verzogen.

„Was haben Sie jetzt vor?", fragte Kathrin. Paul Zimmermann wusste es noch nicht ganz genau. Aber wahrscheinlich wollte er mit den Jungs in die Nachbarstadt ziehen, wo er im Krankenhaus als Arzt arbeitete.

„Ob wir jemals darüber hinwegkommen? Ich kann es mir heute noch nicht vorstellen", sagte er.

„Es wird leichter mit der Zeit, auch wenn der schreckliche Verlust Ihrer Frau immer auf Ihrer Seele lasten wird", entgegnete Kathrin. Ob sie Pfarrer Schlothammer noch mal vorbeischicken solle, hatte sie gefragt. Nach kurzem Zögern hatte Paul Zimmermann „Nein" gesagt und ergänzt: „Ich muss es jetzt allein versuchen. Nach vorn schauen. Nicht mehr nur trauern. Nachher hole ich meine Kinder von den Schwiegereltern ab und werde ihnen auch berichten, was Sie mir gerade erzählt haben."

Kathrin rief schnell bei Friedrich Schlothammer an, um ihm zu sagen, dass sein Einsatz bei Paul Zimmermann nicht mehr vonnöten war. Sie spürte, wie erleichtert der Pfarrer darauf reagierte. Er sei gerade beim Einkaufen auf dem Markt, sagte er ihr. Er wolle heute Abend zusammen mit seiner Frau kochen. Nur sie beide allein. „Wie schön!", rief Kathrin in den Hörer und freute sich sehr für ihn.

„Zeit für mein privates Chaos", dachte sie. Als erstes schickte sie eine SMS an Michael, der seine Ankunft für Sonntagabend angekündigt hatte und ihr versicherte, dass er sich schon auf sie freute und dass sie jetzt, da seine Frau Bescheid wisse, ein neues Leben anfangen könnten.
„Es tut mir leid", schrieb sie ihm. „Ich möchte mein Leben nicht mehr mit Dir verbringen. Zwei Jahre warten und hoffen, das war einfach zu lang und zu zermürbend. Dieser Urlaub mit Deiner Familie hat mir den Rest gegeben. Immer wieder hast Du die Urlaube und die Feiertage mit Deiner Familie verbracht und mich vertröstet. Jetzt ist Schluss. Ich wünsche mir eine eigene Familie, ein richtiges Glück und einen Mann, der nur für mich da ist. Und Du wärst ganz sicher nicht bereit, mit mir noch einmal neu anzufangen. Ich wünsche Dir alles Gute."
Ob ihn das wohl abhalten würde, morgen Abend vor ihrer Tür zu stehen? „Kleiner Nachtrag", begann sie eine zweite SMS. „Ich habe einen anderen Mann kennengelernt." Und nach kurzem Zögern fügte sie hinzu: „Und mich verliebt."
Das würde Michael wütend machen, aber ihn auch abschrecken, zur Normalität mit ihr überzugehen. Wenn seine Frau ihm verzeihen will,

soll sie es doch tun. Wenn er den Kick einer Affäre braucht, findet er dafür auch eine andere.

Kathrin war erstaunt, wie leicht ihr diese Abschieds-SMS fiel. Sie hatte keinesfalls das Bedürfnis noch mal mit ihm zu reden. Dafür bestand auch kein Anlass.

Als nächstes rief sie bei ihren Eltern an, die sich sehr freuten, von ihr zu hören, und im Radio gerade eben vom Ermittlungserfolg erfahren hatten. Sie sprach bestimmt eine halbe Stunde lang mit ihrer Mutter und anschließend noch mal zehn Minuten mit ihrem nicht ganz so redseligen Vater. Es tat gut zu wissen, dass es den beiden gut ging.

Und dann hatte sie endlich Zeit, sich um Ralf Seiler zu kümmern. Die Gedanken an ihn erfüllten sie mit einem warmen Gefühl. „Zeit, heute Abend mit mir essen zu gehen?", fragte sie per SMS. Und die Antwort kam prompt: „Auf jeden Fall. 20 Uhr im Blumenladen?"

„Ja, bis dann, freu mich."

Kathrin hatte noch genug Muße, eine Jogging-Runde zu absolvieren und hinterher endlich mal wieder ihre Wohnung aufzuräumen.

Fred Deike hatte den Kollegen vier Tage freigegeben. Drei davon wollte sie an die Ostsee fahren und vielleicht hatte Ralf Zeit, einen oder zwei davon mitzukommen.

Als sie sich abends trafen, nahm er sie fest in die Arme und flüsterte: „Gratuliere. Ich hab das alles verfolgt, so gut ich konnte, und versucht, dich nicht ständig zu kontaktieren um zu fragen, wie es läuft."

Kathrin hatte ein großes Rindersteak mit Salat bestellt und dazu Rotwein. Ralf Seiler stand der Sinn mehr nach Bier, Sülze und Bratkartoffeln. Und als Kathrin ihn fragte, ob er Lust und Zeit auf ein paar Tage Ostsee mit ihr hätte, lächelte er glücklich, denn auch er hatte nach mehreren Bereitschaftsdiensten frei bekommen. Er kannte eine winzige, preiswerte Pension, die von einer alten Dame auf der Insel Hiddensee betrieben wurde, und die direkt hinter den Dünen lag. Noch vom „Blumenladen" aus rief er bei „Oma Beyer" an. Denn die kannte er schon, seit er ein kleiner Junge war. Mindestens einmal im Jahr war er bei ihr. Sie hatte noch ein Zimmer frei und freute sich schon auf ihren Ralf.

Nach dem Essen und einem langen Spaziergang durch die Nacht waren sie bei Kathrin zu Hause gelandet und hatten sich ganz langsam und zärtlich geliebt.

Jetzt war Ralf kurz in seine Wohnung geeilt, um seine Sachen zu packen. Dann würde er Kathrin mit seinem alten roten Golf, dem die beiden ihr Kennenlernen verdankten, und den er deshalb niemals verschrotten würde, wie er versicherte, abholen. Das Auto würde er auf dem Festland stehenlassen müssen, denn private Pkw waren auf Hiddensee verboten. In drei Stunden ging die Fähre auf die Insel, auf der sie drei Tage lang nur Wasser, Wind, Ruhe und Zeit füreinander haben würden.

Zehn Monate später

Ronald Schramm lag auf der Liege seines Zimmers in der forensischen Klinik der Landeshauptstadt. Das Gericht hatte ihn zu lebenslanger Haft und Unterbringung in einer psychiatrischen Klinik verurteilt. Hier waren die Mitarbeiter freundlich zu ihm. Er hatte keine Übergriffe seiner Mitgefangenen oder Mitpatienten, wie auch immer, zu befürchten. Regelmäßig hatte er Gespräche mit der Ärztin, die tief mit ihm in die Vergangenheit eintauchte. Er machte Sport, las viel und half in der Wäscherei der Klinik. Die meiste Zeit blieb er für sich. Wenn er sich in den Gemeinschaftsräumen aufhielt, dann gesellte er sich nicht zu den anderen, sondern registrierte deren Treiben aus der Ferne. Ein Pfleger hatte ihm einen großen Artikel aus einem Magazin mitgebracht, in dem eine Gerichtsreporterin über ihn geschrieben hatte. Der Artikel war sehr gut. Nachdem Ronald Schramm ihn gelesen hatte, wurde ihm ganz weh ums Herz. Wie gut ihn diese Frau beschrieben hatte! Der Artikel war nicht böse, obwohl er nichts ausließ. Jetzt lag er in der Schublade seines Nachtschränkchens.

Eigentlich ging es ihm gut. Frieden war eingekehrt. Ob das auch an den Tabletten lag, die er bekam, konnte er nicht sagen. Vielleicht war es auch einfach nur die ruhige, freundliche Atmosphäre in der Klinik und der Respekt, mit dem er hier behandelt wurde.

Seit einigen Nächten hatte er auch wieder Besuch bekommen. Eine kleine, blonde Frau mit weichen Haaren und freundlichem Gesicht gesellte sich in seinen Träumen zu ihm. Sie erinnerte ihn ein bisschen an die Küchenhilfe, die ihm mittags immer mit einem feinen Lächeln seinen Teller reichte. Vor ein paar Tagen hatten sich dabei aus Versehen ihre Finger berührt.

Lightning Source UK Ltd.
Milton Keynes UK
UKOW01n1513140916

282977UK00004B/15/P